Le Peuple des Ténèbres

Du même auteur
chez le même éditeur

Blaireau se cache
Coyote attend
Dieu-qui-parle
Femme-qui-écoute
La Mouche sur le mur
Là où dansent les morts
La Trilogie Jim Chee
La Trilogie Joe Leaphorn
La Voie de l'ennemi
La Voie du fantôme
Le Garçon qui inventa la libellule
Le Grand Vol de la banque de Taos
Le Premier Aigle
Les Clowns sacrés
Le Vent qui gémit
Le Vent sombre
Le Voleur de Temps
Moon
Porteurs-de-Peau
Rares furent les déceptions
Suite navajo 1
Un homme est tombé

Tony Hillerman

Le Peuple des Ténèbres

Traduit de l'anglais (États-Unis)
par Danièle et Pierre Bondil

Collection dirigée par
François Guérif

Rivages/noir

Ce texte est déjà paru dans *La Trilogie Jim Chee*,
Payot & Rivages, 1992.

106, boulevard Saint-Germain – 75006 Paris.

ISBN : 2-7436-1225-8
ISSN : 0764-7786

Note des traducteurs

Le lecteur américain est tout aussi ignorant que le lecteur français des mœurs et coutumes des Indiens Navajo. Nous avons donc décidé de respecter le choix de l'auteur, qui a disséminé ici et là dans son roman les informations nécessaires à en assurer la bonne compréhension, et de ne pas alourdir le texte d'une quantité de notes explicatives et de termes en italique. Toutefois, il nous a semblé utile de faire figurer en fin d'ouvrage un glossaire qui devrait permettre au lecteur qui en éprouverait le besoin d'avoir une meilleure vue d'ensemble de cette civilisation et de ses voisines. Les mots suivis d'un astérisque dans la traduction pourront renvoyer à ce glossaire. Nous avons en outre établi une carte des territoires concernés.

Par ailleurs, certaines particularités orthographiques (accords, majuscules notamment) se retrouvent dans le texte de Tony Hillerman ; et des termes d'origine indienne peuvent présenter des différences d'un livre à l'autre : quelques lignes extraites du remarquable ouvrage de Harry Hoijer, *A Navajo Lexicon,* University of California Press, 1974, permettront aisément de comprendre pourquoi (extrait consacré aux noms, les verbes étant environ dix fois plus nombreux en navajo).

N 101 -tášť́óóš 'pine bark'.

N 102 táščìžìì 'swallow (the bird)'.

N 103 -tášŁ́ɔh 'hair of arms and legs'.

N 104 táčéé́h 'sweathouse'.

N 105 -táál: hàtáál 'chant; ceremony'. See S 139.

N 106 táálháhɔɔɣàn 'Awatobi ruin'. táálá- ?; hɔɔɣàn, N 302A.

N 107 -tààł-: hàtààł-ìì 'singer (in ceremonies)'. Lit. 'one who sings'; see S 139.4, E 5.

N 108 tą̀žìì 'turkey'. See S 147.1

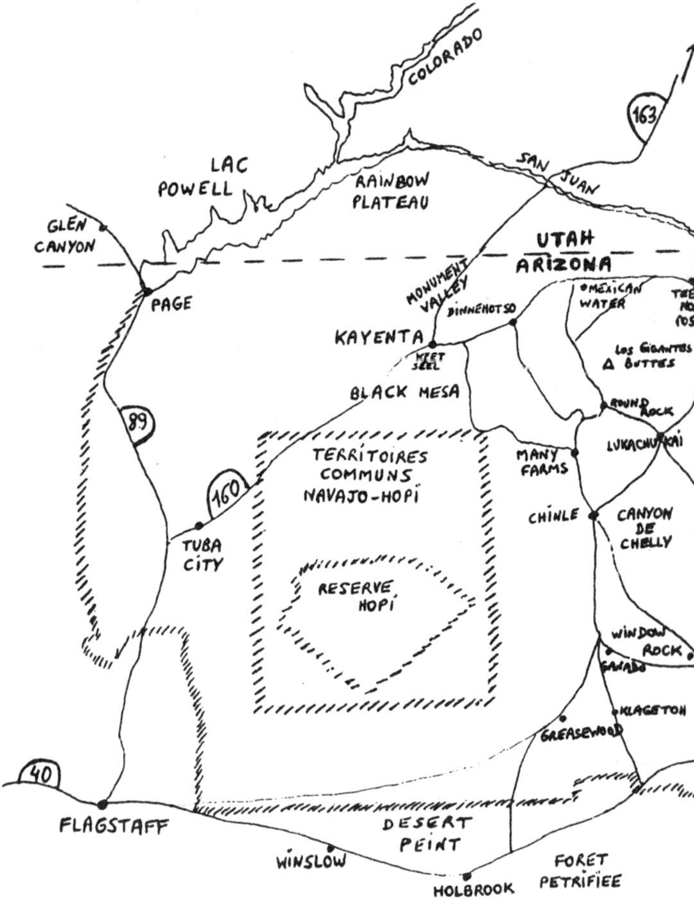
COLORADO
LAC
POWELL
RAINBOW
PLATEAU
SAN
JUAN
163
GLEN
CANYON
UTAH
ARIZONA
PAGE
MONUMENT
VALLEY
DINNEHOTSO
MEXICAN
WATER
KAYENTA
LOS GIGANTES
BUTTES
BLACK MESA
ROUND
ROCK
89
TERRITOIRES
COMMUNS
NAVAJO-HOPÏ
LUKACHUKAI
MANY
FARMS
160
CHINLE
CANYON
DE
CHELLY
TUBA
CITY
RESERVE
HOPI
WINDOW
ROCK
GANADO
KLAGETOH
GREASEWOOD
40
FLAGSTAFF
DESERT
PEINT
WINSLOW
HOLBROOK
FORET
PETRIFIEE

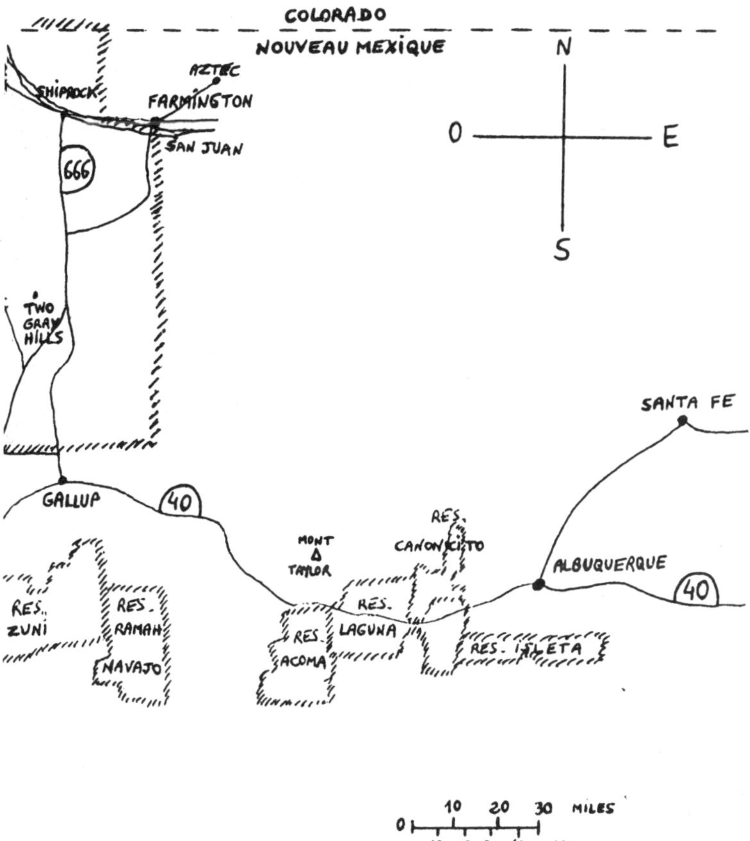
COLORADO
NOUVEAU MEXIQUE
N
O
E
S
AZTEC
SHIPROCK
FARMINGTON
SAN JUAN
666
TWO GRAY HILLS
SANTA FE
GALLUP
40
RES.
CANONCITO
MONT TAYLOR
ALBUQUERQUE
40
RES. ZUNI
RES. RAMAH
NAVAJO
RES.
LAGUNA
RES.
ACOMA
RES. ISLETA
0
10
20
30
MILES
10
20
30
40
KM

1

Pour ce travail il fallait attendre, attendre que les cultures se développent, que les toxines soient sécrétées, que les anticorps se forment, que les réactifs agissent. Et pendant cette attente, la bactériologiste approchait son fauteuil roulant des fenêtres et contemplait le monde en dessous d'elle. En bas, le monde, c'était le parking du Centre de Recherche et de Traitement du Cancer, le bâtiment voisin du Laboratoire des Maladies Transmissibles sur le campus de l'Université du Nouveau-Mexique Nord. C'était un parking pris d'assaut où les places étaient chères et, alors que cela faisait plus d'un an qu'elle le contemplait, la bactériologiste s'était aperçue qu'elle en connaissait parfaitement les us et coutumes. Elle savait quand les distributrices de contraventions effectuaient leur ronde des parcmètres et combien de temps il fallait d'ordinaire au camion de la fourrière pour arriver, le genre d'infraction qui entraînait cette punition suprême et quels étaient les véhicules susceptibles de se garer de manière illicite. Elle était même au courant d'une histoire d'amour qui semblait s'être déclarée entre la propriétaire d'une Datsun et celui d'une Mercedes décapotable bleue qu'il rangeait sur la place réservée à l'un des administrateurs haut placés. Au cours de cette même seconde année elle avait commencé à apporter ses jumelles au laboratoire. Elle avait fini par les y laisser. Elle les tenait entre ses mains, précisément, braquées sur un pick-up truck[1] sale de couleur verte qui s'insinuait en hésitant sur un emplacement défendu par un panneau annonçant :

Réservé au directeur adjoint
tout véhicule contrevenant sera enlevé
aux frais du propriétaire

Elle avait appris depuis bien longtemps que les malades atteints d'un cancer ont tendance à se moquer des règlements. Ils se meurent et le savent. Au regard de cette vérité, toute autre considération devient secondaire. Mais les acquis du comportement civilisé continuent généralement de prévaloir. Il était rare de voir un véhicule faire preuve d'un mépris comparable à celui qu'affichait ce pick-up.

L'auteur de cette attitude méprisante était de sexe masculin, c'était un Indien. Dans les jumelles il ne donnait pas l'impression d'avoir une attitude méprisante. Il donnait l'impression d'être malade et impassible. Il descendit de la cabine avec grande difficulté. La bactériologiste remarqua une valise sur le siège du passager et ressentit soudain un léger sentiment d'admiration. Il venait de lui-même à l'hôpital, abandonnant à jamais son véhicule aux bons soins de la loi. Un pied de nez au destin. Mais l'Indien laissa la valise derrière lui.

C'était un homme de grande taille avec ce torse puissant et ces hanches étroites dont elle avait appris

1. Pick-up truck : omniprésent dans les États de l'Ouest, il s'agit d'un camion léger, en général monté sur un châssis d'automobile, dont l'arrière ouvert autorise tous les transports.

qu'ils sont caractéristiques des Navajos. Il portait un jean et, en dépit de la chaleur d'août, une veste en toile épaisse. Il se dirigea lentement vers les admissions avec la démarche d'un homme en proie à la maladie. Elle pensa qu'il allait signaler son arrivée, puis qu'il reviendrait déplacer son pick-up truck et prendre sa valise.

Et voilà qu'un autre véhicule proclamait de manière aussi flagrante son mépris des lois. Il s'agissait d'une Chevrolet gris argent neuve qui dépassa le pick-up et vint se ranger sur la place réservée au directeur du CRTC. La portière du conducteur s'ouvrit et un homme élancé en sortit, vêtu de blanc, un chapeau de paille repoussé sur l'arrière du crâne. Il resta là un moment, le regard apparemment fixé sur le pick-up truck. Puis il fit le tour de sa voiture et ouvrit la portière du côté du passager. Il se pencha à l'intérieur, apparemment pour manipuler quelque chose qui se trouvait sur le siège avant. Il finit par prendre un sac d'épicerie au sommet replié qu'il emporta avec lui. Il le déposa sur le plateau du pick-up, parmi les planches et les boîtes, contre la cabine. Ceci fait, il regarda alentour, inspectant le parking, les trottoirs et, pour finir, regardant droit dans la direction de la bactériologiste. Elle vit qu'il était très blond. Presque albinos. En moins d'une minute il était remonté dans la Chevy grise et s'éloignait lentement.

Il était presque midi quand elle put établir que la forme de vie qui s'était reproduite dans sa boîte de Petri n'était pas la salmonelle qui empoisonne la nourriture mais *l'escherichia coli* non pathogène et inoffensive. Elle prit les notes requises, compléta son rapport et rapprocha son fauteuil roulant de la fenêtre. Un camion de remorquage était arrivé. Elle braqua ses jumelles. L'aide du conducteur achevait de fixer la barre de remorquage à l'arrière du pick-up truck vert. Il fit un geste de la main gauche et s'accroupit à côté d'une des roues pour regarder quelque chose. Le bruit du treuil de la dépanneuse se perdait à cause de la distance et de l'épaisseur des vitres insonorisées. Mais la bactériologiste voyait nettement l'arrière du petit camion qui commençait à se soulever.

Tout à coup, tout disparut à sa vue dans un éblouissant éclair de lumière. Le bruit lui parvint une seconde plus tard : le tonnerre d'un coup de canon. La vitre de sa fenêtre fut comprimée vers l'intérieur jusqu'à son seuil de tolérance, puis juste au-delà : elle se fendit avant d'être brutalement aspirée vers l'extérieur où ses bris de verre se mêlèrent à ceux de cent autres fenêtres qui pleuvaient en contrebas sur les trottoirs déserts.

2

La pluie se transforma soudain en une rafale de flocons semblables à du pop-corn. Ils fouettaient le chapeau d'uniforme de Jim Chee, rebondissaient sous le col de sa veste d'uniforme et le faisaient frissonner. C'était le troisième jour de novembre si l'on se référait au calendrier de la First National Bank de Grants qui se trouvait sur sa table de travail, dans son bureau, et le tout début de la Saison-où-Dort-le-Tonnerre selon le calendrier traditionnel et moins rigide du Dinee. Pour l'un comme pour l'autre il était trop tôt pour ce genre de temps, même à deux mille quatre cents mètres d'altitude sur les pentes du mont Taylor. Howard Morgan avait prévu de possibles rafales de neige dans son bulletin météo de Channel 7 mais Chee ne l'avait pas cru. Il avait laissé son manteau d'hiver au poste de police.

Il regarda en direction de son véhicule : une Chevrolet blanche portant l'emblème de la Nation Navajo et l'inscription POLICE TRIBALE NAVAJO bien visible sur la portière. Il pouvait battre en retraite à l'intérieur de la voiture et brancher le chauffage. Il pouvait chercher refuge à l'entrée de la propriété de Benjamin J. Vines et peut-être sonner plusieurs autres fois dans l'espoir d'attirer l'attention de quelqu'un. La sonnette émettait un étrange petit carillon qu'il pouvait entendre se répercuter plaisamment à travers la lourde porte. Quand bien même elle n'aurait entraîné absolument aucune réaction, il aurait été tenté de s'en servir à nouveau, ne serait-ce que pour l'entendre. La troisième solution consistait à remonter le col de sa veste pour faire obstacle à la neige fondue et continuer à satisfaire sa curiosité concernant cette maison. Elle avait été conçue, avait-il entendu dire, par Frank Lloyd Wright, et avait pour réputation d'être la résidence la plus chère du Nouveau-Mexique. La curiosité qu'elle faisait naître en lui, comme celle que faisait naître tout ce qui concernait le monde des Blancs, était intense. Une curiosité d'autant plus intense à ce moment-là qu'il se pouvait qu'il entre lui-même très prochainement dans ce monde surprenant. D'ici le dix décembre, dans moins de cinq semaines, il lui fallait décider s'il acceptait un poste au sein du FBI et une place dans le monde des carillons.

Il ramena le col de sa veste autour de son cou, rabattit le bord de son chapeau et poursuivit ses observations. Il se tenait à côté d'un garage presque mitoyen pouvant contenir trois voitures. Comme la maison proprement dite, il était en granite naturel, relié à la structure principale par un mur bas et incurvé construit dans le même matériau. Juste derrière ce mur, sur un espace couvert d'herbe qui ne faisait pas plus de quatre mètres cinquante de long, deux dalles de marbre noir retinrent son attention. Des pierres tombales. Il se pencha au-dessus du mur. Le nom gravé sur celle qui se trouvait sur sa droite était DILLON CHARLEY. En dessous, l'épitaphe disait :

Il ne se souvenait pas de la date de sa naissance
Décédé le 11 décembre 1953
Un bon Indien

Chee fit la grimace. Le côté sarcastique de cette inscription à double sens était-il volontaire ? Est-ce que Vines, ou la personne qui avait fait graver cette épitaphe, connaissait le dicton du général Sheridan affirmant que le seul bon Indien est un Indien mort ?

Sur la pierre qui était à sa gauche il lut :

MRS BENJAMIN J. VINES (ALICE)
Née le 13 avril 1909
Décédée le 4 juin 1949
Une femme fidèle

Fidèle à B.J. Vines ? C'était une inscription bizarre pour une pierre tombale, mais il était vrai que tout, dans les rites funéraires des hommes blancs, paraissait bizarre aux yeux de Chee. Les Navajos étaient dépourvus de ce sentimentalisme attaché aux cadavres. La mort volait au corps tout ce qui en faisait le prix, jusqu'à son identité qui était perdue au moment où le *chindi** se libérait. Ce que le fantôme* laissait derrière lui était quelque chose dont il fallait se débarrasser avec le minimum de risques de contamination pour les vivants. Le nom des morts était tu et n'était assurément pas gravé dans la pierre.

Chee reporta son regard sur la pierre tombale où figurait le nom de Charley. Il éveillait un écho dans sa mémoire. Il n'y avait pas de Charley dans son clan (le Dinee* du Peuple à la Parole Lente) ni aucun parmi les autres clans qui vivaient dans la région de Rough Rock où habitait sa famille. Mais ici à l'Est, aux confins de la réserve (chez le Dinee du Sel, le Dinee des Chèvres Nombreuses, le Dinee de la Boue et le Dinee du Rocher Debout), ce nom semblait assez courant. Et quelqu'un qui s'appelait Charley avait récemment fait quelque chose dont il devrait bien être capable de se souvenir.

– Cela vous paraît un endroit inhabituel pour un cimetière ?

La voix venait de derrière lui. Une femme, âgée de cinquante-cinq ans environ, dont le visage mince et joli ne souriait pas. Elle portait sur un jean l'une de ces fourrures qui valent fort cher. Un bonnet de laine bleu marine couvrait ses oreilles.

– C'est l'une des petites excentricités de B.J., d'enterrer des gens à côté du garage. Vous êtes le sergent Chee ?

– Jim Chee, se présenta-t-il.

La femme le regardait avec un froncement de sourcils critique, ne faisant pas mine de vouloir lui serrer la main.

– Vous êtes plus jeune que je ne m'y attendais, dit-elle. On m'a dit que vous faisiez autorité en matière de religion. Est-il possible que ce soit vrai ?

– J'étudie pour devenir *yataalii**.

Il employa le mot navajo parce qu'aucun mot américain n'en exprime vraiment le sens. Les anthropologues les appelaient des shamans*, et la plupart des gens de la réserve utilisaient les termes de chanteurs* ou de médecine-men*, mais aucune de ces appellations ne correspondait véritablement au rôle qu'il tiendrait pour son peuple s'il achevait un jour d'apprendre à le tenir.

– Vous êtes Mme Vines ?

– Bien sûr, répondit-elle. Rosemary Vines. (Elle eut un bref regard vers la tombe.) La seconde Mme Vines. Mais allons nous mettre à l'abri de cette neige fondue.

La maison avait intrigué Chee. Le mur de façade était un arrondi élégant pratiquement sans fenêtres qui suggérait une formation rocheuse naturelle. Mais une fois passées les portes d'entrée massives et franchi le vestibule, le mystère se résolut de lui-même. La façade, en fait, était l'arrière du bâtiment. Le plafond s'élevait en une courbe ambitieuse vers un grand mur vitré. Au-delà de ce mur, le versant de la montagne fuyait vers le bas. Pour l'instant la vue était bouchée par les nuages et les bourrasques de neige fondue, mais Chee comprenait qu'un jour normal cette baie vitrée donnait sur des étendues immenses... au sud-est sur la totalité de la réserve des Indiens Laguna et celle des Indiens Acoma, au sud vers les monts Zuni, au-delà des soixante-cinq kilomètres de mer de lave solidifiée que l'on appelait le malpais, et à l'est par-delà la Réserve Canoncito jusqu'aux énormes sommets arrondis des monts Sandia derrière Albuquerque. La pièce était presque aussi impressionnante que le panorama. Sur la gauche de Chee une cheminée dominait le mur intérieur en pierre naturelle, avec une peau d'ours blanc sur le tapis proche de l'âtre. À sa droite, sur le mur, cent yeux vitreux appartenant à des têtes naturalisées le fixaient. Chee les regarda à son tour : buffle d'Afrique, impala, gnou, bouquetin, oryx, élan, cerf ainsi qu'une douzaine d'autres espèces dont il ignorait le nom.

– Il faut s'y habituer, dit Mme Vines, mais au moins il garde toutes celles qui ont l'air féroce dans son salon de chasse. Ça, ce sont ceux qui ne pouvaient pas se venger en le mordant.

– On m'avait dit que c'est un chasseur réputé, dit Chee. Il a remporté le trophée Weatherby, me semble-t-il ?

– À deux reprises. En 1962 et en 1971. De bien tristes années pour tout ce qui avait griffes, dents ou plumes.

Elle étala son vison sur le dossier du canapé. En dessous, elle portait une chemise d'homme à carreaux. C'était une femme svelte qui prenait soin de son corps. Mais il y avait une certaine tension en elle.

Cela se voyait sur son visage, à la façon dont elle se tenait, aux muscles tendus sur sa mâchoire étroite. Ses mains se tordaient au niveau de sa taille.

– Je vais boire quelque chose, dit-elle. Vous vous joignez à moi ?

– Non, merci.

– Du café ?

– Si cela ne cause pas de dérangement.

Elle parla devant une ouverture grillagée proche de la cheminée :

– Maria.

L'appareil répondit par un bourdonnement.

– Apportez-nous un scotch et du café.

Elle se retourna vers Chee.

– Vous êtes un enquêteur expérimenté. C'est bien cela, n'est-ce pas ? Vous êtes en poste à Crownpoint et vous savez tout de la religion navajo.

– J'ai eu ma mutation pour Crownpoint cette année, corrigea-t-il, et je suis au courant de certaines des coutumes de mon peuple.

Ce n'était pas le moment de dire à cette arrogante femme blanche que les Navajos n'ont pas de religion au sens où l'entend l'homme blanc (en fait, il n'y a pas dans leur langue de mot qui corresponde à celui de « religion »). Il allait d'abord découvrir ce qu'elle attendait de lui.

– Asseyez-vous, lui dit Rosemary Vines.

Du bras elle lui indiqua un immense canapé bleu et s'assit elle-même dans un fauteuil composé de tubes d'acier inoxydable et de cuir brillant.

– Avez-vous également des connaissances en matière de sorcellerie ? (Elle était juchée au bord du fauteuil, souriante mais tendue, ses mains se tordant maintenant sur ses genoux.) Ces histoires de Loups Navajo*, de porteurs-de-peau*, je ne sais quoi encore. Vous êtes au courant de tout ça ?

– Un peu, dit-il.
– En ce cas, je veux vous engager. Vous avez vos congés annuels qui arrivent en plus d'arriérés...
Une femme âgée (une Indienne Pueblo*, mais il ne savait pas trop de quel pueblo), entra avec un plateau. Mme Vines prit son verre (d'après la couleur il y avait bien plus de scotch que d'eau) et Chee accepta son café. L'Indienne l'observait du coin de l'œil avec une curiosité empreinte de timidité.
– ... cela vous fait trente jours de congé, poursuivit Mme Vines. Ça devrait être plus que suffisant.
Pour faire quoi ? s'interrogea Chee. Mais il ne le dit pas. Sa mère lui avait enseigné que l'on apprend en se servant de ses oreilles et non de sa langue.
– Nous avons été cambriolés, dit-elle. Quelqu'un s'est introduit dans la maison par effraction, il s'est introduit chez B.J. et a volé un petit coffre de souvenirs lui appartenant. Je veux m'assurer vos services pour que vous le retrouviez. B.J. est dans un hôpital de Houston. Je veux le récupérer avant qu'il ne rentre à la maison. Je vous donnerai cinq cents dollars maintenant et deux mille cinq cents quand vous me ramènerez le coffre. Si vous ne le récupérez pas, vous n'aurez pas les deux mille cinq cents dollars. Ça me paraît logique.
– Vous pouvez faire faire ça par le shérif. Qu'est-ce qu'il en dit ?
– Gordo Sena. B.J. n'apprécie pas du tout Sena. Moi non plus. B.J. ne voudrait pas qu'il intervienne à quelque niveau que ce soit. D'ailleurs, en quoi pourrait-il nous être utile ? Il nous enverrait un adjoint ignare qui viendrait poser des tas de questions, furèterait ici et là, puis repartirait et on n'en entendrait plus jamais parler. (Elle but du scotch.) Il n'y a absolument rien sur quoi la police puisse travailler.
– Je fais partie de la police, fit-il remarquer.

– Ça va être assez facile pour vous, assura-t-elle. C'est le Peuple* des Ténèbres qui a volé le coffre. Vous les trouvez et vous le récupérez.

Chee se sentait avalé par le canapé, englouti dans le confort de son velours bleu roi. Il réfléchit à ce que Mme Vines venait de déclarer, cherchant quel pouvait en être le sens. Elle l'étudiait du regard tandis que l'une de ses mains tenait son verre. La glace remuait dans le liquide qui tremblait. Son autre main tripotait la toile de sa jambe de pantalon. La neige fondue crépitait sur les vitres au verre épais, les griffant. Au-delà des vitres, la nuit descendait.

– Le Peuple des Ténèbres, répéta-t-il.

– Oui. C'est forcément eux. Vous ai-je dit que rien n'avait disparu à l'exception du coffre ? Regardez autour de vous. (Du geste elle engloba la pièce.) Ils n'ont pris ni l'argenterie, ni les tableaux, ni rien. Juste le coffre. Ils sont venus pour s'en emparer. Et ils l'ont fait.

Le service en argent était sur le buffet : une grande aiguière et une douzaine de timbales sur un plateau massif. D'une grande valeur, estima Chee. Et derrière, sur le mur, une petite couverture yei* navajo absolument parfaite qui, sur la réserve, arracherait deux mille dollars aux plus rapaces des gens qui en tiraient commerce.

Chee résista à la tentation de demander à Mme Vines ce qu'elle entendait par le « Peuple des Ténèbres ». Il n'en avait jamais entendu parler. Mais il était plus malin de se contenter de la laisser s'exprimer.

Et elle parla, juchée sur le bord de son fauteuil, buvant un peu de temps en temps. Elle lui dit que quand elle était arrivée dans ce lieu (la maison était alors encore en construction), le contremaître du ranch B.J. était un Navajo nommé Dillon Charley, l'homme qui était maintenant enterré à côté de la première femme de Vines, près du garage. Vines et Charley avaient été amis, lui apprit Rosemary Vines.

– Ce vieil homme avait lui-même fondé une sorte d'Église à son propre usage. Cela intéressait B.J. En tout cas, c'est l'impression qu'il donnait. Lui prétendait le contraire ; il disait que c'était juste pour faire plaisir à ce vieillard. Mais ça l'intéressait. Je les entendais en parler ensemble. Et je sais que B.J. y contribuait financièrement. Et quand vous autres de la police navajo vous les arrêtiez, il apportait son aide pour les faire sortir de prison.

– Quand on les arrêtait ? reprit Chee.

Puis la raison se fit jour en lui :

– C'était parce qu'ils faisaient usage du peyote* ?

Si oui, le culte de Dillon Charley trouvait sa place au sein de la Native American Church. Elle avait eu beaucoup de succès après la Deuxième Guerre mondiale sur la Réserve-aux-Mille-Parcelles*, et avait été déclarée illégale par le Conseil Tribal* à cause de l'utilisation de cette drogue psychédélique lors des cérémonies ; mais la cour fédérale avait débouté la loi tribale, arguant qu'elle portait atteinte à la liberté de culte.

– Le peyote. Oui. C'était ça. L'usage illicite de la drogue, dit-elle d'une voix méprisante. B.J. ne fait preuve d'aucun discernement dans ce qui l'intéresse. Quoi qu'il en soit, il leur a donné un objet quelconque qu'il gardait dans son précieux coffre. Dillon Charley et lui avaient sorti le coffre à plusieurs reprises. Ce fameux objet était très important pour leur religion. Et maintenant ils ont volé le coffre.

– Qu'y avait-il dedans ?

Elle avala une gorgée.

– Rien que des souvenirs, assura-t-elle.

– Quoi, par exemple ? insista Chee. Y avait-il des choses de valeur ? Qu'est-ce que ces gens voulaient ?

– Je n'ai jamais vu le contenu de ce fichu coffre.

Elle rit puis poursuivit :

– B.J. a ses petits secrets. Il a sa vie privée, tout comme moi. (Le ton employé signifiait que c'était là la source d'un ressentiment ancien.) B.J. l'appelait son coffre à souvenirs et il disait qu'il ne contenait rien qui ait la moindre valeur pour quiconque excepté lui.

Elle rit à nouveau et conclut :

– Pour ça, il est clair qu'il se trompait.

– Avez-vous une idée de ce qu'il a pris dans le coffre pour le donner à Charley ? Une toute petite idée ?

Par-dessus le rebord de son verre elle le regarda d'un air ironique.

– Des taupes, ça vous dit quelque chose ?

Ce fut au tour de Chee de rire. Cette conversation lui rappelait de plus en plus l'histoire qu'il préférait de loin dans la culture des Blancs : *Alice au pays des merveilles.*

– Non, répondit-il, cela ne me dit rien du tout.

– Quel est le mot que vous employez pour dire taupe ?

– *Dine'etse-tle*, répondit-il en prononçant cette série de sons gutturaux.

Elle hocha la tête.

– C'est le mot que Dillon Charley a utilisé, dit-elle. Je lui ai demandé ce que B.J. lui avait donné et voilà ce qu'il m'a répondu. Nous avions alors une jeune fille navajo comme domestique (ça remonte au temps où les Navajos voulaient bien travailler pour B.J.), alors je lui ai demandé ce que ce mot signifiait et elle m'a répondu « taupes ».

– C'est exact, confirma Chee.

En principe, quand on divisait ce mot en ses composants, il voulait dire bien plus que ça. « Dinee » est le mot correspondant à « peuple ». Littéralement, l'expression signifiait « peuple des ténèbres ».

– Pourquoi appelez-vous l'Église de Dillon Charley le « Peuple des Ténèbres » ? demanda-t-il.

– C'est le nom que B.J. leur donnait. Ou quelque chose d'approchant. Ça remonte à tant d'années qu'il est difficile de s'en souvenir.

Mais vous vous en souvenez quand même, pensa Chee. Il dit :

– Il y a un autre mobile possible pour le vol du coffre. Ici c'est un lieu de légende, fit-il en montrant la pièce d'un geste du bras. B.J. Vines est un personnage de légende. Alors il y a peut-être une légende attachée à ce coffre de souvenirs. Peut-être y a-t-il des bruits qui courent selon lesquels il le remplit d'or, de diamants ou de billets de mille dollars. Et donc la personne qui serait venue le voler n'aurait pas été intéressée par les tableaux, l'argenterie ou les couvertures navajo. Est-ce qu'il était fermé à clef ? Est-ce qu'ils ont été obligés de l'emporter et de forcer la serrure avant de pouvoir découvrir ce qu'il contenait ?

– Il était fermé à clef en permanence. C'était à croire qu'il y rangeait les bijoux de la couronne. Mais il disait que ce n'étaient que des souvenirs, des objets divers pour ne pas oublier. Je ne crois pas qu'il mentait. (Elle eut son sourire crispé et sans joie.) B.J. est très fort pour conserver des souvenirs. Il garde tout. S'il ne peut pas les encadrer, il les empaille. (Le sourire sans joie céda la place à un ricanement sans joie.) C'est à croire qu'il avait peur de perdre la mémoire.

– Mais quelqu'un de l'extérieur...

– Quelqu'un de l'extérieur n'aurait pas su où il le mettait, l'interrompit-elle d'une voix impatiente.

Dillon Charley le savait, lui. Je peux seulement supposer qu'il l'a dit à son fils.

Elle se leva avec un mouvement plein de grâce :

– Venez, je vais vous montrer.

Chee la suivit.

– Encore un point, dit-il. Votre mari sait tout de cette histoire de Peuple des Ténèbres. Est-ce qu'il ne préfère pas partir lui-même à la recherche du coffre ?

– Je vous ai dit qu'il est à l'hôpital. Il a eu une attaque l'été dernier. Il était parti chasser en Alaska. Ils l'ont ramené par avion. Il est partiellement paralysé du côté gauche. Ils lui installent un appareil, à Houston, de telle sorte qu'il puisse se déplacer mieux, mais je ne tiens pas à ce qu'il parte à la chasse aux cambrioleurs.

– Je comprends.

Elle fit halte sur le seuil d'une porte ouverte par laquelle on pouvait quitter le couloir, fit signe à Chee de passer.

– Il est du genre à le faire, avec ses béquilles et tout, reprit-elle. Il essaierait de se lancer à sa recherche dans un poumon d'acier. C'est pourquoi je veux récupérer le coffre tout de suite. Je veux qu'il soit ici quand il rentrera. Je ne veux pas qu'il se tourmente pour ça.

La pièce que Rosemary Vines appelait le « bureau de B.J. » se trouvait au bout d'un couloir moquetté. Elle était vaste, avec un plafond à poutres apparentes, une cheminée de pierre flanquée de fenêtres qui dominaient le versant de la montagne et une grande table de travail avec un plateau en verre. Trois des murs étaient couverts de têtes de félins, toutes montrant les dents avec la dernière fureur. D'un rapide coup d'œil Chee identifia trois lions, deux lionnes, quatre tigres et un assortiment de panthères, léopards, pumas, guépards et divers félins dangereux qu'il ne put identifier. En tout, quarante ou cinquante, estima-t-il. Les reflets de lumière jouaient sur des centaines de dents exposées dans des rictus agressifs.

– Le voleur est entré par cette fenêtre-là, à côté de la cheminée ; il est allé directement à l'endroit où B.J. rangeait le coffre et il l'a pris. Il n'a rien touché d'autre. Il savait où il se trouvait. (Elle regarda le policier.) Vous sauriez où c'était, vous ?

Chee étudia la pièce. Rosemary Vines avait dit que son mari collectionnait les souvenirs. C'était le moins que l'on puisse dire. La pièce en était envahie. Le mur ouest, le seul qui échappât à cette exposition de trophées d'animaux carnivores, était une galerie de photographies et de certificats encadrés. Vines à côté d'un tigre mort. Vines aux commandes d'un hors-bord. Vines brandissant un trophée. Vines réduit à la taille d'un nain par la roue de l'un de ces monstrueux camions qui servent à l'exploitation du minerai à la mine Red Deuce. Le large visage de Vines, couvert de barbe grise, éclairé d'un sourire rayonnant sous un casque colonial. Son visage plus jeune, plus étroit, couvert de barbe noire, regardant à l'extérieur par la vitre du cockpit d'un avion. Chee détourna le regard de cette galerie de Vines. Deux vitrines, l'une débordant de trophées et de coupes, l'autre contenant des objets de bois et de pierre, taillés ou sculptés. Des étagères, une table : toutes les surfaces horizontales supportaient leur fardeau d'objets souvenirs. Mme Vines l'observait, le visage amusé.

– Tous ces *objets d'art*[1] ont été sculptés de ses propres mains, dit-elle avant de désigner du bras l'exposition de photos. Et comme vous pouvez le constater, mon mari a un problème avec son ego.

1. En français dans le texte.

– Est-ce que ça pouvait être dans le bureau ? demanda-t-il.

– Erreur.

Elle s'approcha du mur de la cheminée et décrocha la tête du plus petit des tigres. Derrière, un panneau métallique pivota pour s'ouvrir partiellement ; l'un des angles en était tordu.

– Ils savaient où chercher et ils savaient qu'ils devaient amener quelque chose pour forcer cette porte ; et c'est exactement ce qu'ils ont fait. Ils ne se sont même pas donné la peine de refermer le panneau ou de raccrocher la tête.

Chee inspecta le panneau. Il était monté sur des gonds robustes et protégé par une serrure qui paraissait onéreuse. Celui qui l'avait ouvert avait inséré de force un objet du genre pied-de-biche entre le panneau métallique et le cadre puis avait forcé jusqu'à ce que la serrure cède. La porte était épaisse et étonnamment lourde sur ses gonds, mais elle n'avait pas été assez robuste pour résister à la force imprimée par le levier. Chee en ressentit une légère surprise. La porte paraissait plus solide qu'elle ne l'était.

– Quelle est la taille du coffre ? demanda-t-il.

– À peu de chose près juste la même que l'espace libre. B.J. l'avait fait faire. Le bouton de la serrure à combinaison était sur le devant. Ce que je veux que vous fassiez, c'est trouver ces gens et leur dire que s'ils ne le rendent pas (avec tout ce qui se trouvait à l'intérieur), ils peuvent être certains que je ferai ce qu'il faut pour que ça les mène en prison.

Elle retourna vers le seuil de la pièce et fit signe à Chee de sortir avant elle tout en disant :

– Vous pourriez aussi leur dire que B.J. leur jettera un sort s'il rentre chez lui et s'aperçoit que le coffre a disparu.

– Quoi ? s'écria Chee.

Mme Vines rit :

– Les Navajos qui habitent dans le coin pensent que c'est un sorcier*, expliqua-t-elle.

– J'avais l'impression qu'il s'entendait bien avec le Dinee.

– Ça, c'était il y a longtemps. Dillon Charley est mort et ça a été la fin de la bonne entente avec eux. En moins d'un an ou deux, pratiquement tous ceux qui travaillaient ici sont partis. Cela fait des années que nous n'avons pas eu un seul de vos semblables parmi notre personnel. Maria est une Acoma. La plupart des saisonniers sont des Lagunas* ou des Acomas*.

– Que s'est-il passé ?

– Bien franchement, je l'ignore. Je suis sûre que c'est quelque chose que B.J. a fait, mais Dieu sait quoi. J'ai posé la question à Maria et elle m'a répondu que les Navajos pensent que B.J. porte malheur.

– Et vous n'avez pas signalé ce vol au shérif ?

– Gordo Sena ne ferait strictement rien pour nous. B.J. lui a fait rater la réélection une fois, il y a longtemps, et depuis il a essayé à deux reprises. Sena n'est pas quelqu'un d'honnête et je ne veux absolument pas qu'il soit mêlé à ça de quelque manière que ce soit.

– Je vais être contraint de lui en parler, dit Chee. Je suis obligé d'être en bons termes avec le shérif. Nous sommes dans la même branche.

– Allez-y. S'il envoie quelqu'un, je dirai que nous ne portons pas plainte, que nous ne saisissons pas la justice et que tout cela n'était qu'une erreur.

Chee récupéra son chapeau sur le canapé. Il était humide.

– L'homme que vous devez chercher est le fils de Dillon Charley. Il a repris la tête de l'Église. Il s'appelle Emerson Charley et il habite quelque part du côté de Grants. Il est venu ici un certain nombre de fois après la mort de son père et il se disputait violemment avec B.J.

– À quel sujet ?

– Je crois qu'il voulait ce qu'il y avait dans le coffre. Je l'ai entendu dire que leur chance était enfermée dans le coffre. Quelque chose comme ça. Je me rappelle avoir entendu le vieux Dillon dire à peu près la même chose. Cela le faisait rire, mais Emerson ne riait pas, lui.

L'air pensif, Chee faisait tourner son chapeau sur ses mains.

– Encore deux questions, dit-il. Comment Emerson Charley aurait-il pu être au courant pour le coffre ?

– C'est facile. Dillon le savait. Il venait souvent dans la pièce avec B.J. Je suis sûre que Dillon en a parlé à son fils. Après tout, c'était Emerson qui allait continuer à faire vivre leur secte délirante. Quelle est l'autre question ?

– Comment Dillon Charley est-il mort ?

– Comment ? répéta Mme Vines d'un air surpris.

Puis elle rit et dit :

– Oh, je vois à quoi vous pensez. Rien de mystérieux. Il est mort d'un cancer. (Elle rit à nouveau.) C'est la raison de cette étrange épitaphe, sur sa tombe, qui dit qu'il était un bon Indien. Il était malade depuis longtemps et un jour il est revenu d'Albuquerque et il a dit à B.J. que le docteur lui avait appris qu'il ne pouvait pas guérir. Il a dit à B.J. que le docteur lui avait dit que d'ici deux mois il serait un bon Indien.

Rosemary Vines fit une grimace et conclut :

– Il tournait sa propre mort en dérision : c'est le genre d'attitude étrange qui impressionnait B.J. Il l'a mis sur sa tombe.

Elle tendit une enveloppe au policier.

– Il va falloir que je parle de tout ça à mon travail, dit-il. Et que j'y réfléchisse un peu. Je vous tiendrai au courant dans un jour ou deux. Je vous renverrai peut-être ceci.

– Vos supérieurs seront d'accord. Je m'en suis déjà assuré.

– Je vous appellerai, répéta-t-il.

La vieille femme d'Acoma lui ouvrit la porte d'entrée et la lui maintint ouverte à cause du vent qui soufflait en rafales. Il lui adressa un signe de tête en s'enfonçant dans les ténèbres.

– *Tenga cuidado*, lui dit-elle.

Au moment où il faisait démarrer le moteur froid, il lui vint à l'esprit qu'elle ne parlait pas le navajo, qu'il n'y avait aucune chance qu'il comprenne sa langue keresienne* et qu'il aurait été plus logique pour elle de dire « Soyez prudent » en anglais plutôt qu'en espagnol, langue qu'il pouvait ne pas comprendre. Puis il lui vint à l'esprit que Mme Vines ne parlait peut-être pas espagnol et que cette mise en garde n'avait peut-être rien à voir avec les conditions météorologiques.

3

Tandis que Chee négociait prudemment la descente à flanc de montagne et entrait dans Grants, la tempête s'éloignait vers l'est. Elle laissait derrière elle une masse d'air sans vent, aride, à vingt-six degrés au-dessous de zéro. Elle laissait aussi une couche de deux centimètres d'une neige aussi légère et sèche que du duvet. Chee fit un détour par l'immeuble des bureaux du comté de Valencia au cas où les conditions difficiles de circulation auraient contraint les services du shérif à travailler tard. Il y avait de la lumière. Il se rangea sur le parking.

Sauf à l'est les nuages avaient disparu et dans le ciel nocturne dégagé de la poussière en suspension miroitaient les étoiles. Chee resta là un moment à s'en imprégner. Il dénicha les constellations de l'automne, ces regroupements qui montaient du sud au fur et à mesure que la terre s'inclinait pour donner un terme à l'été et commencer la Saison-où-Dort-le-Tonnerre. Il les connaissait non par les noms que les Grecs et les Romains leur avaient donnés, mais par l'enseignement de son grand-père. Il repéra Femme Araignée (que les Romains appelaient le Verseau), bas sur l'horizon vers le sud, et les Garçons Silex Bleu malfaisants, que les Grecs appelaient les Pléiades, juste au-dessus de la noirceur de la tempête qui se détachait sur le ciel au nord-est. Presque juste au-dessus de Né-de-l'Eau, l'élément philosophique des Jumeaux Héroïques*. Au-dessus de son épaule droite, environné d'étoiles de magnitude moindre, s'élançait le Héron Bleu. Selon le Mythe des Origines* tel qu'il était raconté dans le clan de Chee, c'était le Héron que Premier Homme avait renvoyé vers le monde inférieur envahi par les eaux pour sauver la bourse à sorcellerie* qui y avait été oubliée et de la sorte apporter le mal dans le monde de la surface de la terre. Chee sentait le froid s'insinuer sous son col et dans ses jambes de pantalon. Il se hâta de gagner la chaleur du bâtiment administratif du comté.

La troisième porte en suivant le couloir arborait l'inscription LAWRENCE SENA, SHÉRIF, COMTÉ DE VALENCIA. ENTREZ. Chee avait entendu dire que les grandes capitales d'imprimerie du début, LAW[1], représentaient l'effort fait par Sena pour remplacer « Gordo »[2] par un surnom moins insultant. Ça n'avait pas marché. Chee tourna le bouton de porte, espérant que Sena avait laissé à l'un de ses adjoints la charge de faire ses heures supplémentaires. Il n'avait rencontré le shérif qu'une seule fois, lors d'une visite de courtoisie après sa mutation à Crownpoint. Sena lui avait laissé l'impression de quelqu'un de dur, d'intelligent et de caustique : ayant, comme Mme Vines, dépassé le besoin de faire preuve de tact en accédant au pouvoir. Peut-être était-ce la conséquence d'une trop grande richesse, pensa Chee. L'uranium. C'était Vines qui l'avait découvert et il avait vendu ses concessions contre une fortune ajoutée à

1. Law : la loi.
2. Gordo : « gros », en espagnol.

un pourcentage dans l'immense mine à ciel ouvert que l'on appelait la Red Deuce. La fortune de la famille Sena était tout à fait accidentelle, acquise en essayant d'arracher sa subsistance à la terre d'un ranch décrépit qui se trouva posséder du minerai radioactif à six mètres sous les racines de cactus. Ah, après tout, se dit Chee, un homme disposant d'une pareille richesse est assurément chez lui un soir comme celui-ci.

Le shérif Sena se tenait dans un box à cloisons vitrées qui isolait du reste du monde la radiotélégraphiste des forces de police. Il écoutait tandis qu'une femme d'une quarantaine d'années, les écouteurs sur la tête, argumentait avec quelqu'un sur la nécessité qu'il y avait à dépêcher une dépanneuse quelque part. Un long moment s'écoula avant qu'il ne remarque Chee.

– Ouais, fit-il. Que puis-je pour vous, sergent ?

– Je viens vous signaler un cambriolage.

Le shérif Sena démontra la forme de surprise la plus limitée en soulevant ses épais sourcils noirs d'une fraction de millimètre. Ses yeux noirs étaient posés sur le visage de Chee, neutres et sans expression, attendant qu'il fournisse des explications.

– Quelqu'un s'est introduit chez B.J. Vines et a volé son coffre à fermeture à combinaison. Rien de précieux. Juste des souvenirs.

Les yeux de Sena étaient attentifs.

– Tiens, dit-il enfin. Voilà qui est intéressant. (Il passa devant Chee pour sortir du box.) Venez avec moi dans mon bureau que je prenne mon crayon.

Le bureau du shérif était une pièce encore plus petite que le box de la radiotélégraphiste, à peine assez large pour une table de travail avec un fauteuil pivotant d'un côté et une chaise en bois de l'autre.

Sena inséra sa masse dans le fauteuil et leva les yeux vers Chee.

– Je suppose que Vines a cassé son téléphone, dit-il. C'est pour ça qu'il ne l'a pas signalé lui-même ?

– Vines n'est pas chez lui. Sa femme m'a dit qu'elle ne l'avait pas signalé parce qu'elle ne voyait pas comment la police pourrait résoudre cette affaire.

Sena tira à lui le tiroir supérieur de son bureau et en sortit un bloc de papier et un crayon.

– La police ne pourrait pas la résoudre, reprit-il. Elle a dit pourquoi ?

– Aucun indice.

– Asseyez-vous, dit Sena en désignant la chaise.

Les années et les intempéries avaient creusé sur le visage rond du shérif un millier de rides éloquentes. Elles exprimaient le scepticisme.

– Elle n'a pas du tout dit que le vieux B.J. ne voulait rien avoir à faire avec moi ?

Chee sourit.

– Je crois qu'elle a mentionné le fait que vous n'étiez pas très amis tous les deux. Je ne me souviens pas exactement de la façon dont elle s'est exprimée.

– Comment se fait-il qu'elle vous ait parlé de ce cambriolage ? Vous êtes un ami des Vines ?

– Elle veut faire appel à mes services pour récupérer le coffre.

– Oh, fit Sena.

Ses sourcils remontèrent à nouveau, demandant pourquoi.

– Elle pense que c'est un Indien qui l'a fait. Un Navajo. Que c'est en rapport avec la religion, ou la sorcellerie. Quelque chose comme ça.

Sena réfléchit :

– Seulement le coffre, c'est bien ça ? Il ne manque rien d'autre ?

– C'est ce qu'elle m'a dit.

– Il y a de grandes chances que quelqu'un se soit dit que c'était là qu'il mettait son argent.

– Probablement.

– Mais elle ne croit pas que ce soit aussi simple que ça.

C'était une affirmation, non une question, et Chee n'y répondit pas.

Il regardait une photographie encadrée accrochée au mur derrière le shérif. Cela ressemblait à une scène de désolation : des structures d'acier tordues au premier plan, un camion calciné couché sur le flanc, deux hommes en uniforme kaki qui regardaient quelque chose hors cadre, une voiture de police et une ambulance datant de 1950. Le théâtre d'une explosion, apparemment. Une petite carte blanche enfoncée dans l'angle du cadre portait six noms dactylographiés, apparemment tous navajo. Les victimes, peut-être. Le cliché était en noir et blanc, à gros grain ; le verre tout comme la carte étaient poussiéreux. Sena inséra la gomme du crayon entre ses dents, s'appuya au dossier de son fauteuil pivotant et fixa Chee en faisant bouger sa mâchoire : le crayon oscilla lentement de bas en haut telle une antenne en quête de logique. Il l'enleva :

– Qu'est-ce qu'elle a dit d'autre ?

Chee décrivit l'endroit où le coffre était caché et la façon dont on l'avait forcé.

– Il ne manquait rien d'autre, poursuivit-il. Il y a beaucoup d'objets de valeur dans la maison... juste à portée de la main. De l'argenterie. Des couvertures. Des tableaux. De grande valeur.

– J'imagine. Vines a plus d'argent que l'Arabie Saoudite. Qu'est-ce qu'elle a dit sur la religion ?

Chee le lui raconta, soulignant brièvement le récit qu'elle lui avait fait de l'intérêt que son mari portait à l'Église de Dillon Charley, l'impression qu'elle avait de la présence dans le coffre de quelque chose qui avait de l'importance pour la secte, et le fait que Charley était le seul à savoir où le coffre était rangé.

– Dillon Charley est mort depuis bien longtemps, objecta Sena.

– Mme Vines m'a dit qu'il avait un fils. Elle pense qu'il en a parlé à son fils il y a des années et que le fils a décidé de venir s'en emparer.

Sena resta assis sans bouger, scrutant Chee.

– C'est ça qu'elle pense ?

– C'est ça qu'elle m'a dit.

– Le nom du fils est Emerson Charley. Ça vous dit quelque chose ?

– Très vaguement. Mais je ne sais plus pourquoi.

– Vous vous souvenez de ce massacre qui a eu lieu à Albuquerque en août ? Quelqu'un qui a mis une bombe dans un pick-up et ça a tué deux gars de la dépanneuse qui essayaient de l'emmener à la fourrière. C'était le pick-up d'Emerson Charley.

Chee se souvint avoir lu des articles là-dessus. C'était une affaire étrange.

– Je m'en souviens, dit-il. À ce que j'ai compris la bombe était dirigée contre l'un des grands pontes de l'hôpital. Une histoire de clauses de divorce, de désaccord juridique ou autre, à ce que j'ai compris.

– C'est ce que la police d'Albuquerque semble penser, confirma Sena d'une voix empreinte de scepticisme.

– En tout cas, Mme Vines croit que c'est Emerson qui a le coffre. Elle veut que j'aille le lui reprendre.

– Ce n'est pas Emerson qui a pris le coffre, affirma Sena.

Il remit le crayon dans sa bouche et le mordilla. Son regard était fixé sur Chee, mais son attention était bien loin. Il lâcha un soupir, secoua la tête, gratta son favori gauche d'un index épais.

– Emerson est à l'hôpital, dit-il. CMCB à Albuquerque. Enfin, s'il n'est pas mort. Aux dernières nouvelles il était dans un sale état.

– Je croyais qu'il n'avait pas été touché dans l'explosion.

– Touché, il l'était déjà, expliqua Sena. Il s'était rendu à l'hôpital pour être admis au Centre de Recherche et de Traitement du Cancer que l'université a sur place. Ce couillon est en train de mourir du cancer.

Il concentra à nouveau son regard sur Chee, émit une sorte de petit rire plein de mépris et d'ironie et ajouta :

– En y travaillant ensemble, la police d'Albuquerque et le FBI n'ont pas réussi à trouver quelle raison quelqu'un pouvait avoir de faire sauter un Navajo sur une bombe alors qu'il était déjà mourant.

– Et vous ? demanda Chee.

Le crayon s'agita, de bas en haut, à deux reprises.

– Non, répondit Sena. Je n'y arrive pas. Pas l'ombre d'une réponse. Est-ce que Mme Vines vous a parlé de gens qu'ils avaient l'habitude d'appeler le Peuple des Ténèbres ?

Sena avait posé sa question d'un ton détaché.

– Elle les a mentionnés.

– Qu'est-ce qu'elle a dit ?

La voix du shérif, en dépit de ses efforts, était tendue.

– Pas grand-chose.

Chee répéta ce que Rosemary Vines lui avait raconté sur l'intérêt que son mari portait à l'Église de Dillon Charley, sur ses contributions financières, sur l'aide qu'il apportait aux fidèles lorsqu'ils étaient arrêtés, sur le don qu'il avait fait à Charley d'un objet qui portait « bonheur », provenant du coffre... un talisman, peut-être, supposait Chee. Au milieu de ce compte rendu, Sena étouffa un bâillement. Mais ses yeux ne trahissaient pas le sommeil.

– Comme elle me l'a dit elle-même, conclut Chee, tout cela était très vague.

Sena bâilla à nouveau.

– Bon, j'enverrai quelqu'un là-bas demain ou après-demain pour avoir tous les détails. Inutile de vous faire perdre votre temps. (Il étudia le bout du crayon.) Vous n'aviez pas l'intention d'accepter ce travail, pas vrai ?

– Je n'avais pas vraiment pris de décision. Probablement pas.

– Ce serait le mieux. C'est comme je vous le disais la première fois que vous êtes venu ici vous présenter... la première semaine où vous avez remplacé Henry Becenti. Comme je vous le disais à ce moment-là, ces histoires de juridiction peuvent être un véritable problème si on n'y fait pas très attention.

– Sans doute, dit Chee.

Pour autant qu'il puisse s'en souvenir, le sujet de la juridiction n'était pas intervenu dans cette brève conversation. Il en était sûr.

– J'ignore si vous avez déjà travaillé ici sur la Réserve-aux-Mille-Parcelles, continua Sena. Vous roulez tranquillement et vous êtes sur la réserve navajo, et l'instant d'après vous vous retrouvez sous la juridiction du comté de Valencia et en général il n'y a absolument aucun moyen de dire la différence. Ça peut être un véritable problème.

– Il y a des chances.

L'existence quotidienne de la police navajo se déroule au milieu des problèmes de juridiction. Même sur la Grande Réserve qui s'étend de part et d'autre des frontières du Nouveau-Mexique, de l'Arizona et de l'Utah sur une superficie supérieure à celle de toute la Nouvelle-Angleterre, la juridiction est une question toujours en suspens. Les crimes aggravés font intervenir le FBI. Si le suspect est un non-Navajo, cela soulève d'autres questions. Soit le crime retombe dans la zone d'influence de la police d'État du Nouveau-Mexique, ou de la police de la route d'Arizona ou d'Utah, soit il concerne le Service de la loi et de l'ordre du Bureau des Affaires Indiennes. Ou encore un représentant de l'ordre Hopi, la Police Tribale des Utes du Sud, un membre de la police de la tribu des Apaches Jicarilla, voire l'un ou l'autre de la douzaine de shérifs des comtés de ces trois États. Mais ici, aux confins sud-ouest de la réserve, la division en parcelles complique le problème. Dans les années 1880, le gouvernement avait attribué statutairement à l'Atlantic & Pacific Railroad une parcelle sur deux ayant une surface de 2,5 km^2 sur une bande de terre de presque cent kilomètres de largeur dans le but de subventionner l'extension de sa ligne principale en direction de l'Ouest. L'A&P était devenue la Santa Fe depuis plusieurs générations et la Nation Navajo avait petit à petit racheté une partie de cette portion de terres volées au Dinetah*, sa terre ancestrale, mais en de nombreux endroits, la disposition des terres en damier due à l'attribution des parcelles demeure.

– Si vous voulez la vérité, Becenti et moi on a eu quelques différends au début quand il a pris la responsabilité du poste de police de Crownpoint. Le Conseil Tribal venait juste de se voter une loi rendant le peyote illégal et ils ne faisaient pas de cadeaux à l'Église. Vous êtes assez vieux pour vous en souvenir ?

– J'étais au courant.

– Le vieil Henry il s'est un peu laissé emporter par cette affaire, poursuivit Sena. Il tenait tellement à coincer tous ces abrutis du peyote qu'il en avait oublié où se trouvaient les limites de la réserve et qu'il empiétait sur mon territoire. Alors j'ai fait arrêter plusieurs de ses gars par mes gars à moi et une chose en a amené une autre jusqu'à ce qu'on finisse par se réunir ici et trouver une manière pour ne pas se mettre mutuellement en travers des projets de l'autre.

Le regard de Sena fixait Chee avec intensité pour s'assurer qu'il avait compris la leçon.

– J'aurais pensé que c'était au lieutenant Becenti de faire respecter cette interdiction d'utiliser le peyote.

– Normalement, oui, reconnut Sena. Cette fois-là, cependant, nous enquêtions sur un autre crime et Henry venait nous mettre la pagaille. (Sena balaya cette dissension d'un geste de la main.) L'important c'est que nous avons appris à coordonner nos actions. Par exemple, j'appelais Henry quand un truc navajo surgissait afin de savoir où il en était là-dessus. Et lui il m'appelait quand il y avait quelque chose qui empiétait sur la réserve en damier et il me demandait si on était chatouilleux à cet égard. Et si on l'était, il restait là-bas sur la réserve et il n'intervenait pas.

Il remit le crayon entre ses dents et se rappuya à son dossier. Le crayon était pointé droit sur le nez de Chee et les yeux du shérif lui demandaient s'il avait bien reçu l'avertissement.

– Ça paraît raisonnable, dit Chee.

– Ouais. Ça l'est.

Il repoussa le fauteuil en arrière tout en se hissant pour s'en extraire.

– La journée a été longue, ajouta-t-il. Un petit saupoudrage de neige ça suffit pour qu'on se retrouve avec ces putains de Texans qu'en ont jamais vu avant et qui traversent par la I-40 en dérapant et en sortant de la route de Gallup jusqu'à Albuquerque.

Il contourna sa table de travail, agile pour un homme de sa corpulence, et raccompagna Chee.

– Je pense que vous avez bien fait de ne pas accepter ce boulot, dit-il. Nous allons tout bonnement lui résoudre son petit cambriolage nous-mêmes, à Mme Vines. Juste lui montrer comment on s'y prend. Elle vous a rien dit sur Dillon Charley ? Rien du tout ?

À nouveau Chee eut l'impression que la question lui était posée avec un détachement feint.

– Seulement ce que je vous ai dit.

– Vous savez, ils ont fait enterrer le vieux Dillon Charley là-bas. Juste à côté de la maison. Ça m'a toujours semblé drôlement bizarre.

Chee ne dit rien. La main de Sena lui agrippa le bras.

– Elle ne vous a rien dit sur la raison pour laquelle ils ont fait ça ?

– Non, répondit Chee. Tout ce qu'elle m'a dit c'était que le vieil homme plaisantait quand le docteur lui a dit qu'il allait mourir.

– Pour en revenir à ce cambriolage, vous croyez qu'elle vous a raconté tout ce qu'elle savait ?

– En général les gens ne le font pas.

Sena l'observa pensivement.

– C'est vrai, dit-il. Dans mon expérience ça s'est toujours passé comme ça.

Il relâcha le coude de Chee et dit :

– Bon, soyez prudent.

4

Jimmy Chee était assis, les talons de ses bottes posés sur le rebord de sa corbeille à papier, les doigts noués derrière la tête et les yeux posés sur sa collègue Trixie Dodge. L'agent Dodge, ainsi qu'elle le lui avait déjà dit, essayait de travailler.

– Allez, Trixie, dit-il. Réfléchis. Qu'est-ce qu'il peut y avoir dans ce coffre ? Pourquoi la vieille Mme Vines est-elle si soucieuse de le récupérer ? Pourquoi le vieux Gordo Sena est-il si nerveux quand on en parle ?

Trixie Dodge triait des formulaires officiels qu'elle prenait dans sa corbeille réservée au courrier en souffrance, les transférant dans une chemise de rangement en carton. Ces papiers devaient être transmis dans la matinée au siège de Gallup du Bureau des Affaires Indiennes. Elle était en retard.

– Comment veux-tu que je le sache, bon sang ?

– Et tu n'as jamais entendu parler de quelque chose qu'on appelle le Peuple des Ténèbres ?

– Non. J'ai entendu parler des taupes. J'ai entendu parler de l'Église du peyote. En fait, j'ai un cousin qui donne là-dedans.

Elle mit les derniers papiers dans la chemise et prit la direction de la porte avant de dire :

– Et j'ai entendu parler de gens qui étaient en classe de taupe, mais je n'ai jamais entendu parler de gens qui se donnaient le nom de taupes.

– Peut-être que ça avait un rapport avec une amulette, ou un fétiche... quelque chose comme ça.

– Qui représente une taupe ? interrogea-t-elle d'une voix incrédule. Quel genre de Navajo irait prendre une taupe pour amulette ?

Elle partit pour Gallup sans attendre de réponse.

Quelle sorte de Navajo irait prendre une taupe comme amulette ? C'était une question tout à fait justifiée. Chee resta à réfléchir, les pieds sur la corbeille à papier, les mains nouées derrière la tête. Ce ne serait pas un Navajo d'autrefois, un traditionaliste, probablement, sauf dans des circonstances particulières. Plus vraisemblablement l'un de ces Navajos de l'Est dont les clans avaient intégré dans leur culture une plus grande part de ritualisme des Indiens Pueblo et de chrétienté. Le Navajo utilisait des représentations du Peuple Sacré* prédateur pour ses amulettes. La taupe était un prédateur dans la mythologie navajo, mais elle était bien moins puissante et bien moins populaire que ses cousins plus prestigieux : l'ours, le blaireau, l'aigle, le lion des montagnes et les autres. Dans sa bourse à médecine à lui, qui était accrochée par une lanière à l'intérieur de son pantalon, Chee avait la représentation d'un blaireau. Il avait à peu près la taille de son pouce et était sculpté dans de la stéatite. Un cadeau de son père. Dans la mythologie du Dinee à la Parole Lente, Hosteen* Blaireau était un personnage redoutable. Hosteen Taupe tenait un rôle insignifiant. Pourquoi prendre la taupe ? C'était le prédateur du nadir, ce qui est en dessous de nous, l'une des six directions sacrées. C'était le symbole des ténèbres souterraines, ayant accès à ces étranges mondes inférieurs plongés dans l'obscurité à travers lesquels les membres du Dinee s'étaient élevés dans leur évolution vers le statut d'êtres humains. Mais comparée à l'ours, à l'aigle, ou même à la grenouille cornue, elle n'avait que peu de puissance et aucun rôle de premier plan dans les cérémonies. Pourquoi choisir la taupe ? La seule explication à laquelle il pouvait penser était la plus évidente. Le puits de pétrole s'enfonçait vers le nadir, dans le domaine de la taupe.

Il sépara ses mains et posa les pieds bien à plat sous son bureau. Il ferait bien de s'atteler à plusieurs rapports à terminer. Mais à mi chemin du premier, il se retrouva à penser à l'inquiétude de Rosemary Vines qui lui proposait trois mille dollars pour un coffre de souvenirs et aux questions crispées et inquisitrices de Gordo Sena. Une femme arrogante présupposait qu'on pouvait l'acheter et un homme autocratique présupposait qu'on pouvait l'abuser. En quoi ce petit cambriolage pouvait-il revêtir une telle importance à leurs yeux ?

Il prit l'annuaire des téléphones d'Albuquerque, trouva le numéro et appela le Centre Médical du Comté de Bernalillo. Après être passé par deux postes successifs, il parla avec une infirmière du Centre de Recherche et de Traitement du Cancer.

– Je suis désolée, dit-elle. Le malade ne peut recevoir de visiteur.

– Nous enquêtons sur un crime, insista Chee. M. Charley est la seule personne qui puisse nous apporter des informations dont nous avons besoin. Ce ne serait que pour deux ou trois questions rapides.

– M. Charley n'est pas conscient. Il est sous sédatifs. Il est dans un état extrêmement critique.

– Cela ne prendrait que quelques secondes. Je pourrais venir et attendre qu'il reprenne connaissance.

– Je crains que cela ne se produise pas, dit-elle. Il est mourant.

Chee réfléchit. Cela rendait absurde la question qu'il s'apprêtait à poser.

– L'hôpital peut-il confirmer qu'Emerson Charley n'a pas quitté le bâtiment mardi dernier ?

– Nous pouvons confirmer que M. Charley n'a pas quitté sa chambre depuis un mois. Il est nourri par intraveineuse. Il est trop faible pour bouger.

Le ton employé était désapprobateur.

– Bon, fit Chee. Dans ce cas, il va me falloir le nom de son plus proche parent.

Il l'obtint auprès du bureau d'admission et le nota sur son bloc de papier. Tomas Charley, 2, chemin Rural, Grants. Pas de téléphone. Un fils, petit-fils de Dillon Charley. Qu'est-ce que Tomas pourrait bien savoir sur une chose qui s'était passée à peu près à l'époque de sa naissance ? Probablement pas grand-chose. Peut-être rien.

Qui le saurait, alors ?

Il y avait une question, au moins, à laquelle Chee pouvait trouver une réponse. Qu'est-ce qui avait été à l'origine des différends intervenus entre le shérif Sena et Henry Becenti ? Il allait déterminer où se trouvait Becenti et le lui demander. Et ensuite il déciderait s'il allait encaisser les trois mille dollars de Mme Vines.

5

– Il y en a une partie qu'est facile à se rappeler, lui répondit Henry Becenti. Le contraire serait difficile. Six personnes tuées. Mais bon Dieu, ça remonte à 1947 ou 48. Ça fait drôlement longtemps.

– Je me souviens que j'ai entendu quelqu'un en parler, dit Chee. Mais ça s'est passé bien avant ma naissance.

– C'était une petite équipe indépendante, se rappela Becenti. Ils essayaient de forer un peu, par là-bas, au nord-est du mont Taylor, et ils ont eu une explosion qui a fauché l'équipe tout entière. C'est comme ça que le vieux Gordo et moi on en est venus à se disputer.

– C'était juste un accident ?

– Ouais. Vous vous y connaissez un peu en forages pétroliers ? Bref, celui-là, c'était un puits sec. Pas de pétrole. Alors ils voulaient le torpiller. Perforer le cuvelage.

Il jeta un coup d'œil à Chee pour voir s'il comprenait et expliqua :

– On descend un tube de nitroglycérine dans le puits jusqu'au niveau qui paraît le mieux adapté et on le fait exploser. L'idée c'est de fracasser la roche en profondeur et de faire passer le pétrole par le trou.

Enfin, cette fois-là, la nitro a explosé sur la plate-forme du puits. Ça les a tous réduits en miettes. On a retrouvé les morceaux dans tous les coins.

Une expression de répugnance passa sur son visage. Il secoua la tête, afin d'échapper à ce souvenir trop précis. Ils étaient assis sur une saillie rocheuse dépassant de la pente qui dominait l'endroit où habitait Henry Becenti. Ils étaient là parce que l'arrivée de Chee avait coïncidé avec une visite que la belle-mère de Becenti rendait à sa femme. Femme-qui-Change avait enseigné aux clans* navajo des origines que si le jeune mari doit rejoindre la famille de sa femme, le gendre et sa belle-mère doivent scrupuleusement éviter tout contact. En quarante ans, Grand-Mère Nez et Henry Becenti n'avaient jamais transgressé ce tabou. Becenti avait construit sa maison là où habitait la famille de sa femme, mais à l'écart du hogan* des parents de celle-ci. Quand Grand-Mère Nez venait en visite, Becenti s'arrangeait pour se trouver ailleurs. Cette crête élevée, qui offrait une vue sur l'immense vallée d'Ambrosia Lake, était une retraite privilégiée.

– Si c'était un accident, qu'est-ce qui chagrinait Sena ? interrogea Chee.

– Son frère aîné était l'un d'entre eux. C'était l'un des foreurs. Je crois qu'il était celui que l'on appelle le « chef foreur ». Et ça a rendu Sena plus ou moins fou furieux.

Becenti secoua son paquet pour en faire sortir une cigarette qu'il proposa à Chee, puis il s'en choisit une et frotta une allumette qu'il en approcha. Il resta là à fumer, le regard posé sur le mont Taylor à cinquante kilomètres à l'est. Le soleil s'était couché derrière l'horizon, mais le sommet de la montagne qui se dressait à mille six cents mètres au-dessus du fond de la vallée recevait encore sa lumière directe.

Les Navajos l'appelaient Tsoodzil, la Montagne Turquoise. C'était l'un des quatre* sommets sacrés que Premier Homme avait érigés pour protéger Dinetah. Il l'avait fabriqué sur une couverture bleue, à l'aide de terre qu'il avait apportée du monde inférieur, et l'avait décoré de turquoises et de silex bleus. Ensuite il l'avait fixé dans la terre à l'aide d'un couteau magique et avait désigné Fille Turquoise pour y vivre et Grand Serpent pour la protéger jusqu'à la fin du Quatrième Monde. En cet instant précis le couteau magique semblait avoir glissé : la montagne sacrée donnait l'impression de flotter dans le ciel, séparée de la terre ferme par une brume de sol.

Magnifique, pensa Chee. Et de l'autre côté de la montagne se trouvait la maison de B.J. Vines dont la femme était persuadée que le vol du coffre était très, très important et qu'il était probablement lié à la sorcellerie ou à quelque chose qui lui ressemblait. La fumée de la cigarette de Becenti atteignit les narines de Chee.

– Les deux premiers jours, dit Becenti, nous pensions avoir douze hommes de tués. Il n'y avait aucun moyen de le savoir. Il y a beaucoup de gens par là-bas maintenant, mais à l'époque il n'y avait personne sur des kilomètres. Les seuls que nous ayons pu trouver qui avaient entendu l'explosion étaient très loin. Ils n'étaient pas allés voir ce qui s'était passé. Des fois l'équipe restait sur le puits de forage pendant plusieurs jours, ce qui fait que personne n'a commencé à se poser des questions avant le week-end. Quelqu'un s'est inquiété. Gordo était adjoint au shérif à l'époque. Il est allé voir ce qui se passait.

Il aspira la fumée à pleins poumons puis la rejeta lentement. Elle dessinait des formes dans l'air immobile. Vu de profil, son visage n'avait pas d'âge. Mais ses yeux avaient passé plus de quarante ans à contempler des ivrognes, des gens qui s'étaient battus au couteau, des victimes, ce qui se passait quand des pick-up trucks percutaient des conduites d'évacuation d'eau à cent trente à l'heure. C'étaient des yeux fatigués.

– L'explosion s'est produite un vendredi, je crois bien. Gordo s'est rendu sur place le lundi. Les oiseaux étaient passés par là, les coyotes aussi. Ils avaient emporté des lambeaux de chair et d'os.

Il posa un regard sur Chee, s'assurant qu'il comprenait les implications de ce qu'il disait, et poursuivit :

– Bref, comme je vous l'ai dit, son frère y travaillait. Gordo n'a pas pu le trouver. Ou il n'a pas pu en trouver assez pour savoir si c'était son frère ou non. Et puis l'un des hommes que nous croyions tué a réapparu à Grants. On a appris qu'il y avait une équipe de six manœuvres qui travaillaient là-bas et on les avait tous mis sur la liste des victimes alors qu'ils étaient vivants.

Ses yeux fatigués se détournèrent de la montagne et rencontrèrent ceux de Chee :

– On les avait prévenus de ne pas aller travailler, dit-il.

– C'était un accident, dit Chee lentement. Qui savait que ça allait arriver ?

– Leur chef d'équipe était un chef du peyote. Il avait célébré la messe le soir précédent et il avait eu une vision. Dieu lui avait parlé, et Dieu lui avait dit que quelque chose d'affreux allait se passer au puits.

– Et il a prévenu son équipe ?

– C'est ça. Et quand Sena l'a découvert, il est pratiquement devenu fou furieux. Il ne croit pas aux visions. Il en a conclu qu'il y avait du louche là-dessous et que quelqu'un avait tué son frère.

– On le comprend.

– Bref, Sena a enfermé trois des manœuvres dans la prison de Grants et il était à la recherche du chef du peyote. Moi aussi, pour usage illégal d'un hallucinogène sur le territoire de la réserve. Un des gars de chez nous l'a trouvé le premier et il était entre nos mains quand un adjoint du shérif s'est présenté pour l'arrêter. (Le visage ridé de Becenti se plissa en une grimace.) Ça a donné une sacrée bagarre pour savoir qui allait l'avoir ; si l'endroit où il habitait dépendait de la réserve ou se trouvait sous l'autorité du comté, et pareil pour le puits de pétrole. Un moment on a bien cru qu'on allait avoir droit à une nouvelle guerre indienne. Mais le puits n'était pas sur des terres navajo, alors j'ai laissé Sena l'embarquer.

Becenti inhala une bouffée de fumée de cigarette, la rejeta et regarda la montagne, dont les flancs étaient maintenant teintés de rose par le coucher de soleil. Chee ne dit rien. Selon la coutume des Navajos, quand Becenti saurait ce qu'il voulait dire ensuite, il le dirait. Il n'y avait aucune raison de se dépêcher.

– Il n'en est jamais rien sorti, dit-il. Pas en ce qui concernait Sena. Le prédicateur du peyote s'en est tenu à son histoire, et il n'y avait pas la moindre raison de croire que quelqu'un avait voulu faire sauter ces gars-là exprès, si bien qu'en fin de compte Sena l'a remis en liberté. Mais il en est sorti quelque chose pour nous. Le Conseil voulait que l'on mette un terme aux agissements de l'Église du peyote. Alors nous, on essayait d'arrêter tous ceux qui en avaient. Mais le bruit s'est répandu que le prédicateur avait sauvé ces vies et la congrégation n'a pas cessé de croître.

– Et vous continuiez à les arrêter ?

– On essayait. Ils changeaient continuellement les lieux où ils tenaient leurs services religieux. D'abord dans un endroit puis dans un autre. En quelque sorte, ils sont vraiment passés dans la clandestinité. (Il rit à nouveau.) Une organisation souterraine. Leurs chefs ont pris l'habitude de porter des amulettes à l'image de la taupe et ils se sont donné le nom de Peuple des Ténèbres.

Becenti avait utilisé le même mot navajo que celui dont Mme Vines s'était souvenue.

– Le chef du peyote était un Navajo appelé Dillon Charley ?

– C'est cela. C'était lui le chef du peyote. C'était lui qui avait eu la vision.

– Est-ce que B.J. Vines avait quoi que ce soit à voir avec le puits de forage ?

– Non. Il n'est arrivé dans cette région qu'après que tout ça se soit passé.

Il frappa sa paume de son poing en s'exclamant :

– Bon Dieu, n'empêche que Vines et Charley se sont trouvés en contact par la suite. Charley a travaillé pour lui. Après cette explosion, Sena haïssait Charley et rapidement il s'est mis à haïr Vines par la même occasion. (Il jeta un coup d'œil sur Chee.) Qu'est-ce que vous savez sur Vines ?

– Juste ce que j'ai entendu dire. Il est arrivé ici au tout début des découvertes d'uranium. C'était un jeune homme et il était pauvre. C'est lui qui a fait la grande découverte d'uranium sur la section 17 et qui a vendu sa concession à l'Anaconda pour dix millions de dollars plus un pourcentage des royalties sur le minerai, et maintenant sa fortune augmente un peu plus chaque fois qu'un camion quitte la mine Red Deuce. Il a plus d'argent que le gouvernement américain, il pratique la chasse au gros gibier, pilote un avion et ainsi de suite.

– C'est à peu près ça. Si ce n'est que très tôt Sena et lui ont eu leur prise de bec. Sena était devenu shérif et Vines a soutenu un Blanc contre lui, il a dépensé beaucoup d'argent et je veux bien être pendu s'il n'a pas battu Sena. Et Sena est revenu deux ans plus tard et il a battu le Blanc. Depuis il n'a pas cessé d'être shérif de Valencia et il n'a jamais pardonné à Vines.

– Comment Charley en est-il venu à connaître Vines ?

– Par la politique. Il a commencé à œuvrer aux côtés de Vines contre Sena... détournant les votes navajo, et ceux des Lagunas et des Acomas. Probablement en étant à la solde de Vines. Par la suite, il a travaillé là-bas sur son ranch. Cela fait des années qu'il est mort.

– Qu'est-il advenu du Peuple des Ténèbres ?

– Ça fait des années que je n'en ai pas entendu parler. Mais l'Église est toujours active. Vous vous souvenez que les tribunaux ont décrété que le peyote était un sacrement et qu'ils avaient le droit de se défoncer avec. Le fils de Charley, je crois qu'il s'appelle Emerson, il est devenu prédicateur après la mort de Dillon. Et le fils d'Emerson c'est un chef du peyote depuis qu'Emerson est malade.

– Tomas Charley ?

Becenti fit oui de la tête.

– C'est un fichu petit connard complètement cinglé. Tous les Charley étaient cinglés, mais c'est le plus jeune le pire. Sa mère est Laguna. D'après ce que j'ai entendu dire, il appartient à l'une des sociétés des kivas* laguna, et il est le chef du peyote de la Native American Church par ici, et par-dessus le marché il tient des rites guérisseurs* pour le Peuple.

– Comment ça se peut ?

– L'un des oncles maternels de ce garçon était un *yataalii*. Un vieux gars drôlement doué. Il a appris la Voie* de la Bénédiction à Tomas et le gamin l'exécute de temps en temps. Mais la plupart des gens préféreront prendre quelqu'un d'autre.

– Pourquoi dites-vous qu'il est cinglé ?

Becenti rit puis haussa les épaules.

– Il a mâché beaucoup trop de ces saloperies de boutons de peyote. Ça lui a ramolli le cerveau. Il a des visions. Il croit parler à Dieu. Un vrai petit connard.

Il se tut un instant à la recherche d'un exemple :

– L'an dernier il est entré dans mon bureau en déclarant que Jésus lui avait dit qu'il allait y avoir une terrible sécheresse et qu'on devrait prévenir tout le monde de faire des provisions de nourriture. Et à l'automne il était de retour pour nous dire qu'il y avait un sorcier qui rendait son papa malade. Son papa, c'est Emerson Charley.

– Ben, pour ce qui est d'être sec, ça l'est, commenta Chee, et son papa est mourant.

– Sec, ça l'est toujours, contra Becenti. Et son papa a le cancer. C'est ce qu'on m'a dit. J'ignorais qu'il était mourant.

Il réfléchit, ajouta :

– En tout cas, il n'a pas été ensorcelé. Je crois que le cancer c'est une affaire de famille chez eux, c'est comme la folie. Je crois que c'est ce dont le grand-père est mort lui aussi.

– Dillon Charley ? Ouais. C'est ce que Mme Vines m'a dit.

Becenti donnait l'impression d'être mal à l'aise. Il était suffisamment âgé pour que les traditions du Peuple soient enracinées au plus profond de lui-même et l'une de ces traditions consistait à taire le nom des morts. Le fantôme pouvait l'entendre et être attiré auprès de celui qui l'avait prononcé.

– Est-ce que vous saviez que Vines a fait enterrer Dillon Charley sur sa propriété ? lui demanda Chee.

– Je l'avais entendu dire. Les Blancs ont quand même de drôles de coutumes.

Surtout leurs coutumes funéraires, pensa Chee. Il

avait passé des années au milieu des Blancs, d'abord au pensionnat puis tout au long de suffisamment d'années pour décrocher un diplôme d'anthropologie à l'université du Nouveau-Mexique, mais il ne parvenait toujours pas à saisir l'attitude des Blancs à l'égard des cadavres.

– Vous avez une idée sur la raison que Vines pouvait avoir d'enterrer Dillon Charley ? demanda-t-il.

Becenti fit la grimace.

– Bon sang, non.

– Ce Tomas Charley, reprit Chee. Vous m'avez dit qu'il était cinglé. Est-ce qu'il le serait assez pour s'introduire dans la maison de Vines et dérober un coffre contenant des souvenirs ?

Becenti retira la cigarette d'entre ses lèvres et le regarda.

– Il s'est passé quelque chose de semblable ? demanda-t-il. Pourquoi voudrait-il voler quelque chose comme ça ? Vines et sa femme sont tous les deux des chasseurs de gros gibier. J'ai cru comprendre que l'un comme l'autre ça ne leur ferait ni chaud ni froid de descendre quelqu'un.

– On m'a dit que le grand-père de Tomas était persuadé que Vines tenait la chance du Peuple des Ténèbres enfermée dans ce coffre. Peut-être l'avait-on dit à Tomas aussi.

Becenti acquiesça de la tête.

– Dans ce cas, d'accord. Je dirais oui. Ce gamin serait suffisamment cinglé pour entrer par effraction et chiper un porte-bonheur.

6

Le lendemain matin, sur le bureau de Chee, le pique-notes retenait prisonnières trois petites feuilles roses « Pendant votre absence ». L'une d'entre elles lui disait d'appeler le lieutenant Leaphorn à la sous-agence de Chinle. Les deux autres, une restée en souffrance depuis la veille et l'autre reçue juste avant qu'il n'arrive à son travail, lui demandaient d'appeler B.J. Vines. Il les mit de côté et appela l'agence de Chinle. Ce qui intéressait Leaphorn, c'était d'identifier un Navajo d'une quarantaine d'années tué dans un accident piéton-camion. Le lieutenant voulait qu'il envoie quelqu'un à Thoreau pour aller interroger une famille qui y habitait. Chee ajouta cela aux tâches qui attendaient Dodge dans le courant de l'après-midi. Puis il prit les papiers sur lesquels figurait le message « Appeler B.J. Vines », s'appuya à son dossier et les contempla. Tous deux portaient les initiales « T. D. ». Trixie Dodge était assise à son bureau de l'autre côté de la pièce. Il regarda dans sa direction. Ce matin, elle avait l'air rébarbatif. Il soupçonnait qu'elle aurait dû écrire « Appeler Mme B.J. Vines ». Vines ne rentrerait pas avant des semaines.

– Hé, Trixie, dit-il. Tu as marqué « Appeler B.J.

Vines » là-dessus. L'appel ne provenait pas de Mme Vines ?

Elle ne leva pas le nez.

– De Vines, assura-t-elle.

– *Monsieur* Vines ? insista Chee.

– C'était un homme. Il m'a dit que son nom était B.J. Vines. Il a demandé à te parler et ensuite il a dit que tu le rappelles à ce numéro.

Elle avait parlé d'une voix patiente. Chee composa le numéro. Il y eut une seule sonnerie.

– Oui, fit une voix d'homme.

– Jim Chee, de la police tribale navajo, à l'appareil. J'ai un message me demandant de rappeler B.J. Vines.

– Oh, très bien. Je suis Vines. J'aimerais m'entretenir avec vous d'un petit vol dont nous avons été victimes. Est-ce que vous pourriez venir ?

– Quand cela ?

– Euh, le plus tôt sera le mieux. Il semble que ma femme en ait parlé avec vous et...

La voix s'interrompit pour émettre un rire nerveux avant de poursuivre :

– Euh, il y a des petits malentendus qui ont besoin d'être éclaircis. (Le ton était devenu ironique.) Cela a tendance à se produire quand Rosemary se mêle de quelque chose.

– Entendu. Je serai là-bas en début d'après-midi.

– Très bien, fit Vines. Merci.

Chee raya ce qui concernait Thoreau sur la feuille où figuraient les tâches attendant Dodge. C'était sur son chemin. Il allait s'en charger lui-même.

7

La femme pueblo vint ouvrir et fit pénétrer Chee dans la pièce des prédateurs sans rien faire qui pût donner à penser qu'elle l'avait déjà vu. Il y avait maintenant un homme derrière la table à plateau de verre : un homme de petite taille avec un visage rond entouré d'une masse broussailleuse de barbe gris acier qui le rendait encore plus rond. L'homme se leva.

– Ben Vines, annonça-t-il en présentant une petite main robuste. Prenez place.

Chee s'assit. Vines également. La pièce était plus lumineuse maintenant que quand Chee l'avait vue avec Mme Vines. Le soleil d'automne y pénétrait à flots et se reflétait dans les yeux de verre et sur les dents d'ivoire des félins. Ce qui la rendait moins hostile. La lionne, au-dessus de l'épaule gauche de Vines, semblait sourire. Vines également.

– J'ai cru comprendre que ma femme vous a dit que nous avons eu un vol avec effraction et qu'elle vous a engagé pour résoudre ce délit, dit-il.

– Elle me l'a demandé, corrigea Chee.

– C'est une situation embarrassante.

Ce que Chee distinguait du visage de Vines entouré de cheveux et de poils n'avait rien d'embarrassé. Ses yeux noirs vifs l'étudiaient.

– J'ai le sentiment qu'en réalité il n'y a pas de crime à résoudre.

– Non ?

– Non, répéta Vines avant de rire. Parfois ma femme est quelqu'un dont on ne peut pas prévoir les réactions. C'est une femme très nerveuse. Il arrive que cela embrouille les choses.

– Quand quelqu'un force votre coffre mural il y a de quoi se sentir nerveux, dit Chee.

– Le degré de nervosité que l'on atteint dépend de la personne qui l'a forcé.

Vines changea de position, posa son regard au-dehors puis le ramena sur Chee.

– Est-ce que vous savez où se trouve l'emplacement du coffre ?

– Derrière cette tête, répondit Chee en désignant le bon fauve.

Vines se leva à nouveau et s'approcha laborieusement du mur. Il fit bien attention à répartir correctement son poids, souleva la tête et son support en les dégageant de leur crochet puis s'en débarrassa sur le tapis. La porte du coffre-fort s'ouvrit facilement sur ses gonds bien huilés. Derrière elle, l'espace était vide et sombre. Vines le contempla d'un air songeur. Il sortit un paquet de cigarettes de la poche portefeuille de sa veste, l'agita pour en faire sortir une qu'il alluma. À ses pieds, la tête du fauve adressait au plafond un sourire affable.

– Rosemary et moi n'étions pas jeunes quand nous nous sommes mariés, dit-il. Nous avions profité de la vie chacun de notre côté et nous avions l'intention de continuer à vivre comme deux personnes indépendantes tout en étant mari et femme. Nous avons conservé nos anciens amis et nos anciens souvenirs. L'un comme l'autre. Chacun de son côté.

Vines avait parlé, le regard tourné vers l'emplacement du coffre. Il tourna la tête vers Chee. Un filet de fumée s'échappait d'entre ses lèvres. Il se frayait un chemin à travers sa moustache telle une brume grise. Chee vit alors que le côté gauche de son visage était touché. La commissure des lèvres et les muscles qui entouraient son œil gauche étaient affaissés.

– Ce coffre-fort fonctionne avec une clef et une combinaison. Rosemary ne dispose ni de l'une ni de l'autre. J'ai une boîte à outils dans les écuries. Il y a une barre de levier dedans. (Il referma la porte du coffre-fort.) Vous remarquerez que ce coffre mural est semblable à beaucoup d'autres du même genre. Il a une fonction limitée et n'est pas fabriqué comme un coffre de banque. Il n'est pas conçu pour faire plus que retarder un briseur de coffre. On peut prendre une barre de levier et l'insérer à la jointure de la porte, ce qui donne suffisamment de force pour faire jouer le ressort. Regardez vous-même.

Chee regarda. Il remarqua, comme il l'avait fait la première fois qu'il l'avait observée, que la porte semblait effectivement avoir été forcée. L'objet utilisé avait laissé des marques, et la porte était légèrement tordue. À nouveau, cela lui parut étrange. Elle était lourde. À moins d'être faite d'un métal de piètre qualité, il devait falloir une puissance prodigieuse pour la tordre même avec la force de torsion d'un levier. Il chercha une marque de fabriquant mais n'en trouva pas.

– Je crois que vous devriez vous faire rembourser pour cette porte, dit-il.

Vines rit :

– Je crains que la garantie ne joue plus. D'ailleurs, c'est moi qui l'ai fait fabriquer et poser, et je suppose qu'ils n'ont pas utilisé les matériaux les plus chers.

– Qui est-ce qui vous l'a fait ?

– Je ne m'en souviens pas. Une entreprise d'Albuquerque. Je l'ai fait faire quand j'ai construit cet endroit et c'était il y a trente ans. (Il repoussa la porte.) Ce que je voulais souligner c'est que Rosemary n'a pas la clef du coffre mural mais elle a la clef de la boîte à outils. Le levier n'y était plus. Je l'ai retrouvé dans sa penderie.

– Oh, fit Chee.

Vines haussa les épaules. Il fit une grimace.

– Alors je veux vous présenter mes excuses pour tout cela. Et j'aimerais vous dédommager. (Il sortit un chèque.) Vous êtes venu jusqu'ici à deux reprises. Deux cents dollars, cela vous paraîtrait-il correct ?

Le regard de Chee alla de Vines au sourire chafouin du tigre. Il reconsidéra le métal tordu de la porte, l'espace vide qui se trouvait derrière, ce que Mme Vines lui avait dit. Entre autres choses, elle lui avait dit que B.J. Vines était à l'hôpital. Mais les deux cents dollars proposés constituaient une trop grosse somme. Vines le regardait. Il lui avait dit, en fait, que ce délit était une histoire de famille qui, par conséquent, ne constituait en aucun cas un délit et ne concernait donc nullement Chee. Ce serait une impertinence que de poser une question maintenant.

– Mme Vines avait-elle le coffre en sa possession ?

Vines considéra cette impertinence, ses yeux doux posés sur le visage de Chee.

– Je l'ignore, dit-il. Peut-être. Peut-être s'en est-elle débarrassée. Ce qui compte c'est que ça n'a pas d'importance. Je crois qu'elle vous a dit qu'il n'y avait pas grand-chose à l'intérieur. C'est exact. Des souvenirs. Des choses qui me rappelaient le passé. Rien de valeur. Même plus pour moi.

Il tendit le chèque à Chee en le laissant pendre entre ses doigts.

– J'ai cru comprendre que vous en aviez avisé le

shérif. Vous y étiez obligé, bien sûr. Le vieux Gordo est venu ici hier pour me poser des questions. Je me demande ce que vous lui avez dit.

– Exactement ce que Mme Vines m'a dit.

Vines fit trois enjambées prudentes en direction de Chee et glissa le chèque dans la poche de chemise du policier.

– Ceci n'est pas nécessaire, protesta celui-ci. Je ne suis même pas certain que ce soit autorisé.

– Prenez-le. Rosemary et moi aurons tous deux meilleure conscience. Si cela va à l'encontre des règlements, déchirez-le. Je me demande si vous avez remarqué que notre shérif s'intéresse beaucoup à mes affaires ?

Il retourna péniblement à son fauteuil.

– Oui, j'ai remarqué.

– Vous a-t-il posé beaucoup de questions ?

– Ouais, fit Chee.

Vines attendait qu'il en dise plus. Petit à petit il comprit qu'il n'en serait rien.

– Gordo m'a posé beaucoup de questions sur le Peuple des Ténèbres, reprit Vines. Vous lui auriez dit que Rosemary pensait que c'était l'un des garçons de Charley qui avait pris le coffre.

– C'est exact.

Vines attendit à nouveau. Soupira.

– J'ai eu beaucoup de démêlés avec Gordo Sena. Il y a des années de ça. Je pensais que c'était terminé.

Il éteignit sa cigarette et alla jusqu'à la fenêtre. Derrière sa silhouette, Chee voyait une portion du versant est du mont Taylor. À cette altitude c'était la zone de transition où l'on passe du pin ponderosa au sapin, à l'épicéa et au tremble. Le sol était jaune au pied des trembles, couvert de feuilles mortes. Les rayons obliques du soleil engendraient une lueur dorée un peu comme un feu.

– C'était au début des années cinquante. J'avais trouvé ce gisement d'uranium que la Red Deuce exploite maintenant ; je construisais cette maison et j'ai engagé un Navajo qui s'appelait Dillon Charley comme une sorte de contremaître pour surveiller comment cela se passait. Je l'ignorais, mais Gordo avait une dent contre Charley et contre toute une troupe d'autres Indiens appartenant à une Église que le vieux Dillon dirigeait.

Vines regarda Chee. La lumière qui entrait par la fenêtre parait sa barbe grise d'un glacis translucide.

– C'était l'Église du peyote, poursuivit-il. Elle allait à l'encontre des lois tribales à cette époque.

– Je suis au courant, affirma Chee.

– Enfin, Sena leur menait la vie dure. Il les arrêtait et il les tabassait. Je m'en suis mêlé. J'ai engagé un avocat de Grants pour qu'il s'occupe de les faire relâcher sous caution et d'aller râler auprès du ministère de la Justice pour violation des droits civiques ; à la fin j'ai financièrement soutenu un candidat et nous avons réussi à battre Sena pour un mandat de réélection. Pendant plusieurs années, à ce moment-là, ça a été terrible entre Sena et moi. Ces dernières années les choses s'étaient calmées. Je me demande s'il veut ranimer cette querelle. C'est pourquoi je voulais savoir le genre de questions qu'il vous a posées.

– Il m'a demandé pour quelle raison votre femme voulait s'assurer mes services.

Chee lui fit un rapide résumé des questions du shérif.

– Que pensez-vous de cette histoire de puits de pétrole ? demanda Vines. Est-ce que Sena vous en a parlé ? De la raison qu'il avait de haïr le vieux Dillon Charley ?

– Il ne m'en a pas parlé. Mais j'ai l'impression

qu'il trouve bizarre que Dillon Charley ait eu cet avertissement prémonitoire.

– Vous ne croyez pas aux visions ?

Au travers de sa barbe hérissée, son expression semblait être celle de l'amusement. Chee ne pouvait en être sûr.

– Ça dépend, répondit-il. Mais je ne crois pas aux crimes sans mobile. Personne, apparemment, ne peut en trouver un pour cette explosion.

– Euh, il y a bien des théories.

– Par exemple ?

– Vous connaissez sans doute celle de Sena. Il ne semble pas avoir la moindre idée quant au mobile mais il paraît penser que Dillon Charley avait des liens avec un quelconque complot. Et il y a aussi une autre théorie selon laquelle c'est Gordo lui-même qui en est l'auteur.

– Pourquoi ?

– Si l'on s'en tient à cette histoire, son frère aîné était la huitième merveille du monde aux yeux de tous, y compris de sa mère. Gordo est censé avoir su que la vieille femme laissait le ranch à Robert. Alors il a fait sauter le puits de pétrole.

– Comment s'y serait-il pris ?

Vines haussa les épaules.

– Je n'en sais rien. J'ai entendu dire qu'il s'agissait d'une explosion due à la nitroglycérine, je ne sais quelle charge ils descendent dans la colonne du puits de forage pour secouer tout ça, mais elle a explosé trop tôt. À mon avis on doit pouvoir déclencher ce truc-là en tirant une balle de fusil dedans. Tout cela date d'avant mon arrivée ici.

– Comment la théorie « C'est-Sena-qui-l'a-fait » rend-elle compte de la vision de Dillon Charley ?

– C'est facile. Dillon découvre d'une façon ou d'une autre que Sena trame quelque chose. Alors il s'arrange pour avoir sa vision du peyote au cours de l'office religieux, et il dit à son équipe de ne pas approcher du puits. Sena fait sauter l'installation mais il découvre que Dillon devait être au courant de quelque chose. Alors il essaye de le chasser de la région en le harcelant.

– Possible, reconnut Chee.

– Je crois que Gordo aimerait bien savoir si Dillon Charley m'a dit quelque chose. Ses questions allaient-elles dans ce sens ?

– Plus ou moins. Dillon Charley vous a-t-il dit quelque chose ?

Vines sourit.

– Gordo vous a-t-il demandé de me poser la question ?

– C'est vous qui l'avez exprimée. Je vais la changer. D'après vous, qu'est-ce qui s'est passé au puits de forage ?

– Je me suis laissé dire que la nitro est un explosif très dangereux. À cette époque-là, ce genre d'accident se produisait. Il me semble qu'ils avaient eu un autre cas identique dans notre État quelques années auparavant.

– Vous pensez qu'il s'agissait d'un accident ? Vous pensez que Dillon Charley était seulement inquiet de savoir la nitro au puits ?

Vines fit pivoter son fauteuil pour profiter de la vue par la fenêtre. Chee ne distinguait que son profil.

– Je pense que Gordo Sena a assassiné son frère, dit Vines.

8

Colton Wolf était légèrement en retard par rapport à ce qu'il avait prévu. Il s'était préparé des *œufs en gelée*[1] pour le petit déjeuner : il avait suivi méticuleusement la recette de *Gourmet*[2] et cela prenait du temps. La gelée nécessitait douze minutes de cuisson à gros bouillons et la préparation de la purée de pois pour la garniture prenait encore plus longtemps, après quoi il fallait encore une heure pour permettre aux œufs de refroidir normalement dans leur moule de gelée. Le milieu de la matinée était déjà arrivé quand il replia et rangea le linge de table, débarrassa l'argenterie et la porcelaine posées sur la surface en Formica de la table où il mangeait dans sa maison mobile. Il avait eu l'intention de travailler deux heures sur la maquette de moteur à vapeur Baldwin qu'il construisait. Il réduisit ce temps de travail à quatre-vingts minutes, œuvrant presque tout le temps avec sa loupe de joaillier vissée à l'œil, réalisant la majeure partie des montages sur les pistons. Le réveil retentit à onze heures trente-cinq. Colton replaça la housse de pro-

1. En français dans le texte.
2. *Id.*

tection sur tour et perceuse et remit soigneusement ses outils à travailler le métal à leurs emplacements respectifs dans la boîte à outils qu'il rangea ensuite dans l'armoire fermant à clef. Cette armoire contenait également sa collection de moteurs à vapeur, qui tous fonctionnaient vraiment (sifflet sonore, courroies d'entraînement et roues qui tournent), et qui tous avaient été fabriqués par Colton lui-même. Ces moteurs étaient posés au milieu des outils de sa profession : deux fusils, les culasses et systèmes de détente de trois pistolets, un assortiment de canons à visser dans ces blocs, un lot de silencieux, trois petites boîtes d'où sortaient des fils isolés et qui étaient des détonateurs de bombes, une boîte de bonbons qui contenait des charges de plastic (Colton conservait huit bâtons de dynamite ainsi que leurs amorces détonantes en sûreté bien au frais dans le réfrigérateur), et une rangée de boîtes de crème à raser et de vaporisateurs de déodorant corporel. Exception faite des fusils et de leurs lunettes télescopiques, il avait fabriqué l'essentiel de cet attirail lui-même... en partie parce que s'il ne les avait pas achetés, on ne pouvait pas en retrouver l'origine, et en partie parce que certains éléments ne pouvaient être acquis dans le commerce. Les boîtes de mousse à raser et de déodorant étaient le système qu'il utilisait pour faire franchir à ses outils les rayons X des détecteurs aux portes d'embarquement des aéroports. Il était possible de faire tenir les composants de l'un de ses pistolets plus son silencieux dans deux boîtes puis d'en revisser les couvercles et de ne rien présenter aux appareils de détection d'un aéroport qui soit plus contestable que de la mousse Burma Shave. Les détonateurs de bombes étaient également les produits de ses compétences. Il en tenait le principe d'un ancien soldat des Services spéciaux qu'il avait rencontré à la prison de

Point-of-the-Mountain, dans l'Idaho. Le système comprenait deux piles et une petite boule de mercure qui établissait la liaison électrique quand la boîte bougeait.

Il referma la porte à clef sur cette collection et partit vérifier s'il avait du courrier.

Ce n'était pas que Colton Wolf s'attendît à en avoir. Cela faisait partie de la routine qui régissait son existence. Quelle que soit la ville dans laquelle il garait son véhicule, il louait immédiatement une boîte postale. Il le faisait au titre de la première appellation à consonance commerciale qui lui venait à l'esprit. Puis il expédiait un message à Boxholder, à un numéro de boîte postale à El Paso, au Texas, dans lequel il signalait sa nouvelle adresse. C'était le lien qui le reliait à l'homme qui lui fournissait ses contrats. C'était son seul lien avec le monde. Dans son esprit, et parfois dans ses rêves, c'était la faille que le monde exploiterait, un jour, pour l'attraper et le tuer. Il regrettait qu'il n'y ait pas un autre moyen de conclure des affaires. Mais il n'y en avait pas. Aussi réduisait-il les risques au minimum. Minimiser les risques était une démarche très représentative de la vie de Colton Wolf.

Au volant de son pick-up GMC il passa au ralenti devant l'annexe de la poste, scrutant les véhicules en stationnement. Rien ne lui parut suspect. Il se gara sur le parking du Safeway[1] et parcourut à pied, tout en faisant l'inventaire de ce qu'il voyait, le bloc d'immeubles et la moitié du suivant qui le séparaient de la poste. Deux femmes et un homme se trouvaient dans la salle. Les employés derrière le comptoir avaient des visages connus. Colton s'avança jusqu'au

1. Safeway : chaîne de supermarchés.

mur des boîtes postales. Par le verre de la boîte 1191 il vit une enveloppe. Il n'en tint pas compte et inspecta la boîte 960. Elle était vide. Il retraversa la salle en se dirigeant vers la sortie, mémorisant les usagers présents. Il retourna au Safeway, acheta un petit morceau de filet de bœuf, une demi-livre de champignons, une livre de raisins blancs, vingt-cinq centilitres de crème et trente grammes de poivre noir. Il rangea ses achats dans le camion, y grimpa également et régla sa radio sur une station de musique country. Il laissa vingt minutes s'écouler en écoutant. Puis il retourna à pied à la poste. Il y avait maintenant cinq personnes dans la salle et aucune ne correspondait aux trois qui s'y trouvaient précédemment. Il alla droit à la boîte 1191 et en retira l'enveloppe. Une autre enveloppe plus petite se trouvait dessous. Il les glissa toutes les deux dans sa poche de veste et retourna au camion. Personne ne le suivit, et personne ne le suivit quelques minutes plus tard quand il emprunta en sens inverse la rampe d'accès de l'autoroute. Colton Wolf venait de survivre à un nouveau contact avec le monde.

L'enveloppe la plus petite était simplement adressée à son numéro de boîte. Elle contenait une petite bande de papier sur laquelle une série de chiffres étaient inscrits au crayon. Remis dans l'ordre correct ils lui donnaient un numéro de téléphone à appeler et l'heure à laquelle il devait le faire, deux heures dix de l'après-midi ! Il avait glissé ce morceau de papier dans sa poche de chemise. Sur la seconde enveloppe figurait l'adresse de l'expéditeur, Enquêtes Webster, ainsi qu'un numéro de rue à Los Angeles. Colton s'y attendait puisque personne d'autre ne connaissait son numéro de boîte postale, mais il avait néanmoins senti son ventre se contracter quand il avait posé l'enveloppe sur le siège à côté de lui. Quand il serait rentré chez lui, il l'ouvrirait. En attendant, il allait essayer de ne pas y penser.

De retour à la maison mobile, il rangea ses emplettes et brancha la cafetière. Puis il s'assit dans sa chaise longue, s'essuya les mains sur ses jambes de pantalon, ouvrit l'enveloppe d'un geste vif et précis et en sortit le contenu. Deux feuilles tapées à la machine pliées autour d'une facture. Wolf mit la facture de côté.

> Cher monsieur Wolf,
>
> La mauvaise nouvelle pour commencer, à savoir que la piste que j'avais suivie à Anaheim n'a rien donné. La femme en question était bien trop jeune pour être votre mère. J'ai trouvé son certificat de naissance au palais de justice du comté avant de prendre mes dispositions avec le détective d'Anaheim et je vous ai donc permis d'économiser cet argent-là.
>
> La bonne nouvelle c'est que j'ai retrouvé un conducteur de camion qui travaillait à l'agence Mayflower à Bakersfield au début des années soixante, et il se souvient d'avoir travaillé avec Buddy Shaw. Il a trouvé une adresse où Shaw a habité à San Francisco. Ça remonte à il y a longtemps mais cela nous donnera un endroit d'où partir pour suivre sa trace et...

Il termina la première page, la posa délicatement sur le bras de la chaise longue et lut la seconde page en entier. Cela terminé, il relut les deux pages très lentement. Puis il jeta un coup d'œil sur la facture détaillée. Elle couvrait une période d'un mois, lui comptant cinq journées de travail et diverses dépenses qui se montaient à un peu plus de onze cents dollars.

Il resta ensuite assis à réfléchir, ses mains fines aux longs doigts posées sur ses genoux.

Son visage également était fin, de même que son corps et sa structure osseuse, mais il y avait chez lui une tension nerveuse qui associait à cette finesse l'image d'une lame aiguisée. Il avait le cheveu pauvre, de la couleur de la vieille paille, et ses sourcils comme ses cils étaient presque invisibles sur sa peau claire parsemée de taches de rousseur. Ses yeux étaient d'un bleu-vert très pâle, approximativement de la teinte de la glace qui a pris depuis longtemps. Colton Wolf donnait l'impression d'être décoloré, dépigmenté, aseptisé, immaculé, dépourvu de sentiments.

En fait, pour l'heure, ses sentiments étaient mitigés. À un certain niveau de son intelligence, il se sentait encouragé. Le détective allait trouver Buddy Shaw. Shaw vivrait encore avec sa mère. Ou il saurait à quel endroit la trouver. Alors auraient lieu les retrouvailles. À un autre niveau il ne croyait à rien de tout cela. Webster se foutait de lui. Cela faisait quatre années que le détective privé se foutait de lui et que ça lui coûtait cher. Il n'y avait pas de voyages, de notes d'hôtels, d'appels interurbains, de piste laissée par Buddy Shaw. Webster n'avait pas eu plus de résultats positifs que le premier détective auquel Colton avait fait appel. Il restait tranquillement assis dans son bureau d'Encino et une fois par mois il imaginait le contenu d'une lettre et inventait de toutes pièces une facture détaillée. Le premier détective privé était allé à la maison où Colton, sa mère et Buddy Shaw avaient habité à Bakersfield. Il l'avait trouvée occupée par des gens de passage qui ne savaient absolument rien d'utile. Absolument rien sur un homme, une femme et un enfant qui avaient vécu là dix-neuf ans auparavant. Colton avait détruit ce rapport, le réduisant en lambeaux sous le coup de la fureur. Mais il se souvenait néanmoins de ce qu'il disait : il disait que la maison était maintenant occupée par une Mexicaine. L'agence immobilière qui s'occupait de la louer ne gardait des archives que sur les cinq dernières années. Dans ce laps de temps il y avait eu trois autres occupants. Aucun n'avait laissé d'adresse où faire suivre son courrier. Au palais de justice de la ville il n'y avait pas trace d'un mariage entre un homme qui répondait au nom de Buddy Shaw, ou quelque autre Shaw que ce soit, et une femme appelée Linda Betty Fry. Les registres des Entreprises de camionnage Mayflower indiquaient qu'un Buddy Shaw avait été employé dans leurs entrepôts pendant une période de onze mois, dix-neuf ans plus tôt. Il avait été mis à la porte pour ivresse. Les archives de la police faisaient état d'un E.W. Shaw, également connu sous le nom de Buddy Shaw, et ce à trois reprises. Il avait été arrêté une fois pour ivresse et trouble de l'ordre public, avait purgé une peine de trente jours pour agression caractérisée et été incarcéré pour agression perpétrée avec une arme de première catégorie. Aucune condamnation concernant cette affaire n'avait été enregistrée. Quant à la femme, il n'y avait pratiquement aucune trace. Juste le compte rendu de l'arrestation de Shaw qui précisait qu'une femme répondant à l'identité de Linda Betty Maddox avait été amenée au poste avec lui, relativement à l'accusation de trouble de l'ordre public.

Colton se souvenait en détail de la lettre. Il se souvenait en particulier du paragraphe qui la clôturait :

> À moins que vous puissiez nous fournir davantage de renseignements sur cette femme, il n'y a aucun espoir de la retrouver. Pouvez-vous nous dire son âge, son lieu de naissance, quelque chose

sur sa famille, sa mère, son père, ses frères, ses sœurs, l'endroit où elle est allée à l'école, où elle s'est mariée, ou toute autre information concernant son passé ? Sans des renseignements de ce genre pour trouver des pistes, il n'y a tout simplement aucun espoir de la retrouver.

Aucun espoir de la retrouver. À ce moment-là il vivait à Oklahoma City, utilisant le nom de Fry. Il s'était rendu à Bakersfield. Deux jours et deux nuits interminables sur la route. Au Nevada il avait atteint la conclusion qu'il ne s'appelait probablement pas Fry. C'était peut-être Maddox, mais ce n'était pas Fry. Il se souvenait vaguement de Fry : un visage rond, basané, marqué par la petite vérole, une panse arrondie, une bouche triste et maussade. Ils habitaient avec lui à San Jose, et là-bas Colton s'était appelé Colton Fry à l'école. Il avait présumé que Fry était son père. Peut-être était-ce quelqu'un qui s'appelait Maddox. Il ne pouvait se souvenir de personne ayant porté ce nom. Quelque part à l'ouest de Las Vegas il avait pris la décision d'adopter un nom qui passe partout. Il ne s'en servirait que le temps qu'il retrouve sa mère. Elle lui révélerait son véritable nom. Elle lui parlerait de son père et de ses grands-parents. Et de l'origine de sa famille. Il pensait que ce serait une petite ville et qu'il y aurait un cimetière avec des tombes pour sa famille. Quand il la trouverait, elle lui dirait qui il était. En attendant il allait se choisir un nom. Quelque chose de simple. Il avait choisi Wolf.

Le café passait sur le brûleur au butane. À travers les parois d'aluminium de la maison mobile lui parvint le bruit de l'avertisseur pneumatique d'un camion qui claironnait sur l'autoroute. Colton n'avait pas plus conscience du premier bruit que du second. Il se souvenait de son arrivée à Bakersfield, du trajet qui menait au quartier habité autrefois. La Mexicaine qui était venue lui ouvrir ne parlait pas anglais, mais sa fille avait répondu à ses questions. Elle ne savait rien d'une femme mince et blonde aux yeux bleus dont le nom était Laura Betty, ni d'un solide gaillard appelé Buddy Shaw. Il revoyait maintenant la jeune fille que cet interrogatoire rendait mal à l'aise. Et il revoyait les marches de béton fendillées quand il avait quitté la véranda... pas plus abîmées que quand il avait onze ans et qu'il s'y asseyait pendant ces nuits où Buddy Shaw et sa mère étaient ivres, qu'il s'y asseyait et attendait que Shaw s'endorme pour pouvoir se glisser à l'intérieur.

Il était resté à côté de son pick-up truck, le regard fixé sur la maison. L'herbe clairsemée dont il avait gardé le souvenir n'y était plus, la vitre de l'une des fenêtres était remplacée par du contre-plaqué. Mais pour le reste, c'était pratiquement la même chose. La dernière fois qu'il l'avait vue c'était le lendemain de son douzième anniversaire, la dernière fois qu'il était rentré chez lui. Le garçon qu'il connaissait à l'école lui avait dit qu'il ne pouvait plus rester dans sa maison et il était rentré chez lui pour voir si Buddy Shaw avait dessoûlé et s'il allait accepter qu'il revienne. Il avait trouvé la maison vide. Il avait collé son regard aux fenêtres et vu la cuisine dépouillée des casseroles de sa mère, la salle de bains vidée de ses articles de toilette. Mais dans la pièce où il dormait, ses affaires étaient toujours en pagaille. Draps et couvertures avaient déserté son lit d'enfant, mais la veste bleue que sa mère lui avait trouvée quelque part était toujours accrochée à la patère. Et ses livres étaient là. Sa casquette aussi. Il avait cassé une fenêtre et était entré, se coupant à la main dans sa panique. Il n'avait rien trouvé d'autre que les vieux meubles qui s'y trouvaient quand ils étaient entrés dans les lieux et ses maigres effets personnels.

Mal à l'aise, Colton Wolf changea de position dans sa chaise longue. Toute la désolation de cette découverte lui revint : ces sentiments de perte, de rejet et de confusion, et avec eux cette solitude désolante et sans espoir. Où pouvait-elle être ? Comment pouvait-il faire pour la retrouver ? Pourquoi était-elle partie ? Sur le gaz, le percolateur eut une dernière toux et, sa tâche achevée, retomba dans le silence. Colton Wolf ne tint pas compte de ce bruit, si toutefois il l'avait entendu. Dans son esprit il retournait les mêmes questions qu'il ressassait depuis dix-neuf ans.

Quelques minutes après treize heures trente, il s'extirpa de la chaise longue et se versa une tasse de café. Il l'emporta dans son pick-up truck pour la boire en conduisant. D'une cabine proche de Central Avenue, il passa son coup de téléphone. Il composa le numéro de code régional d'El Paso, au Texas, puis le premier chiffre, et attendit alors que la grande aiguille de sa montre glisse vers deux heures dix. Puis il compléta le numéro. Il mit ses pièces et entendit la sonnerie retentir un instant à peine avant que la grande aiguille ne dépasse la limite fixée.

On décrocha instantanément.

– Boxholder[1] à l'appareil, dit la voix. Cette manière de se présenter était devenue une sorte de plaisanterie entre eux. Une plaisanterie et un mot de passe.

– Très bien, répondit Colton, Boxholder ici aussi.

– Nous avons une autre possibilité au Nouveau-Mexique, dit la voix. Une chose en a amené une autre, je suppose.

1. Boxholder : titulaire d'une boîte postale.

– Même client ?

Silence.

– Nous ne parlons jamais des clients. Vous vous en souvenez ?

– Désolé.

– Les conditions sont les mêmes, pourtant. Le sujet ne sera pas sur ses gardes. Et il y a urgence.

– Quel genre d'urgence ? demanda Colton.

Le fait qu'il y ait urgence l'ennuyait. Et sa voix le montrait.

– Rien de très précis, reprit la voix. Le plus tôt sera le mieux, c'est tout. Chaque jour augmente les risques. Ce genre de chose.

– Je n'aime pas bousculer les choses. Ça amène des erreurs.

– Vous n'êtes pas obligé de vous en charger. Il vaudrait peut-être mieux pas. Mais je sais que vous vouliez liquider complètement cette affaire antérieure et que de toute façon cela vous faisait rester à Albuquerque, et...

– Je pense que j'aurai bouclé l'autre affaire dans vingt-quatre heures environ. Peut-être ce soir.

– Bon, c'est tout ce à quoi nous nous étions engagés. Une fois cela réglé, nous aurons rempli le contrat d'origine. (Boxholder ricana.) Ça a pris un petit peu plus longtemps que tout le monde ne l'avait envisagé, mais qu'est-ce que ça peut foutre ? (Silence.) Je m'étais dit que vous voudriez peut-être démontrer à ces types à quel point vous êtes efficace d'habitude.

Colton fit la grimace. Boxholder présumait que l'idée qu'un client soit mécontent allait l'embêter. C'était exact. Et il présumait qu'il plaçait une profonde fierté dans son travail. Cela aussi était exact.

– C'est bon. Racontez-moi ça.

Boxholder lui raconta. Puis, comme ils le faisaient

toujours, ils convinrent d'un moment et d'un numéro de téléphone à utiliser pour le rapport de Colton.

Colton tua trois heures. Il marcha. Il glissa la lettre qu'il avait écrite aux Enquêtes Webster dans une boîte à lettres. Elle contenait son chèque de 1 087,50 dollars et un mot suggérant à Webster de mettre dans les journaux de la côte ouest des petites annonces demandant à Linda Betty Shaw/Fry/Maddox de le contacter. Il marcha à nouveau. Il s'assit sur le banc d'un arrêt de bus. L'arrêt était proche d'un endroit où les élèves d'une école traversaient la rue et il les regarda prendre le chemin qui les ramenait chez eux. Ils semblaient avoir entre douze et quinze ans, certains encore plus jeunes, et la plupart marchaient par deux ou trois ou en petits groupes tout en discutant. À un moment une gamine arriva seule, séparée des autres. Colton supposa que cette solitaire était quelqu'un qui venait d'emménager dans le quartier. Quand on faisait ça on ne pouvait pas se faire d'amis parce que tous les autres avaient déjà lié des relations d'amitié. Quand il avait huit ans, ils avaient vécu à San Diego dans le même appartement pendant presque un an et il s'y était fait un ami. Et quand il avait quatorze ans et qu'il était à Taylorville depuis assez longtemps, il avait eu un ami ou deux. Mais c'était différent. Au centre de rééducation personne ne connaissait personne au début et tout le monde cherchait à nouer des liens. Taylorville lui avait paru un endroit tout à fait correct, tout bien considéré, et il avait été assez heureux d'y retourner pour son second séjour. Ils empêchaient les pédés de vous emmerder, à Taylorville. Ce n'était pas comme à Folsom où il avait purgé sa peine pour vol à main armée.

Enfin, il fut assez tard. Il appela l'hôpital de l'université du Nouveau-Mexique et demanda à parler à

Mme Myers au service des malades en condition critique. Comme toujours, sa voix était sereine :

– Je crains que ce ne soit fini, dit-elle. Il est resté dans le coma toute la journée et le cœur a fini par lâcher.

– Bon, dit-il, je suppose qu'il faut accepter les choses avec philosophie.

– Exactement, répondit Mme Myers. Mais ça fait toujours un coup.

– Bon, répéta-t-il.

Il se surprit à chercher quelque chose d'autre à dire... un moyen de poursuivre la conversation. Mais il n'y avait pas de raison de le faire. Il en avait terminé avec Mme Myers. Ça allait être la dernière d'une série de conversations intermittentes, toutes soigneusement programmées, toutes soigneusement exécutées, qui s'étaient étalées sur une durée de deux mois. Il avait d'abord appris le nom de l'infirmière de garde qui était chargée de la période du milieu dans le service réservé aux cancéreux. Il l'avait obtenu du service des renseignements de l'hôpital sous le prétexte qu'il voulait lui envoyer un mot de remerciement. Puis, lors de son premier appel pour s'enquérir de la condition du malade, il avait demandé : « À propos, êtes-vous Mme Myers ? Il m'a dit à quel point vous êtes gentille avec lui. Je tiens à vous en remercier. » Cela avait donné le ton à leurs conversations. Colton parlait rarement à quelqu'un mais il savait très bien s'en tirer. Il regardait la télévision et prêtait une oreille attentive aux conversations dans les aéroports, les restaurants, les files d'attente des cinémas : les endroits où les gens se parlaient. De temps en temps il s'exerçait avec les conducteurs de taxi ou les call-girls qu'il emmenait au motel deux fois par mois. Mais il parlait rarement plus d'une ou deux fois avec la même personne, à l'exception de Boxholder. Après tout ce temps il s'aperçut qu'il se demandait comment était Mme Myers, physiquement, et quel genre de personne c'était... exactement comme il s'interrogeait sur Boxholder. Il avait été tenté de se rendre au service hospitalier un soir afin de la voir. Mais cela impliquait un risque. Colton ne prenait pas de risques.

– Bon, dit-il à nouveau. Merci beaucoup.

Et il raccrocha.

9

Colton quitta sa maison mobile exactement au moment où les nouvelles de vingt-deux heures commençaient sur Channel 7. Il portait un pantalon anthracite, un pull-over noir et ses chaussures à semelles de crêpe. Il préférait aller nu-tête mais là il enfonça un bonnet en laine bleu marine sur ses cheveux couleur paille. Il prit un sac de voyage en toile dans lequel il avait mis sa pelle pliante, une couverture verte, une blouse en coton blanc au dos de laquelle figurait l'inscription POMPES FUNÈBRES STRONG-THORNE, et une plaque d'immatriculation du Nouveau-Mexique. Après son coup de téléphone, il était passé par l'aéroport et avait prélevé une plaque sur un véhicule garé sur le parking à tarif réduit où les passagers qui partaient pour longtemps laissaient leur voiture. Puis il avait remplacé la plaque qu'il allait utiliser par une autre plaque prise sur une troisième voiture. Si le vol était signalé, la police disposerait du mauvais numéro.

Il était revenu sur l'aéroport, avait laissé son pick-up truck sur le parking supérieur et loué un break Chevrolet chez Hertz, utilisant le permis de conduire et la carte de crédit qui établissaient son identité au nom de Charles Minton, avec pour adresse une boîte postale de Dallas. Puis il avait emprunté l'Interstate 25 en direction du sud et pris vers l'ouest à la sortie Rio Bravo. Il conduisait lentement, comptant les centaines de mètres au compteur. Près du fleuve, il avait quitté la route pour s'engager sur un étroit chemin de terre. Il était descendu de son véhicule à cet endroit, avait collé une bande adhésive sur le bouton-contact du plafonnier afin qu'il ne s'allume pas quand il ouvrirait la portière pour remplacer les plaques de la voiture Hertz par les plaques volées. Il était maintenant plus de vingt-trois heures ; c'était une nuit sans nuages éclairée par une lune partielle. Le chemin de terre était traversé par une grille encastrée à plat interdisant au bétail de passer, puis il franchissait un tuyau d'écoulement des eaux en tournant avant de se diviser. Colton avait pris à gauche. Le chemin cédait la place à une double trace de roues qui se faufilaient entre les trembles de la plaine inondable et envahie d'alluvions déposées par le Rio Grande. Elles traversaient un fossé d'irrigation sur un pont de planches branlantes et plongeaient brutalement. Après avoir franchi la levée en terre du fossé d'irrigation, il avait roulé en cahotant pendant une centaine de mètres puis s'était arrêté. Ses phares avaient éclairé la carcasse désossée d'une vieille Ford, rouillée et criblée d'impacts de balles. Plus loin gisaient les vestiges d'une autre voiture ayant également servi de cible aux chasseurs depuis des années. Partout des ordures : un matelas pourri, une carcasse de réfrigérateur, des boîtes en fer, en carton, des bouteilles, papiers, chiffons, des lambeaux de papier destiné à la couverture des toits, des broussailles. Colton avait éteint ses phares, coupé le moteur et baissé les vitres des deux côtés de la voiture. Il était resté assis sans bouger pendant peut-être dix minutes. Il entendait le bruit que faisait le moteur en refroidissant et de temps en temps celui des diesels qui roulaient sur l'Interstate, beaucoup plus loin dans la vallée. C'était une nuit sans vent et il n'entendait rien d'autre. Satisfait, il avait sorti la pelle du sac et était descendu du break.

Il avait déplacé le matelas et creusé à l'endroit où il l'avait trouvé, faisant attention à bien entasser la terre. Même dans l'obscurité, c'était facile avec ce sol riche en terreau. Il voulait un trou d'environ un mètre quatre-vingt-cinq de long et d'au moins un mètre vingt de profondeur.

10

Il atteignit le parking de l'université du Nouveau-Mexique un peu avant deux heures du matin. Il avait déjà reconnu les lieux, mais deux semaines s'étaient écoulées depuis. Si quelque chose avait changé, il voulait le savoir à l'avance. Il remplaça son anorak par la blouse des pompes funèbres. La femme de la réception ne leva pas les yeux, et le couloir menant aux ascenseurs était vide. Celui du premier étage l'était également. Jusque-là, parfait. Mais plus loin dans le couloir, il vit un papier collé sur la porte du laboratoire de morphologie. Il annonçait : LABORATOIRE DE MORPHOLOGIE TRANSFÉRÉ DANS LE BÂTIMENT DU LABORATOIRE DE L'ÉTAT. Il contempla le papier, consterné. Il franchit rapidement l'angle : la large porte qui ouvrait sur la morgue était encore protégée par un panneau de contre-plaqué pour éviter les chocs des chariots métalliques sur lesquels on transportait les corps. Il essaya d'ouvrir. Fermée à clef. Il s'y était attendu. Est-ce qu'ils avaient transféré la morgue en même temps que le laboratoire des autopsies ? Même si c'était le cas, l'hôpital avait besoin d'un endroit où mettre les corps pendant la nuit. Il sortit de son revers de pantalon une fine lame d'acier qu'il y avait cousue. Elle se révéla aussi rapide qu'une clef. Il referma rapidement la porte derrière lui et trouva l'interrupteur dans l'obscurité. Trois chariots étaient alignés le long du mur. Tous trois étaient vides. Derrière eux, la porte en acier inoxydable de la chambre froide où quelqu'un pouvait se tenir debout était fermée. Il l'ouvrit d'un geste vif. Deux chariots étaient rangés à l'intérieur, chacun portant une silhouette recouverte d'un drap. Il lut l'étiquette la plus proche de lui. Elle identifiait la victime comme étant Randy A. Johnson, 23 ans, Roswell, Nouveau-Mexique. Mort avant son arrivée à l'hôpital. Blessures à la tête et au cou. Accident de moto. Colton vérifia l'autre étiquette. Il lut : EMERSON CHARLEY. AUTOPSIE. GARDER POUR CRTC. « CRTC » devait signifier Centre de Recherche et de Traitement du Cancer. Colton replia le drap : jusque-là il n'avait vu ce visage que de loin. Il était décharné maintenant, les traits tirés sous les effets d'une mort lente. Mais il le reconnut. Cette fois tout allait bien se passer. Il remit le drap en place.

Dans le couloir, il resta immobile un moment, prêtant l'oreille. Un bruit assourdi et régulier provenait de la buanderie de l'hôpital. Sinon tout était silencieux. Il consulta sa montre. Trois heures cinq. Il décida de ne pas attendre. Ses chances, conclut-il, ne seraient pas meilleures.

Il était trois heures quatorze quand il gara le break à côté de la plate-forme de chargement. La porte donnant sur la plate-forme était partiellement ouverte, ainsi qu'il l'avait laissée, et il entendait toujours le bruit régulier provenant de la buanderie. Il laissa le hayon arrière du véhicule ouvert. Il y avait trente-cinq pas entre le seuil de la plate-forme et la morgue. Il crocheta à nouveau la serrure et se glissa à l'intérieur.

Sur le sol à côté des chariots se trouvaient deux sacs en plastique rouge contenant des vêtements. Il mit le plus proche sous le drap à côté du cadavre et poussa le chariot hors de la chambre réfrigérée. À la porte de la morgue il s'arrêta à nouveau, écoutant. Trente-cinq pas puis peut-être soixante secondes sur la plate-forme de chargement tandis qu'il soulevait le corps et le mettait dans la voiture. Le couloir était absolument silencieux. Le chariot y roulait en laissant dans son sillage le bruit discret des pneus en caoutchouc sur le carrelage. Arrivé sur la plate-forme, il poussa sa charge afin qu'elle ne soit pas visible de la porte. Il sortit le sac de vêtements et le jeta à l'arrière du break.

– Allez viens, mon ami, dit-il en rentrant le drap sous le corps qu'il souleva dans ses bras.

La rigidité cadavérique s'en était emparée. Et il était incroyablement léger.

– Nous y sommes, dit Colton en le glissant dans le break et en le recouvrant de la couverture verte.

La période à haut risque était maintenant presque terminée. Il referma le hayon, poussa le chariot pour le rentrer dans le couloir. Le moteur du break démarra au quart de tour. Au moment où il prenait le virage à gauche pour quitter la voie d'accès aux services d'entretien, il jeta un coup d'œil dans son rétroviseur. La plate-forme était déserte. Personne ne l'avait vu. Tout s'était déroulé à la perfection. Absolument aucune trace n'avait été laissée.

Il régla sa radio sur une station de musique country en retournant à la tombe. Il se sentait plus heureux qu'il ne l'avait été depuis des mois. Heureux pour la première fois depuis qu'il avait appelé Boxholder pour lui faire part de son échec. Ce souvenir était vivace. Deux heures à rester assis dans l'aéroport à attendre le moment d'appeler le numéro d'El Paso. À le redouter. Il n'avait encore jamais échoué. Depuis le tout début (quand il avait mis le feu au night-club de Denver sept ans auparavant), il n'avait jamais eu à faire état que de succès. Pas seulement des succès, la perfection. Le travail accompli. Pas de témoins. Pas de preuves. Pas de traces. La perfection. Et toujours la voix de Boxholder, chaude et amicale, qui le félicitait. Cette fois-là il n'y avait pas eu de félicitations. D'abord il n'y avait eu que le silence, puis la voix de Boxholder, froide.

– Donnez-moi le numéro d'où vous appelez. Attendez sur place. Je vais appeler le client et je vous rappelle. Restez là.

– Dites-lui que je n'accepterai pas d'être payé, avait dit Colton. Dites-lui que j'achèverai le travail.

– Vous attendez, c'est tout.

Il avait attendu. Il avait fallu plus de quatre heures avant que le téléphone ne sonne.

– Votre homme venait pour se faire admettre à l'hôpital, avait annoncé Boxholder. Il y est, là. Nous devons juste garder l'œil sur ce qui se passe et quand il mourra, vous vous débarrasserez du corps. Vous le récupérez tout de suite et vous vous en débarrassez.

– Mon Dieu, avait répondu Colton, il faut que je joue les baby-sit auprès de ce type jusqu'à ce qu'il meure ?

– Il n'en a pas pour longtemps. Il a un type de cancer qui va vite.

– Mais pourquoi...

Colton avait laissé sa question en suspens.

– Peut-être que ça ne va pas assez vite. Ça vous embête ?

– Non, avait dit Colton. Je pense que non.

Mais ça lui avait paru bizarre à ce moment-là et lui paraissait toujours bizarre, cette histoire qui consistait à se débarrasser du corps. Bizarre, mais bien exécutée. La tombe bien pleine. Le matelas pourri tiré dessus et les détritus éparpillés sur le matelas. Personne ne trouverait jamais le corps d'Emerson Charley. L'heure du compte rendu était fixée au lendemain midi. Colton l'attendait avec joie. Boxholder allait être satisfait.

11

Jim Chee avait roulé en un cylindre très serré le chèque de deux cents dollars de Ben Vines et les cinq billets de cent dollars contenus dans l'enveloppe que Mme Vines lui avait donnée. Il n'était pas beaucoup plus gros qu'une cigarette. Chaque nuit il laissait tomber ce tube dans l'une de ses bottes à côté de son lit. Chaque matin, après avoir fait sa brève prière pour accueillir le jour naissant, il agitait la botte pour en faire tomber le tube et se demandait ce qu'il devait en faire. Et chaque matin il finissait par le remettre dans sa poche de chemise, signifiant de la sorte que la décision restait en suspens. Le quatrième matin, il remarqua que le bord du chèque s'abîmait. Il déroula le tube, plaça le chèque et l'argent liquide côte à côte sur la table et les regarda attentivement.

Deux cents dollars constituaient une somme trop importante à lui proposer pour le peu de dérangement que cela lui avait causé. Pire, quelle raison Mme Vines pouvait-elle avoir de lui offrir trois mille dollars pour récupérer une boîte qu'elle avait elle-même dérobée ? Pour des gens d'une inconcevable richesse comme les Vines, l'argent ne devait avoir qu'une signification toute relative. Mais son oncle l'avait mis en garde contre cette manière d'envisager les choses.

– Ne t'imagine pas qu'une chèvre n'a pas d'importance aux yeux d'un homme qui en possède mille, lui disait Hosteen Nakai. Il en a mille parce que les chèvres ont plus d'importance pour lui que n'en ont ses proches.

En d'autres termes, ne t'attends pas à ce que les riches* fassent preuve de générosité.

Et qu'est-ce que son oncle lui conseillerait de faire pour cette somme bien précise ? Chee fit la grimace en y pensant. Il ne lui conseillerait rien... pas directement. Il y aurait une centaine de questions : Lequel mentait ? Qu'est-ce qui justifiait ces versements importants ? Pourquoi les Navajos de la Réserve-aux-Mille-Parcelles pensaient-ils que Vines était un sorcier ? Mais le pensaient-ils réellement ? Comment les compagnons de Charley étaient-ils mêlés à cette affaire ? Et quand Chee ne pourrait avancer aucune réponse, Nakai lui sourirait en lui rappelant ce qu'il lui avait dit il y avait bien longtemps. Il lui avait dit qu'il lui fallait comprendre les Blancs.

Chee se servit de ses deux index pour arranger le tas de billets en une pile régulière. Mme Vines lui avait menti, au moins un peu. Il prit le chèque et regarda la signature décidée de B.J. Vines : l'histoire qu'il lui avait racontée était pratiquement un pur tissu de mensonges. Il replia le chèque et le glissa dans son portefeuille, dans la poche prévue pour les cartes de crédit. Il rangea les billets dans le compartiment réservé à l'argent liquide. Il allait parler avec Tomas Charley et voir ce qu'il pourrait apprendre.

Pour parler avec Tomas Charley, il fallait le trouver. Becenti s'était uniquement souvenu qu'il habitait quelque part au-delà des limites est de la Réserve-aux-Mille-Parcelles : quelque part du côté du mont

Taylor. Chee passa plusieurs coups de téléphone. Un peu avant midi il apprit que Charley travaillait aux Combustibles nucléaires Kerrmac. Un rapide coup de téléphone au bureau du personnel de chez Kerrmac à Grants lui apprit que Charley était conducteur d'une chargeuse de minerai, qu'il disposait de sa journée, qu'il n'avait pas le téléphone. L'adresse du chemin rural donnée par la poste de Grants correspondait à celle que l'hôpital lui avait fournie : celle d'une boîte à lettres en bord de route quelque part entre Grants et le village de San Mateo.

Ce n'était probablement pas à plus de cinquante kilomètres de Crownpoint à vol d'oiseau, mais pour quelque chose qui avait des roues, cela en faisait cent cinquante. Chee dit à son collègue Benny Yazzie, qui restait au bureau, qu'il ne serait pas de retour avant le soir. Tout en conduisant, Chee travailla à mémoriser le Chant de la Nuit. Il fit démarrer le magnétophone et fit défiler la cassette en avance rapide jusqu'à l'endroit où le chanteur* réveille l'esprit de Dieu-qui-Parle* dans le masque sacré. Sur l'Interstate 40, il roula sur la voie des véhicules lents, écoutant la bande très attentivement. Les conducteurs de camions, au courant de la façon dont les choses se passent sur cette portion d'autoroute, le dépassaient dans un grondement de moteur, sachant qu'ils ne risquaient rien puisque la police tribale n'a aucun pouvoir à cet endroit-là. Les voitures particulières ralentissaient jusqu'à la limite légale de quatre-vingt-dix kilomètres à l'heure en lui adressant des regards inquiets. Chee ne se préoccupait ni des uns ni des autres. Il se concentrait sur la voix de son oncle, forte et assurée, qui chantait les mots enseignés par Femme-qui-Change* lors de la création même de son peuple.

Au-dessus des collines du soir, il bouge, il bouge.
Recouvert du pollen du soir, il bouge, il bouge.
Le Dieu-qui-Parle bouge, il bouge dans le crépuscule.
Sur la piste de la beauté, il bouge, il bouge.
Avec la beauté tout autour de lui, il bouge, il bouge.

Le magnétophone était posé sur le siège à côté de lui. Chee réduisit la voix de Hosteen Nakai au silence en enfonçant le bouton d'arrêt, se concentra un moment puis répéta ces cinq phrases, essayant d'être fidèle à la cadence et aux notes en même temps qu'à la signification. Le temps qu'il atteigne l'échangeur de Grants, il était certain d'avoir fixé dans son esprit la séquence complète des chants du masque.

Même chez un peuple qui accordait une grande valeur à la mémoire et qui la développait chez ses enfants presque dès la naissance, le talent de Chee était exceptionnellement développé. Sa famille en était venue à le considérer, dès son très jeune âge, comme quelqu'un qui pourrait devenir un chanteur. Le Dinee à la Parole Lente avait donné plus de chanteurs célèbres que n'importe lequel des soixante autres clans navajo. Et la famille de sa mère en avait fourni bien plus que sa part. Son oncle, le frère de sa mère, était parmi les plus éminents. Il s'appelait Hosteen Frank Sam Nakai et exécutait le Chant de la Nuit, la Voie de l'Ennemi et des sections essentielles de plusieurs autres rites guérisseurs, et il enseignait parfois le cérémonialisme au Community College[1] Navajo de Rough Rock. C'était Hosteen Nakai qui avait choisi le « nom de guerre » de Chee, qui était Réfléchit-Longuement. Aussi son oncle était-il parmi

1. Community College : établissement de cycle universitaire court à vocation professionnelle locale.

les rares personnes qui connaissaient sa véritable et secrète identité. Il lui avait donné son nom, mais quand Chee lui avait demandé de lui apprendre à devenir chanteur, Hosteen Nakai avait tout d'abord refusé.

– Il y a une première étape qu'il faut franchir, lui avait-il dit. Rien d'important ne peut avoir lieu avant cela.

Comme première étape, Jim Chee devait étudier l'homme blanc et la façon de vivre de l'homme blanc. Quand il en arriverait à comprendre ce monde qui entourait le Peuple de toutes parts, il devrait prendre une décision. Suivrait-il la manière de vivre de l'homme blanc ou serait-il un Navajo ?

Son oncle était venu jusque dans Gallup avec son camion qu'il avait garé sur Railroad Avenue où ils pouvaient voir les bars et observer les Navajos et les Zunis* qui y entraient et en sortaient. Jimmy Chee s'en souvenait très bien. Il se souvenait de la femme qui était sortie de la *Taverne Turquoise* suivie de l'homme au chapeau noir typique de la réserve. Ils marchaient d'un pas mal assuré, ivres tous les deux. La femme avait perdu l'équilibre et s'était lourdement assise sur le trottoir sale, et l'homme s'était penché pour l'aider. Son chapeau était tombé et avait roulé dans le caniveau. Les yeux furieux de Hosteen Nakai avaient observé toute la scène.

– Ils ne sont pas capables de prendre leur décision, dit-il. La voie que Femme-qui-Change nous a enseignée est trop dure pour eux, et ils en ont perdu la beauté. Mais ils ne connaissent pas celle de l'homme blanc. Toi, tu dois prendre ta décision. Il t'est facile, maintenant, d'être un homme blanc. Tu es allé à l'école et il y a des bourses pour y aller encore, et des emplois si tu apprends ce qui a de la valeur pour l'homme blanc.

Jimmy Chee avait répondu que sa décision était déjà prise. Il voulait marcher dans la beauté et être Navajo.

– Tu ne peux pas prendre de décision avant d'avoir compris l'homme blanc. Ils ont beaucoup de choses que nous n'avons pas. Être un Navajo signifie ne pas avoir d'argent. Quand tu seras plus grand nous en reparlerons. Si tu le souhaites encore, je commencerai à t'apprendre quelque chose. Mais tu dois étudier les coutumes de l'homme blanc.

Chee les avait étudiées. Après l'école secondaire de Shiprock, il s'était inscrit à l'université du Nouveau-Mexique. Il avait suivi des cours d'anthropologie, de sociologie, de littérature américaine. À chaque instant de la journée il étudiait la façon dont les hommes blancs se comportaient. Ces quatre sujets d'étude le fascinaient autant. Quand il rentrait chez lui, pendant les vacances semestrielles, là où sa mère habitait dans les monts Chuska, Hosteen Nakai lui enseignait la sagesse du Dinee. Finalement, son oncle avait commencé à lui apprendre les chants rituels qui permettaient au Peuple d'échapper à ses maladies et de marcher dans la beauté. Et sa mémoire le servait toujours fidèlement.

Sur la route qui part de Grants pour aboutir derrière les champs d'uranium d'Ambrosia Lake, il rangea le magnétophone dans sa housse et concentra son attention pour trouver la maison de Tomas Charley. Il la trouva à une petite dizaine de mètres à l'ouest de l'étroite chaussée bitumée. C'était une maison de deux pièces en adobe* à laquelle quelqu'un avait rajouté un appentis en bois avec un toit recouvert d'une composition de bardeaux rouges. Une Chevrolet Impala 1962 reposait sur des parpaings, dépouillée de chacune de ses quatre roues sans exception. Chee arrêta sa voiture de patrouille juste à côté et resta assis à attendre. S'il y avait dans la maison quelqu'un qui fût disposé à recevoir un visiteur, il se montrerait à la porte. Si ce n'était pas le cas, après une attente polie, Chee irait frapper.

La porte d'entrée s'ouvrit et Chee distingua quelqu'un qui le regardait à travers la porte moustiquaire. Un enfant. Chee attendit. Personne d'autre ne se manifesta. Chee mit pied à terre.

– *Ya-tah*, dit-il. Salut.

– Salut, répondit l'enfant, un garçon de dix ou douze ans.

– Je cherche Tomas Charley, dit Chee.

– Il est parti chercher ma mère.

– Où ça ?

– Ils n'y seront pas, répondit le garçon. Elle est tisserande. Mon oncle l'emmenait à la vente aux enchères de couvertures.

– À Crownpoint ?

– Ouais, fit le garçon. Elle va vendre un paquet de couvertures.

Chee rit :

– Je n'ai pas beaucoup de chance aujourd'hui, dit-il. C'est de là que je viens et maintenant il va falloir que je refasse le chemin en sens inverse.

– Vous allez voir mon oncle là-bas ?

– Si je parviens à le trouver. Qu'est-ce qu'il conduit ?

– Un pick-up Ford de 1975. Un F-150. Bleu. Si vous le voyez, dites-lui qu'il y a quelqu'un qui veut peut-être acheter notre vieille Chevy. Dites-lui qu'il y a un homme qui est venu juste après son départ et qu'il le cherchait.

– Entendu. C'est tout ?

– Peut-être que cet homme le verra là-bas à la vente de couvertures, poursuivit le garçon. C'est un blond avec une veste jaune. Il m'a dit qu'il allait essayer de le voir là-bas.

– D'accord, dit Chee.

Il regarda la voiture en question avec davantage d'intérêt cette fois. Les tambours de freins exposés étaient marron de rouille et le rembourrage du siège arrière pendait en festons poussiéreux. Le neveu de Tomas Charley était beaucoup trop optimiste. Personne n'allait se donner la peine d'aller jusqu'à Crownpoint pour négocier l'achat de cette ruine.

12

Le soleil était couché quand Chee passa devant le bureau de la police tribale. Il faisait nuit. De l'autre côté du village il y avait peut-être deux cents véhicules de toutes sortes garés devant l'école primaire de Crownpoint, ce qui laissait supposer une belle assistance pour la vente aux enchères de couvertures du mois de novembre. Chee repéra un pick-up truck Ford 150 de couleur bleue. Garée juste à côté se trouvait une Plymouth vert et blanc semblable à celle que conduisait, selon le neveu de Charley, l'éventuel acheteur de voiture. Chee l'inspecta rapidement. Elle était neuve, avec moins de cinq mille kilomètres au compteur. Un dépliant posé sur le tableau de bord laissait entendre qu'elle avait été louée à l'agence Hertz de l'aéroport d'Albuquerque.

À l'intérieur de l'école l'air s'enrichissait d'un mélange d'odeurs. Il identifia l'arôme du pain frit qui cuit, celui de la cire à parquet, de la craie à tableau noir, du ragoût de mouton et du chili rouge, de la laine crue, des chevaux et des humains. Dans la grande salle, une centaine d'acheteurs potentiels déambulaient au milieu des monceaux de couvertures présentées sur les tables, s'enquérant des offres et notant le numéro des objets. À cette heure, la majeure partie des gens devaient se trouver dans la cafétéria et manger le repas traditionnel des ventes aux enchères qui se compose de tacos navajo : des tortillas auxquelles on a ajouté une mixture fatale composée de ragoût de mouton et de chili. Chee se plaça juste à l'entrée de la grande salle, détaillant méthodiquement les occupants. Il n'avait guère d'idée sur l'apparence physique de Charley : juste la description grossière que lui en avait fait Becenti. Ce travail d'observation n'était qu'une question d'habitude.

– Vous cherchez quelqu'un ?

La voix venait d'à côté de lui : c'était celle d'une jeune femme en pull à col roulé bleu. Elle était petite, son pull était grand, et le visage qui surmontait les plis de l'épais vêtement ne souriait pas.

– J'essaye de trouver un homme dont le nom est Tomas Charley. Mais je ne sais pas à quoi il ressemble.

Le visage de la jeune femme était ovale, encadré de cheveux blonds et doux. Elle avait de grands yeux, bleus, fixés sur Chee. Une jolie femme, et Chee reconnut l'expression de son visage. Il l'avait souvent vue à l'université du Nouveau-Mexique... surtout chez les étudiantes inscrites aux cours de civilisations amérindiennes. Ces cours attiraient des auditeurs anglo-saxons, à forte majorité des filles, qui aimaient se plonger dans une ambiance chargée de culpabilité ethnique et raciale. Chee avait très vite atteint la conclusion que leur intérêt s'orientait davantage vers les Indiens de sexe masculin que vers les mythologies indiennes. Leurs yeux demandaient s'ils étaient vraiment différents des garçons aux cheveux blonds avec lesquels elles avaient grandi. Chee plongea son regard dans les yeux de la jeune femme à l'épais pull à col roulé bleu et y lut la même question. Ou tout au moins ce fut ce qu'il pensa. Il y avait aussi autre chose. Il lui sourit.

– Comme je ne sais pas à quoi il ressemble, la tâche est plus ardue.

– Pourquoi ne pas vous en aller tout simplement et lui ficher la paix ? s'enquit-elle. Pourquoi le recherchez-vous ?

Le sourire de Chee disparut.

– J'ai un message de son neveu pour lui. Quelqu'un veut lui acheter sa vieille voiture et...

– Oh, fit-elle d'un air confus. Je suppose que je ne devrais pas tirer des conclusions hâtives. Excusez-moi. Je ne le connais pas.

– Je vais demander, dit-il.

L'aversion qu'elle avait démontrée pour la police était elle aussi une réaction courante à laquelle il avait appris à s'attendre de la part des jeunes Anglo-Américains que la réserve semblait attirer. Il se disait qu'il devait y avoir, quelque part, une agence fédérale dont le rôle consistait à enseigner à ceux qui travaillaient dans le domaine social que tous les membres de la police étaient des cosaques et que ceux de la police navajo étaient les pires de tous.

– Vous faites partie du Bureau des Affaires Indiennes ? lui demanda-t-il.

– Non. Je suis ici pour aider la coopérative des tisserandes.

Elle eut un geste vague dans la direction du bureau d'inscription où deux femmes navajo mettaient de l'ordre dans des papiers.

– Mais je suis institutrice ici. En cours élémentaire deuxième année. Anglais et instruction civique.

L'hostilité avait disparu de ses yeux. La curiosité demeurait.

– Je m'appelle Jim Chee, dit-il en tendant la main.

J'ai été affecté au poste de police d'ici. Il y a vraiment peu de temps que je suis là.

– J'avais remarqué votre uniforme, dit-elle en prenant la main qu'il lui tendait. Je m'appelle Mary Landon. Moi aussi il y a peu de temps que je suis ici. Je suis du Wisconsin mais le printemps dernier j'enseignais à l'école du pueblo de Laguna.

– Heureux de faire votre connaissance.

La main de la jeune femme, petite et fraîche à l'intérieur de la sienne, fut rapidement retirée.

– Il faut que je retourne à mon travail, dit la jeune femme qui disparut aussitôt.

Il fallut environ une demi-heure à Chee pour établir que Tomas Charley était présent à la vente aux enchères et pour obtenir une description de lui. Il aurait pu y parvenir plus vite s'il y avait eu un sentiment d'urgence. Mais ce n'était pas le cas. Il était plus préoccupé de faire la connaissance des habitants de son territoire. Puis Mary Landon se trouva à nouveau à ses côtés.

– C'est lui, dit-elle. Juste là. La veste en laine rouge et noir et le feutre noir.

– Merci, dit Chee.

Mary Landon ne souriait toujours pas.

Tomas Charley était appuyé contre le mur, tout seul. Il donnait l'impression de regarder quelqu'un dans la foule. Mary Landon dit quelque chose de plus mais Chee ne l'entendit pas. Il détaillait Charley. C'était un homme de petite taille (moins d'un mètre soixante-dix) et très maigre. Il avait le visage osseux avec de petits yeux profondément enfoncés et un front étroit sous le bord de son chapeau repoussé en arrière. Il y avait dans son attitude une certaine fébrilité, une certaine tension. Ses yeux se déplacèrent vers Chee, le dépassèrent rapidement puis revinrent sur lui. Becenti avait dit qu'il était à moitié cinglé, que c'était un fanatique. Ses petits yeux noirs avaient l'éclat de ceux qui ont des visions. Chee se dit que pour faire parler Tomas Charley il allait falloir beaucoup de patience et beaucoup de chance.

En réalité, cela ne posa aucun problème. Ils discutèrent un peu de la vente aux enchères et de la sécheresse. Chee s'appuya contre le mur à côté de son interlocuteur, orientant la conversation. Le commissaire-priseur était maintenant sur l'estrade : un petit personnage rougeaud qui expliqua les règles avec un accent de l'ouest du Texas. Chee parla du shérif Gordo Sena, des problèmes de juridiction entre la police navajo et les shérifs blancs. La première couverture fut attribuée pour la somme de soixante-cinq dollars. Les enchères pour la seconde atteignirent cent dix dollars. Le commissaire-priseur la retira et plaisanta les assistants sur leur avarice. Il fit monter les enchères à cent cinquante-cinq dollars et vendit la couverture.

Chee parla de la proposition que Mme Vines lui avait faite, de ce qu'elle lui avait dit du cambriolage, de sa propre décision de ne pas se mêler de cette histoire et du retrait de cette proposition par Vines. Tomas Charley parlait de moins en moins.

– Cela ne me regarde pas, dit Chee. Le cambrioleur ne m'intéresse pas.

Il adressa un sourire à Charley et poursuivit :

– Je sais qui s'est introduit dans la maison des Vines et qui s'est emparé du coffre. Vous savez qui l'a fait. Et Gordo Sena ne le saura jamais. Ce que j'aimerais savoir, c'est ce qu'il y avait dans ce coffre.

Charley ne dit rien. Chee attendit. On en était à la cinquième couverture et les enchères avaient pris de l'allant. Le commissaire-priseur l'adjugea deux cent quarante dollars.

– J'ai l'esprit curieux, insista Chee. Il y a beaucoup

de choses bizarres chez Vines. Beaucoup de choses bizarres chez Gordo Sena. Chez Mme Vines aussi.

Tomas Charley lui jeta un coup d'œil puis détourna le regard. Il avait les bras croisés devant lui. Chee remarqua que les doigts de sa main gauche tambourinaient nerveusement sur son poignet droit.

– Pourquoi Vines a-t-il enterré votre grand-père à cet endroit-là, chez lui ? demanda Chee. Cela m'intrigue. Et pourquoi quelqu'un a-t-il essayé de tuer votre père ? Pourquoi Mme Vines veut-elle que je retrouve le vieux coffre de Vines ? Et ensuite pourquoi on ne veut plus que je le retrouve ? Et pourquoi Gordo Sena m'a-t-il averti de ne pas m'en mêler ?

Chee adressa directement cette dernière question à Charley. Les doigts arrêtèrent de s'agiter. Charley pinça les lèvres.

– Je m'en fiche totalement que vous vous soyez introduit dans la maison de Vines et que vous y ayez pris quelque chose, reprit Chee. Ça ne me regarde pas. Mais qu'y avait-il dans ce coffre ?

– Des pierres, répondit Charley. Des fragments de pierres noires.

Chee s'aperçut qu'il n'avait pas véritablement réfléchi à ce que le coffre pouvait contenir. Mais il ne s'était pas attendu à ça. Il réfléchit à cette réponse.

– Pas de papiers ? insista-t-il. Rien qui ait quelque chose d'écrit dessus ?

– Surtout des cailloux.

– Rien d'autre ?

– Quelques médailles. Des trucs de la guerre. Des trucs comme ça.

Il haussa les épaules.

– Dites-moi tout ce qu'il y avait dedans.

Charley parut surpris.

– Eh ben, commença-t-il, il y a une petite carte collée sous le couvercle. Il y a le nom de Vines et son adresse dessus. Après il y avait trois médailles. L'une était une Purple Heart[1] et les deux autres ressemblaient à des étoiles. Une dans une sorte de métal marron et l'autre pratiquement pareille mais avec une petite étoile en argent au milieu. Et il y avait des ailes comme celles des parachutistes et une épaulette avec une tête d'aigle dessus et des barres argentées comme en portent les lieutenants à l'armée. (Il réfléchit.) Des photos. Une photographie d'une jeune fille et celle d'un homme et d'une femme debout à côté d'une voiture d'autrefois, et tout un tas de cailloux noirs.

Charley se tut. Le catalogue était complet.

– Rien d'autre ? Qu'est-ce que vous vous attendiez à y trouver ?

Charley haussa les épaules.

– Un talisman ? demanda Chee.

Les traits de Charley se crispèrent.

– Vines était un sorcier, dit-il.

Il n'utilisa pas le mot navajo qui correspond à sorcier, à porteur-de-peau ou à Loup Navajo. Il utilisa une expression de langue keres : celle que les gens de Laguna et d'Acoma utilisent pour dire jeteur de sorts.

– Cela aussi on me l'a dit. Vous pensiez y trouver sa bourse à médecine ?

Charley posa son regard sur lui, le détourna aussitôt. Le temps s'écoula. Le commissaire-priseur se lança dans la litanie scandée qui préludait à une nouvelle transaction.

– Il était en train de tuer mon père, dit Charley. Je voulais retourner la sorcellerie contre lui. Je voulais trouver quelque chose pour le faire.

Chee ne prononça aucune des paroles dictées par

1. Purple Heart : médaille décernée pour blessure reçue au combat.

l'évidence. Il ne dit pas : « Votre père se meurt du cancer. » Il ne dit pas : « Ce n'est pas de la sorcellerie, c'est un dysfonctionnement dans la façon dont les cellules se forment. » Il ne dit rien du tout. Tomas Charley était convaincu que son père était voué à sa perte par un sorcier. Quand cela se produisait, les coutumes navajo exigeaient un rite guérisseur : en général la Voie de l'Ennemi ou la Voie de la Corruption. Chacune invoquait une formule traditionnelle qui inversait le sort et le retournait contre le sorcier. Et chacune nécessitait un objet dont le sorcier s'était servi. Mais Tomas Charley était à moitié Laguna. Il voyait Vines ainsi que les Lagunas voient les sorciers. Peut-être avaient-ils une formule différente. Le commissaire-priseur acheva sa transaction, adjugeant une petite couverture à motifs en losanges à une femme qui avait la carte n° 72. Chee et Tomas Charley s'appuyèrent contre le mur et observèrent, leurs épaules se touchant.

– Pourquoi Vines avait-il jeté un sort à votre père ? Vous le savez ?

– Vines n'a pas toujours été un sorcier, répondit Charley. Autrefois c'était quelqu'un de bien, je crois, il a aidé mon grand-père et il a aidé notre Église. Il nous a donné notre totem. Il l'a donné à mon grand-père. La taupe. Elle est puissante et elle aide le Seigneur Peyote à ouvrir la porte pour nous. Elle l'aide à nous apporter des visions. Vines voulait la récupérer. Alors il a rendu mon père malade. Et ensuite il a volé le corps de mon père.

Sur l'estrade, le commissaire-priseur et son adjoint présentaient une couverture de selle.

– Celle-là c'est un bijou, dit le Texan.

Il ployait sous le poids qu'il faisait comiquement mine de lui attribuer.

– Il faudra un cheval costaud pour la porter,

celle-là. Elle est tissée si serré que vous n'arriveriez pas à faire passer de l'eau à travers. Je démarre à quatre-vingts. Quatre-vingts une fois. Quatre-vingts. Quatre-vingts. Quatre-vingts une fois. Quatre-vingt-cinq. Nous voilà à quatre-vingt-cinq. Quatre-vingt-cinq une fois. Quatre-vingt-dix. Quatre-vingt-dix une fois.

– Il a volé le corps de votre père ? répéta Chee.

Il réfléchissait : Emerson Charley était vivant la semaine précédente. En très mauvais état mais vivant. Combien de temps cela faisait-il, cinq jours ? Six ? Il reporta son regard sur Charley. Son maigre compagnon regardait droit devant lui, chacun des traits de son visage figé. Il semblait se remémorer quelque chose.

– Quand Vines a-t-il volé le corps de votre père ?

– Il y a deux, trois jours. À l'hôpital où il était, à Albuquerque. Et il a récupéré la taupe.

– Mais comment s'y est-il pris ? Il est entré comme ça, là, et il est ressorti avec ?

Charley haussa les épaules.

– Vines est un sorcier. À l'hôpital, ils m'appellent et ils me disent que mon père est mort et ils me demandent ce qu'il faut faire du corps. Quand je suis arrivé là-bas, Vines était déjà parti en l'emmenant. C'est tout ce que je sais.

– Quelle explication ils vous ont donnée à l'hôpital ?

– Ils ignoraient ce qui s'était passé. Tout ce qu'ils savaient c'est que le corps n'était plus là. L'un des types m'a dit que des membres de sa famille avaient dû le faire emmener par un salon mortuaire. Il m'a dit que le corps avait été mis là où ils mettent les corps et que le lendemain il n'y était plus. Il m'a dit que ce devait être un salon mortuaire qui l'avait pris.

– Vous l'avez signalé à la police ?

– Ouais, fit Charley. Ils ont rien fait.

Pour sûr, pensa Chee. Il s'imagina Charley se présentant au siège de la police à Albuquerque et essayant de trouver quelqu'un pour dresser le procès-verbal, racontant à un fonctionnaire (celui-ci avait-il affiché de l'incrédulité, ou simplement de l'ennui ?) qu'un cadavre avait disparu, enlevé par un sorcier. Quel délit y avait-il donc là ? Au pire, un transfert de dépouille mortelle sans l'autorisation d'un médecin légiste. Et la police aurait pensé qu'il n'y avait là qu'une méprise : le corps réclamé par un autre proche, une querelle de famille, peut-être. Et Tomas Charley n'avait pas dû râler bien fort ni exiger de réponse. Il disposait déjà de deux réponses. L'une était que personne ne risquait de prêter grande attention à un Navajo qui essayait de râler haut et fort. L'autre, qu'un sorcier s'était envolé en emportant le corps. Néanmoins, Chee sentit sa colère monter contre cette attitude outrageante.

– Quelle bande de salopards, dit-il. Vous voulez que j'essaye de le retrouver pour vous ?

Charley réfléchit à cette proposition.

– Ben, dit-il, je suis à moitié Acoma et à moitié Navajo, et je suppose qu'en ce qui concerne les cadavres je suis Navajo. Quand mon père est mort, il est mort. Le corps il peut causer que des ennuis. Mais ma mère, c'est une Acoma. Elle aimerait savoir qu'il a été enterré dans les règles. Elle ne voudrait pas que ce soit un sorcier qui le garde.

– Je vais voir ce que je peux faire. Pourquoi pensez-vous que Vines l'a pris ?

Charley hésita.

– C'est en rapport avec notre Église, dit-il. Il faut que je remonte très loin en arrière pour vous expliquer ça.

Tomas Charley remonta à la Deuxième Guerre

mondiale, quand son grand-père travaillait à l'entretien des voies de la Compagnie des chemins de fer de Santa Fe : il avait rencontré un Indien de l'Oklahoma et il avait été initié à la Native American Church et au Seigneur Peyote. Son grand-père avait fondé une Église dans la région des Mille-Parcelles et un jour le Seigneur Peyote avait ouvert la porte afin que son grand-père puisse voir Dieu. À ce moment-là il travaillait sur un puits de forage et Dieu lui avait dit que quelque chose de grave allait se produire le lendemain et qu'il devait dire à son équipe de ne pas aller travailler. Le puits avait explosé exactement comme Dieu l'en avait averti et le bruit de ce miracle s'était répandu chez les Navajos et les Lagunas-Acomas. La congrégation de son grand-père s'était accrue. L'année suivante, plus de deux cents personnes s'étaient converties aux Voies du Peyote. Puis, un jour, un homme blanc était venu. C'était un prospecteur d'uranium appelé Benjamin Vines. Vines avait expliqué à tout le monde lors de la Voie du Peyote que le Seigneur Peyote lui avait indiqué en rêve l'endroit où trouver du minerai d'uranium.

– Tout ça est comme mon père me l'a raconté, dit Charley. Il m'a dit que Vines était revenu environ un mois plus tard et lui avait dit que l'uranium se trouvait à l'endroit que le Seigneur Peyote avait indiqué. Ils ont eu une nouvelle Voie du Peyote et Vines a eu une nouvelle vision. Cette fois, le Seigneur Peyote lui a dit qu'il avait désormais fait deux miracles pour l'Église de mon grand-père. Il avait sauvé les ouvriers de l'explosion et il avait conduit Vines au gisement de minerai. Il a dit que Vines était béni et que les hommes qu'il avait sauvés étaient bénis eux aussi, et que puisque la bénédiction était venue de sous la terre, d'un puits de forage pétrolier et d'un gisement d'uranium, leur totem devait être la taupe et leur nom celui des taupes : le Peuple des Ténèbres.

– Et Vines a donné une taupe fétiche à votre grand-père ?

– Un peu plus tard. Ils n'ont pas exécuté de Voie pendant un certain temps parce que la police navajo et les flics du BAI arrêtaient tout le monde et fouillaient les gens à la recherche de boutons de peyote, et Gordo Sena essayait de coincer tous les membres de l'Église. Mais après ils ont exécuté une Voie dans un lieu secret et Vines a donné ces taupes fétiches à mon grand-père et aux autres hommes que le Seigneur Peyote avait sauvés.

Il se tut un instant puis expliqua :

– C'était avant que Vines ne devienne sorcier.

– Comment cela a-t-il pu se faire ? s'enquit Chee.

– D'abord, mon grand-père est tombé malade. Ils ont exécuté un chant pour lui mais ça n'a pas aidé pendant très longtemps. Il est allé à l'hôpital. Il n'en sortait que pour y retourner. À la fin il est mort et Vines l'a enterré là-bas à son ranch. À l'époque il était en train de construire cette grande maison qu'il a. L'Église a ensuite comme disparu pendant des années. Puis mon père l'a fait redémarrer. Après ça, Vines est venu. Il a essayé de convaincre mon père de lui donner la bourse à médecine, la boîte dédiée au Seigneur Peyote, le totem de la taupe, tous les objets sacrés. Mon père a refusé de les rendre. Et Vines n'est plus revenu à la Voie du Peyote.

Ça semblait être la fin de son récit : il se laissa aller contre le mur, regardant en direction de l'estrade à l'autre extrémité de la salle bondée. Le Texan venait d'adjuger une petite couverture *yei* au n° 18 pour quarante-cinq dollars et décrivait un motif noir et blanc en forme de losange qui venait de Two Gray

Hills en disant qu'elle « valait trois cents dollars dans n'importe quel comptoir d'échanges de la réserve ».

– Et après ? encouragea Chee.

Charley n'ajouta rien pendant un moment.

– Après, nous avons commencé à entendre dire certaines choses.

– Par exemple ?

– Que Vines est un sorcier.

Il y eut un nouveau silence. La moitié navajo de Charley semblait dominante, pensa Chee. Les Navajos n'aiment pas parler des sorciers.

– Vous savez quoi ? dit Chee. Vous ne tenez pas à le garder, ce vieux coffre qui appartient à Vines avec ces cailloux à l'intérieur. Vous me faites comprendre où il est et nous le ramènerons à son propriétaire. Si quelqu'un nous demande comment nous l'avons trouvé, c'est grâce à un coup de téléphone anonyme.

– Il est là-bas sur les terres volcaniques, avoua Charley. Il était fermé à clef. Je l'ai emmené à un endroit là-bas où je vais et je l'ai forcé. C'était lourd alors je l'ai laissé sur place.

Il expliqua à Chee comment le trouver.

– Faut que je parte, maintenant, conclut-il. Faut que je travaille demain.

– Est-ce que quelqu'un est venu vous voir pour vous acheter la vieille Chevy ?

Il parut surpris :

– Non. Y a quelqu'un qui veut acheter cette épave ?

– C'est ce que votre neveu m'a dit. Il m'a demandé de vous dire qu'un type qui vous cherchait est passé, qu'il voulait acheter cette vieille voiture et qu'il allait venir vous chercher ici.

– Il doit être fou, fit Charley qui s'éloigna.

Et moi aussi, je dois être fou, se dit Chee en regardant

Charley s'éloigner dans la travée vers la table où une comptable appartenant à leur association réglait aux tisserandes le montant de leurs ventes. Des cailloux dans une boîte de souvenirs. B.J. Vines en prophète mystique. B.J. Vines en sorcier. Un corps disparu dans la morgue d'un hôpital. Et Chee qui perdait son temps avec une affaire qui n'avait ni queue ni tête.

Du temps, il continua à en perdre à observer la vente aux enchères, se déplaçant parmi les spectateurs, au début sans raison puis en cherchant Mary Landon. Elle s'intéressait à lui, ça il en était sûr. Il était également sûr que cela n'avait rien de très personnel. Cet intérêt était plus générique que personnel. Un autre mâle navajo, convenablement briqué et soigné, aurait paru tout aussi intéressant à cette femme aux yeux bleus. Rien de plus normal. Pour le moment, il ressentait un intérêt certain pour les Blancs, particulièrement pour les Blanches. Les femmes navajo qu'il connaissait (sa mère, les deux sœurs de sa mère qui étaient ses « petites mères », les filles navajo avec lesquelles il avait frayé), ne pouvaient en rien lui expliquer Rosemary Vines. Et il n'avait jamais vraiment connu de femme blanche. Leur curiosité avait eu un effet de repoussoir. Mais cette Mary Landon, il allait l'étudier. Malheureusement, elle n'était visible nulle part.

Il sortit sur le parking, goûtant la pureté de l'air frais après la chaleur étouffante qui régnait à l'intérieur. Tomas Charley se tenait à côté de son camion où il discutait avec un Blanc en anorak jaune. L'inconnu était blond. L'acheteur de Chevrolet invendable avait trouvé son homme. Curieux, Chee le détailla. L'homme sembla sentir ses yeux sur lui. Il lui rendit son regard. C'était ce même homme, s'aperçut Chee, qui les avait regardés, Charley et lui, pendant leur longue conversation contre le mur. Mary Landon demeurait invisible.

Il finit par la trouver dans la cuisine de la cafétéria où elle aidait une demi-douzaine d'autres femmes lancées dans les opérations de nettoyage.

– Le message est transmis, dit-il. Merci.

C'était la troisième fois qu'il lui parlait et il avait sa théorie sur les troisièmes rencontres entre les gens. La troisième fois, on n'est plus vraiment des inconnus.

– Ça devait être un long message, commenta-t-elle. J'ai l'impression que vous n'avez pas uniquement discuté de quelqu'un qui veut acheter une voiture, mais que vous avez trouvé d'autres sujets de conversation.

C'étaient des paroles empreintes de scepticisme mais, après les avoir prononcées, elle sourit.

Chee se surprit à essayer de trouver quelque chose à lui demander, une raison d'être dans cette cuisine à bavarder avec elle. Son esprit était vide.

– Si on allait prendre un café ? s'entendit-il dire. Ça va rester ouvert tard.

La première fois qu'elle l'avait regardé, elle avait inspecté un sergent de la police tribale. Maintenant elle regardait un homme qui l'invitait à venir prendre un café avec lui. C'était une inspection toute différente.

– Il faut que j'en termine avec ces casseroles, dit-elle.

– Je vais vous le faire.

Il faisait la vaisselle tous les soirs dans sa maison mobile : une assiette, une tasse, un couteau et une fourchette utilisés pour le petit déjeuner, une seconde assiette, une tasse et les couverts du dîner ainsi que la poêle à frire qui avait servi à faire cuire les deux repas. Mais jamais, depuis l'époque où il était à l'université, il n'avait fait la vaisselle en société.

– On dirait que ça vous plaît, remarqua-t-elle. Vous vous êtes peut-être trompé de vocation.

Il essaya de trouver quelque chose de spirituel à dire. N'y parvint pas.

Dans le box du Crownpoint Café, il apprit quelques petites choses sur Mary Landon et elle apprit quelques petites choses sur lui. Elle était venue à Laguna l'année précédente pour remplacer une institutrice blessée dans un accident de la route. Puis elle avait décroché le poste de Crownpoint. Elle était originaire d'un petit village, non loin de Milwaukee. Elle avait suivi les cours de l'université du Wisconsin. Elle aimait la marche et faire du canoë, le grand air de manière générale. Elle n'aimait pas les gens prétentieux. Elle aimait faire la classe aux enfants navajo, mais n'était pas très sûre de l'attitude qu'elle devait adopter vis-à-vis de leur éducation qui s'opposait à la notion de compétition. Elle espérait apprendre le navajo mais c'était difficile à prononcer et jusqu'ici elle n'était capable de prononcer que quelques groupes de mots. Elle le fit et Chee feignit de comprendre. Ce faux-semblant ne la trompa pas mais elle lui en sut gré et le récompensa par un regard d'amitié sincère. Il lui demanda de lui parler de ses parents et apprit que son père gérait un magasin d'articles de sport. Il décida de ne pas lui demander pourquoi elle ressentait pareille hostilité envers la police. Le moment était mal choisi pour ça et c'était une attitude communément répandue.

Mary Landon, quant à elle, apprit que Chee faisait partie du Peuple à la Parole Lente, le clan de sa mère, et qu'il était « né au » Dinee de l'Eau Amère, le clan de son père. Elle apprit que le père de Chee était mort, que son oncle maternel était un *yataalii* réputé, et elle se trouvait en pays navajo depuis suffisamment longtemps pour savoir quel rôle tenaient ces shamans dans la vie cérémonielle du peuple. Elle en apprit bien davantage sur sa famille, passant de ses deux sœurs aînées à une galaxie de cousins, d'oncles et de tantes, dont l'une représentait la circonscription de Greasy Water au Conseil Tribal.

– Elle est la sœur de ma mère, ce qui fait d'elle ma « petite mère », expliqua-t-il. Une vraie tigresse.

– Vous ne respectez pas la règle du jeu, protesta-t-elle. Je vous ai parlé de moi. Vous ne faites que me parler de votre famille.

Cette déclaration le surprit. On se définissait par rapport à sa famille. Sinon, comment ? Puis il se rendit compte que les Blancs ne faisaient pas la même chose. Ils se définissaient en fonction de ce qu'ils avaient accompli personnellement. Il ajouta du sucre dans son café en réfléchissant à cette différence.

– C'est la règle du jeu pour nous, expliqua-t-il. Si je devais vous présenter à des Navajos, je ne dirais pas : « Voici Mary Landon qui est institutrice à Crownpoint », etc. Je dirais : « Cette femme est de... » (la famille de votre mère, puis celle de votre père), et je leur parlerais de vos oncles et de vos tantes pour que tout le monde sache très exactement quelle est votre place au sein de ceux qui vous entourent.

– « Cette femme » ? répéta-t-elle. Vous ne leur diriez pas mon nom ?

– Ce serait malpoli. Il y a davantage de gens maintenant qui portent un nom américain, mais parmi les Navajos traditionalistes, il est très impoli de prononcer le nom de quelqu'un en sa présence. Les noms ne sont que des mots de référence destinés à être utilisés quand la personne n'est pas là.

Mary Landon paraissait incrédule.

– Je trouve que c'est...

Elle s'interrompit.

– Ridicule ? proposa Chee. Il faut bien comprendre le système. Nos vrais noms sont secrets. Nous les appelons des noms de guerre. Quelqu'un de très proche de nous au sein de la famille nous nomme quand nous sommes tout petits. Si possible, quelque chose qui correspond à la personnalité de l'enfant. Pas plus d'une demi-douzaine de personnes ne connaîtront ce nom. On s'en sert pour des cérémonies rituelles : si une fille a sa *kinaalda* (la cérémonie célébrant sa puberté), ou si on fait exécuter un chant pour quelqu'un. Par ailleurs, quand on grandit, les gens vous donnent des surnoms pour parler de vous. Par exemple « Pleurnicheur » et « Jarret d'Acier », ou peut-être « Longues Mains » ou « Moche ». (Chee éclata de rire.) J'ai un oncle, du côté de mon père, que tout le monde appelle « Menteur ».

– Et Jim Chee alors ? Ce n'est pas votre vrai nom ?

– Alors sont venus s'installer les comptoirs d'échanges, dit-il. Alors est venu l'homme blanc. Il lui fallait un nom qu'il puisse inscrire quand l'un de nous venait déposer des bijoux en gage chez lui, ou qu'il lui faisait crédit pour les articles d'épicerie. Les marchands ont commencé à officialiser les surnoms et avant longtemps nous avons été obligés de faire figurer des noms sur des actes de naissance, ce qui donne des noms de famille comme le mien. J'ai des surnoms, moi aussi. Deux ou trois. Et je suis sûr que vous en avez aussi.

– Moi ?

Elle paraissait surprise.

– Cela fait combien de temps que vous êtes à Crownpoint ? Trois mois ? C'est sûr. Les gens ont eu le temps de vous donner un nom.

– Quoi, par exemple ?

– Quelque chose qui vous aille. Peut-être « Jolie Institutrice ». Ou « Fille Têtue ». (Il haussa les épaules.) « Yeux bleus ». « Femme Blonde ». « Parole Vive ». Vous voulez que je me renseigne et que je vous le dise ?

– Bien sûr.

Mais aussitôt elle ajouta :

– Non, attendez. C'est peut-être aussi bien comme ça. Et vous ? Comment vous appelle-t-on ?

– Ici ? Je ne sais pas. Quand j'étais à Rough Rock ils m'appelaient...

Il marqua une pause puis prononça le mot navajo en articulant bien :

– Ça veut dire « Celui-qui-Étudie-pour-Devenir-Chanteur ».

– Oh, fit Mary. C'est vrai ?

– Ça l'était. Je suppose que ça l'est toujours, d'une certaine façon. Ça dépend.

– De quoi ?

– J'ai postulé l'admission au FBI. Surtout pour savoir comment je me débrouillerais. J'ai subi les épreuves. J'ai été interrogé par le jury de sélection à Albuquerque. La semaine dernière j'ai reçu une lettre me disant que j'étais accepté. Je suis censé me présenter à l'académie en Virginie. Le dix décembre.

Elle le regarda avec curiosité.

– Ainsi vous allez devenir agent du FBI.

– Je ne sais pas.

– Vous n'avez pas pris votre décision ?

– Rien ne presse. Ici, nous travaillons selon l'heure* navajo.

Mais au moment même où il prononçait ces mots, leur désinvolture sonna faux. Le dix décembre n'appartenait pas à l'heure navajo. C'était dans quatre semaines. C'était une date butoir bien précise, inéluctable, d'une rigidité absolue.

– Mais vous ne pouvez pas être à la fois médecine-man navajo et agent du FBI ?

– Pas vraiment.

Il voulait changer de sujet, ne pas parler de ça. En réalité, il était impossible d'être en même temps Navajo et agent du FBI. On ne pouvait pas être Navajo loin du Peuple.

– À propos, dit-il, merci de votre aide pour Tomas Charley. J'ai appris ce que je voulais savoir. Enfin, s'il m'a dit la vérité.

Elle l'observa. Il se souvint, avec un certain retard, de la raison qu'il lui avait donnée pour justifier son désir de parler à Charley.

– Les gens mentent beaucoup dans votre métier ?

La question paraissait innocente. Et si elle l'était, la réponse était oui, beaucoup de gens mentent aux policiers. Mais Chee avait détecté la critique. Et la réponse fut toute différente.

– Je suis désolé de l'avoir fait. J'ai effectivement dit à son neveu que je lui transmettrais le message concernant la voiture. Mais je voulais aussi le voir en tant que policier.

– Et cela vous ne pouviez pas me le dire ?

C'était plus une affirmation qu'une question et la réponse appropriée, bien sûr, était « Non, je ne le pouvais pas ». Mais il sentit à nouveau son hostilité (peut-être mieux définie maintenant comme un mélange de prudence et de méfiance), et il n'était pas d'humeur à donner la réponse appropriée.

– Je pourrais vous le dire, mais seulement si vous ne craignez pas les explications compliquées sur des choses qui n'ont pas grande importance. Vous voulez le savoir ?

Oui. Il lui parla de Vines, de Mme Vines et du coffre aux souvenirs dérobé, du shérif Gordo Sena, du Peuple des Ténèbres, du corps disparu et finalement de l'endroit où Tomas Charley avait abandonné le coffret.

– Et quand on considère l'ensemble d'un œil détaché, conclut-il, tout ce qu'on voit c'est un policier navajo qui exerce sa curiosité. Un crime sans importance particulière. Juridiquement, une absence totale de droit d'intervention.

– Mais c'est étrange, dit-elle. À votre avis, qu'est-il advenu du père de Charley ? Et qu'est-ce que vous allez faire ?

– Pour le corps je ne sais pas. Probablement égaré d'une façon ou d'une autre par les bureaucrates et personne ne s'en est suffisamment soucié pour le retrouver. Quant à moi, je me rendrai sur les terres volcaniques quand j'en aurai le temps afin de récupérer le coffre et de jeter un coup d'œil à ces cailloux, et ensuite je ramènerai le coffre à Vines. Il dit qu'il ne veut pas le récupérer. Mais il veut sûrement ces médailles.

– Qu'est-ce que vous lui direz ?

– Je ne lui dirai rien. J'appellerai le bureau du shérif à Grants et je leur dirai que j'ai reçu un renseignement anonyme sur l'endroit où le coffre a été laissé, que j'y suis allé et que je l'ai trouvé, et je les laisserai dire aux Vines de venir le récupérer s'ils le veulent.

Elle leva les sourcils et avala une gorgée de café.

– D'accord, dit-il. C'est un mensonge. Mais comment faire autrement pour que Vines récupère son coffre sans que Charley aille en prison ?

– Je ne vois pas. Il y a autre chose qui m'intrigue. Comment Charley a-t-il su qu'il pouvait vous faire confiance ?

Chee haussa les épaules.

– Parce que j'ai la tête de quelqu'un en qui on peut avoir confiance ? suggéra-t-il.

Elle rit.

– En réalité, ce n'est pas le cas, dit-elle. Est-ce que je pourrai venir avec vous quand vous irez chercher le coffre ?

– Bien sûr, affirma-t-il. Nous irons demain.

Les appartements que les services administratifs scolaires de Crownpoint mettaient à la disposition des instituteurs se trouvaient à quatre cents mètres en retrait de l'école. Celle-ci était maintenant plongée dans l'ombre et le parking était vide à l'exception d'un unique pick-up truck. C'était un Ford 150 de couleur bleue. Celui de Charley. Chee ralentit, le regard braqué sur le camion.

– Pas ici, lui dit Mary Landon. Ce sont ces appartements, là-bas devant nous.

– Je sais, répondit-il. Je vais vous raccompagner chez vous dans une petite minute.

Il se gara sur le parking, juste à côté du pick-up truck.

– C'est celui de Charley, expliqua-t-il. Pour quelle raison il l'aurait laissé ?

Il était fermé à clef. Le givre rendait le pare-brise opaque. Chee contourna le véhicule, dirigea le faisceau de sa torche dans la cabine, cherchant une réponse à cette énigme. Il n'en trouva pas.

13

Le terme MALPAIS, traduit littéralement de l'espagnol, signifie « les mauvaises terres ». Au Nouveau-Mexique il s'applique de manière spécifique aux grands champs de lave qui dessinent des taches noires sur la carte de l'État. Dans la région des Mille-Parcelles elles s'étendent jusqu'au pied du mont Taylor, ayant résulté de la même faille volcanique qui, un millénaire auparavant, avait lancé la montagne vers le ciel à quatre mille cinq cents mètres d'altitude. Depuis la montagne s'est érodée pour ne plus culminer qu'à l'altitude moins impressionnante de trois mille trois cent cinquante mètres et, fendant ses contreforts, des éruptions relativement récentes ont projeté des coulées successives de basalte en fusion qui se sont étalées sur une distance de plus de soixante kilomètres vers le sud, emplissant la longue vallée comprise entre Cebolleta Mesa* et les monts Zuni. Une partie de ces mauvaises terres était ancienne, adoucie depuis longtemps par les algues, la mousse, la pluie, le vent et les herbes tenaces du désert. Ailleurs, elles n'avaient que quelques milliers d'années et étaient demeurées rugueuses, noires et relativement exemptes de vie. La piste que suivait Chee serpentait à travers une coulée ancienne, moins accidentée. Néanmoins, cela cahotait sérieusement.

– Je ne suis encore jamais venue ici, déclara Mary Landon. Pas à proprement parler à l'intérieur du malpais. C'est comme si quelqu'un faisait bouillir un plein océan d'encre noire et que tout à coup il se solidifiait entièrement.

– Même les rongeurs, par ici, ont tendance à être noirs, souligna Chee. C'est du mimétisme, je suppose.

– On n'a pas l'impression qu'il y ait quoi que ce soit de vivant.

– Quantité de reptiles. Toutes sortes de serpents et de lézards. Et pas mal de mammifères. Des lièvres, des souris, des rats-kangourous, etc.

– Qu'est-ce qu'ils boivent ?

– Certains d'entre eux ne boivent pas. Ils trouvent l'eau dont ils ont besoin dans les plantes qu'ils mangent. Mais la pluie et la neige fondue s'accumulent dans des trous naturels. Et de temps en temps il y a une source. C'est là que nous allons. Charley a une source par ici. Il y ramasse des herbes, des daturas*, des trucs comme ça. Pour ses rites cérémoniels. C'est là qu'il a laissé le coffre.

– Comment on la trouve ?

– Soit en utilisant ses pouvoirs de déduction, soit en demandant à Charley. J'ai demandé à Charley et il m'a dit de suivre cette piste jusqu'à ce que j'arrive à un endroit où la coulée de lave récente traverse la plus ancienne. (Il pointa le doigt devant eux.) Comme ici, juste devant nous. Et qu'ensuite je verrais un endroit où la piste se divise en deux. Vous voyez ? C'est juste devant. Et que la source était peut-être à une centaine de mètres en suivant la partie de la piste qui bifurque sur la droite. Il m'a dit qu'il y avait un buisson de tamaris qui dépassait de la coulée de lave pour marquer l'endroit. Vous voyez ? Là-bas.

– Alors pourquoi vous ne tournez pas à droite ? lui demanda-t-elle.

– Je veux vous montrer cette lave récente de près. Nous allons nous garer ici et continuer à pied.

La coulée de lave récente datait d'un millénaire au moins. On aurait dit qu'elle s'était solidifiée la veille. Elle était noire comme le charbon, brute et rugueuse, portant encore la trace de l'écume que son bouillonnement incandescent avait causée tandis qu'elle traversait le paysage en fusion. Ils montèrent de l'ancien flot de lave sur l'ultime vague de la coulée la plus récente et contemplèrent, au-delà de quinze kilomètres d'un chaos de roches noires torturées, la masse bleue de Cebolleta Mesa*.

– Je suis très impressionnée, déclara finalement Mary. C'est comme si on remontait un million d'années en arrière.

– Vous connaissez certaines de nos légendes ? demanda Chee.

– J'en connais quelques-unes. Une fille de Laguna que je connais m'en a raconté une sur les migrations des Lagunas. Et sur les Vierges du Maïs.

– Ça ce sont des légendes pueblo. Si vous étiez Navajo vous sauriez que vous êtes en train de contempler le sang du Monstre Cornu.

– Oh ! Du sang noir, fit-elle avec une grimace à l'adresse de Chee. Vous autres Navajos avez des monstres au cœur noir.

– Incontestablement. C'est un lieu historique. Juste de l'autre côté, là, c'est l'endroit où les Jumeaux Héroïques ont commencé à faire de Dinetah* un endroit suffisamment sûr pour que le Dinee y habite. Le Monstre Cornu a été le premier qu'ils ont tué. Né-de-l'Eau a détourné son attention et Tueur-de-Monstres l'a atteint d'une flèche.

– On peut dire qu'il a beaucoup saigné.

– Et après ils ont éliminé tous les autres, dit Chee en l'aidant à descendre de la crête de lave. Le Monstre Ailé et le Monstre de l'Eau. On en a même eu un qu'on appelle Celui-qui-Précipite-les-Gens-au-Pied-de-la-Falaise.

– Comment ils lui ont réglé son compte, à celui-là ?

– Ses cheveux prenaient naissance sur la falaise même, ce qui l'empêchait de tomber. Tueur-de-Monstres les lui a raccourcis.

La coulée de lave ancienne offrait une progression assez facile. Des temps infinis en avaient usé les rugosités et changé le noir en gris. Elle était couverte de lichens et de l'herbe poussait partout où de la terre s'était accumulée dans ses fentes. Chee parlait de mythologie navajo. Mary l'écoutait. Il portait un sac d'épicerie qui contenait une Thermos de café, deux pommes et deux Lottaburgers géants achetés à Grants. Chee n'avait pas participé à un pique-nique depuis ses années d'école. Il était heureux. Sur leur droite, le soleil du matin se réfléchissait sur la neige qui couvrait les pentes supérieures du mont Taylor, le faisant scintiller devant le ciel d'un bleu foncé.

– Nous l'appelons la Montagne Turquoise, expliqua-t-il. Premier Homme l'a créée avec de la terre qu'il avait amenée du Troisième Monde, et il l'a plantée dans le sol avec un couteau magique pour l'empêcher de s'envoler. Il a installé Fille Turquoise à son sommet pour qu'elle prémunisse les Navajos contre les monstres, et il a donné pour mission à Grand Serpent de vivre sur la montagne pour l'éternité afin de défendre Fille Turquoise contre tout ce qui embête les Filles Turquoise.

– En parlant de grand serpent, intervint Mary Landon, est-ce que je me trompe quand je crois me souvenir qu'ils hibernent et qu'en conséquence je n'ai absolument aucune crainte à avoir ? Ou est-ce que cette histoire d'hibernation est encore un de vos mythes ?

Elle escaladait une grosse bosse de lave. Juste de l'autre côté se trouvaient les tamaris et la source.

– Quand allez-vous me révéler votre nom de guerre ?

– Quand on marche sur la lave, la règle est de ne pas s'approcher de ces bosses, dit-il. Ce sont les sommets d'anciennes bulles et il y en a environ une sur vingt mille qui est suffisamment fine pour qu'on puisse passer à travers et...

Sa voix fit place au silence. Mary s'était arrêtée au sommet de la bosse et restait figée sur place, le regard fixé en contrebas.

– Jim, dit-elle. Il y a quelqu'un...

Chee grimpa à ses côtés en toute hâte.

Juste derrière la bosse il y avait une dépression, un cercle d'eau limpide et sombre bordé de joncs et d'une espèce de roseaux verts. À leur tour, ces plantes étaient entourées d'une petite bande d'herbes-aux-bisons. L'homme portait une veste de laine rouge et noir et son chapeau noir reposait à côté de sa tête. Ses mains étaient ramenées derrière son dos, maintenues en place par ce qui semblait être du fil électrique.

– Je crois qu'il est mort, dit-elle d'une toute petite voix.

– Je vais voir, répondit Chee.

La main gauche paraissait déformée et couverte d'une substance de couleur sombre.

– Je crois que vous devriez m'attendre dans la voiture, ajouta Chee.

– D'accord, fit-elle.

L'homme agenouillé était Tomas Charley. La substance noire qui couvrait sa main était du sang, depuis longtemps séché. Mais quand Chee posa ses doigts sur le cou de Charley pour confirmer la certitude de sa mort, il trouva la chair tiède et souple. Il s'écarta rapidement du corps et scruta les environs. Tomas Charley n'était mort que depuis quelques minutes. Une prise de conscience aiguë s'empara de Chee : son pistolet, inapproprié pour un pique-nique en compagnie d'une jeune femme, était sous clef dans la boîte à gants de sa voiture de patrouille. Peut-être Tomas Charley avait-il été abandonné ici il y avait des heures de cela et avait-il mis longtemps à mourir. Et peut-être n'avait-il été tué que quelques instants auparavant, ce qui voulait dire que son assassin devait se trouver à proximité. Chee reporta son regard sur le corps. Rien n'indiquait ce qui l'avait tué. Le seul sang visible provenait de sa main. Chee fit la grimace : elle avait été méthodiquement mutilée. Il examina la veste de laine, cherchant en vain un trou fait par une balle. Puis il remarqua un endroit où les cheveux noirs de Charley, sur l'arrière de son crâne, avaient été roussis. Il s'agenouilla à côté du corps et les écarta délicatement. Juste dessous, la peau qui couvrait le crâne avait été transpercée et cela avait laissé un petit trou rond. Un trou causé par une balle, probablement de calibre 22 au plus. Fille Turquoise n'avait pas prémuni ce demi-Navajo contre les monstres.

Le bruit que fit la voiture en démarrant était tout proche. Il provenait de derrière les tamaris. Chee contourna la flaque d'eau en courant à petites foulées dans cette direction, bien conscient que le conducteur était probablement armé. Quand il atteignit l'écran de broussailles, il vit que la voiture était une Plymouth vert et blanc : celle qui s'était trouvée garée à côté du véhicule de Charley. Elle s'éloignait de lui sur la piste. Il ne pouvait distinguer le conducteur. Il pivota sur lui-même et escalada le plus rapidement possible la formation de lave. Quand la voiture atteindrait l'endroit où la piste bifurquait, elle allait prendre à gauche, retourner vers la route et vers Grants. Alors il pourrait voir le conducteur. Et il lui suffirait de l'entrevoir pour obtenir confirmation de ce qu'il savait déjà. Ce serait le blond à l'anorak jaune.

Mais la Plymouth ne prit pas à gauche, elle tourna à droite et s'approcha lentement du véhicule de Chee en cahotant.

Il distinguait Mary à la vitre du passager, qui regardait la voiture s'avancer puis qui tourna son regard vers lui.

Il mit ses mains en porte-voix et hurla :

– Cours, Mary, cours.

Elle jaillit par la portière du conducteur, courant vers la coulée de lave la plus récente. Elle avait la carabine 30-30 du policier à la main. Chee s'élança à toutes jambes vers sa voiture de patrouille, faisant de son mieux pour s'abriter derrière les bosses et les monticules de l'ancienne coulée de lave. La Plymouth s'arrêta et le conducteur en descendit. C'était le blond à l'anorak jaune, et il leva le bras droit, braquant sur Mary Landon le pistolet qu'il tenait dans la main. Il sembla à Chee que l'arme était munie d'un canon remarquablement long et lourd. De la fumée sortit du canon, ou sembla en sortir, mais Chee n'entendit rien. Mary était sur la coulée de lave récente, hors de vue. Le plan que Chee conçut ne nécessita aucune réflexion. Il allait contourner sa voiture, rejoindre Mary sur la nouvelle coulée de lave et récupérer sa carabine. L'homme aux cheveux blonds devait le croire armé et ne s'attaquerait pas à lui. Les risques étaient relativement faibles. Pour commencer, les chances d'être atteint par une arme de poing à une distance de cent mètres étaient faibles à moins que le tireur ne soit sacrément meilleur que la plupart des gens. Et par ailleurs, une balle de calibre 22 ne serait pas mortelle à cette distance. Il s'élança.

La douleur fut soudaine et intense. Il trébucha, perdit l'équilibre et tomba sur les mains et les genoux. La douleur provenait de sa poitrine, du côté gauche. Une crise cardiaque, pensa-t-il dans un instant d'illogisme. Puis il sentit le sang couler sur son flanc et se livra à une rapide inspection. Une balle semblait avoir atteint une côte. Il inspecta l'endroit avec des doigts prudents et grimaça de douleur. La balle avait apparemment cassé l'os. Mais il ne semblait pas être atteint de manière critique. Aucune raison de modifier son plan, si ce n'était en se faisant une opinion plus réaliste des talents de tireur de l'homme aux cheveux blonds. Il se redressa avec précaution. Il allait déterminer de manière précise où se tenait son adversaire puis reprendre sa course vers la coulée de lave récente en décrivant un cercle plus large et plus sûr.

L'homme aux cheveux blonds venait droit sur lui, courant tranquillement à travers les vagues érodées de pierre grise, le pistolet au canon allongé devant lui. Chee se baissa. Soit l'homme se moquait que le policier fût armé, soit il savait qu'il ne l'était pas. Peut-être avait-il vu que Chee ne portait pas d'étui. Et maintenant il venait achever son travail, comme il l'avait fait pour Tomas Charley. Chee sentit monter la panique, l'étouffa et s'élança dans une course éperdue en zigzag. Il penserait à rejoindre Mary Landon et la carabine plus tard. Pour l'instant son problème était de rester en vie, de mettre une certaine distance entre le tueur blond et lui et de trouver un endroit où se cacher. Il posa la main sur une arête de pierre et la franchit d'un bond au moment où il entendait le bruit aigu d'une balle qui passait à côté de lui. Il n'entendit pas la détonation. De l'autre côté de l'arête, la lave s'était solidifiée pour donner une large dépression qui pouvait avoir un mètre cinquante de profondeur. Il prit ses jambes à son cou. Sa côte lui faisait l'effet d'un couteau planté dans sa poitrine. Puis il entendit le claquement assourdissant d'une détonation et le sifflement d'une balle qui ricochait. Puis une autre et une autre encore. Cela ne provenait pas du calibre 22 silencieux de l'homme aux cheveux blonds. C'était sa 30-30 qui crachait des coups de feu. La dépression prenait fin dans un bassin de retenue d'eau où poussaient des herbes. Il était revenu à la source de Tomas Charley. Il s'arrêta et regarda au-dessus de la crête. L'homme aux cheveux blonds retournait en courant vers sa voiture, courbé en deux pour échapper aux balles. Sur l'escarpement de lave récente, Chee vit un petit nuage de fumée bleue et entendit à nouveau le claquement assourdissant de la 30-30. L'instant d'après, le blond était derrière la voiture du policier. Un moment, il le perdit de vue. Puis il le repéra à nouveau qui montait dans la Plymouth ; dans un crissement de pneus, il contourna la voiture de police en faisant marche arrière sur la roche, puis fonça en cahotant sur la piste, bien plus vite qu'il n'était recommandé pour les pneus et les amortisseurs.

À peu près au même instant Chee s'aperçut que sa voiture brûlait. Les flammes naissaient sous la partie arrière, apparemment alimentées par de l'essence qui fuyait du réservoir. Un nuage de fumée monta tout à coup, engloutissant la moitié arrière du véhicule. Il contempla le spectacle d'un air abattu. Dans son souvenir le réservoir était à peu près à moitié plein : une quarantaine de litres. Il y en avait soixante-quinze de plus dans le réservoir d'appoint. Quand la chaleur allait l'atteindre, celui-là, il exploserait telle une bombe.

La dépouille de Tomas Charley était toujours agenouillée le front dans l'herbe. Chee dépassa le corps et ramassa le sac qui contenait Thermos et pique-nique. Ils avaient une longue marche devant eux. Il consacra plusieurs minutes à se livrer à une fouille systématique des environs de la source à la recherche du coffre. Charley avait dit qu'il l'avait laissé bien en évidence sur la roche qui était juste à côté de l'eau. Il n'y était plus. Dans son dos, Chee entendit le bruit étouffé que faisait le réservoir d'essence en explosant.

– Eh ben dis donc, fit Mary Landon quand il arriva. Vous autres Navajos, vous organisez des pique-niques passionnants.

Elle rit mais c'était un rire mal assuré. Les flammes reprirent de plus belle dans un embrasement soudain lorsqu'un pneu avant explosa, et elle leva la main pour se protéger le visage de la chaleur. Sa manche était déchirée et son poignet droit maculé de sang qui coulait d'une longue entaille à l'avant-bras.

– Ça va ? lui demanda-t-il. Dieu merci, vous avez pris le fusil avec vous.

– Je savais que vous alliez dire ça.

Soudain la fureur s'empara de Mary Landon :

– Pourquoi je ne l'aurais pas pris ? Parce que je suis stupide, voilà pourquoi. Je viens de voir un corps attaché et sans vie, avec l'homme qui l'a sûrement tué qui se dirige droit sur moi et vous qui me hurlez de courir, et la carabine qui est juste là, dans son fourreau. Pourquoi je ne l'aurais pas prise ? (Sa voix était furieuse.) Parce que je suis une demeurée ? Je n'aurais pas dit ça, moi, si c'était vous qui aviez pris la carabine. J'aurais trouvé ça normal. Mais non. Je suis une femme, par conséquent je suis stupide.

– Je m'excuse, dit Chee.

– Et puis qu'est-ce qu'elle a cette fichue carabine, en plus ?

Elle la lui tendit, ce qui rappela au policier que ses réserves de munitions se trouvaient dans la boîte à gants et qu'elles allaient exploser d'un instant à l'autre.

– Reculons un peu, dit-il.

Au moment où il prononçait ces paroles, les cartouches du 30-30 commencèrent à exploser, sans faire plus de bruit que des pétards.

– Je croyais que j'étais très bonne tireuse, ajouta-t-elle. Et je le ratais systématiquement d'un kilomètre.

– Je m'excuse pour ça aussi. Quand je ne m'en sers pas, je ramène la hausse réglable.

Il lui montra comment il faisait, redressant le cran de mire mobile avec son pouce et glissant le curseur gradué en avant vers la marque qui indiquait une portée de deux cents mètres.

Elle détourna le regard du pouce de Chee pour le lever vers son visage, une interrogation dans les yeux : c'est bien vrai, je ne rêve pas ? Elle secoua la tête :

– Mais pourquoi ? Pourquoi faire une chose pareille ?

– Le ressort ne fatigue pas, répondit-il d'un ton penaud.

Soudain elle s'appuya sur lui. Il sentit qu'elle tremblait.

– Je m'excuse d'avoir été aussi méchante, articula-t-elle dans la veste du policier. Je n'ai pas l'habitude de ce genre de choses.

– Moi non plus, dit-il.

– Cet homme, là-bas, c'était M. Charley ? Celui que vous cherchiez ? Il est mort, n'est-ce pas ? C'est le type blond qui l'a tué ? Vous comprenez ce qui se passe ?

– Oui et non. C'était Charley. Il est mort. Et je

n'ai strictement aucune idée de ce qui peut bien se passer.

Pendant qu'il prononçait ces mots, elle s'aperçut qu'il y avait du sang sur sa chemise. Même sachant que c'était puéril de sa part, il se sentit un petit peu moins idiot du fait qu'il était blessé. Si sa côte ne l'avait pas fait autant souffrir, et s'il n'y avait pas eu un trajet de huit kilomètres à pied pour rejoindre la grand-route, ça aurait presque valu la peine de l'être.

14

Colton Wolf avait laissé des traces. Deux témoins l'avaient vu. De près et distinctement. Ils pouvaient l'identifier. Ils pouvaient établir le lien entre lui, un meurtre et une voiture de location. La piste de la voiture de location leur fournirait de nouveaux témoins et révélerait sa fausse identité. Sur la bretelle de raccordement de l'Interstate 40 il écrasa l'accélérateur de la Plymouth et fonça vers l'ouest. Pas de temps perdu à décider de ce qu'il allait faire. Cela il l'avait arrêté avant de quitter sa caravane. C'était le plan B : ce qu'il faisait si l'opération entraînait le genre de complications qui rendaient la stratégie de repli habituelle un tant soit peu risquée. Il y avait eu un plan B et des variations autour de ce plan B pour chacune de ses opérations précédentes. Mais il n'en avait jamais utilisé aucun parce qu'il n'y avait jamais eu de complications. Jusqu'à ce jour, ses cibles étaient mortes doucement, discrètement, sans être vues. La seule exception avait été le vieil expert-comptable de Reno. Il avait eu des soupçons. Peut-être était-ce le résultat d'une mauvaise conscience, peut-être celui de l'âge et de la sagesse. En tout état de cause, une partie des renseignements transmis à Colton avaient été pour spécifier que sa cible serait méfiante et sur ses gardes, ce qui s'était avéré exact. En raison de cela, Colton avait consacré une journée de plus à préparer son coup. Le moment et le lieu choisis lui avaient paru parfaits. Le bureau du comptable se trouvait au quatrième étage d'un immeuble bancaire du centre ville. En milieu de matinée, trois jours de suite, le vieil homme était sorti de son bureau, avait traversé le couloir pour se rendre aux toilettes hommes afin de se soulager. Les toilettes étaient idéales. Et celles-là étaient les mieux adaptées. Des toilettes pour hommes avec un seul compartiment W.-C. La lame utilisée comme levier pour soulever le loquet. La victime déroutée, embarrassée, refusant d'ajouter foi à ce que ses yeux lui disaient, à savoir que l'intrus venu bafouer son intimité tenait un pistolet braqué sur son front. La victime qui commençait à lâcher une banalité du genre « C'est occupé ». Sa voix qu'arrêtait le bruit assourdi du calibre 22 muni d'un silencieux. La balle tirée dans les cheveux où elle ne serait pas découverte avant un certain temps. Le corps prostré sur le siège. Le départ sans hâte. Mais cette fois-là ça s'était passé différemment. Le vieil homme avait senti quelque chose quand Colton était entré. Par la fente sur le côté de la porte des W.-C., Colton avait vu un œil fixé sur lui, et les hurlements avaient commencé dès l'instant où la lame avait touché le loquet. Le comptable s'était levé du siège, le pantalon sur les chevilles, et avait tenté de résister. Il avait fallu trois balles et un peu plus de temps, et c'est à ce moment-là, comme il remettait le corps sur le siège, que la porte s'était ouverte et que la secrétaire du vieil homme avait fait irruption dans la pièce. Il l'avait abattue de deux balles et avait fait rentrer son corps en force avec celui du comptable avant de s'éloigner sans presser le pas. Pendant un moment ça avait été très juste, mais une fois sorti de l'ascenseur il n'était pas resté de traces derrière lui. Il s'était débarrassé du pistolet en soulevant la trappe de secours et en le glissant sur le dessus de la cabine. Quand il avait franchi les portes pour traverser le hall de la banque, il n'y avait plus la moindre possibilité d'établir un lien entre lui et les cadavres des toilettes hommes. Cela lui avait profondément déplu de perdre son pistolet, mais il était impossible d'en déterminer la provenance. Il n'avait laissé absolument aucune trace.

Cette fois il y en avait partout. Il continua à rouler vers l'ouest sur l'autoroute 40, dépassant l'échangeur de Grants et réfléchissant à ces traces. Dans cette région, elles étaient faciles à suivre. Trop peu de gens dans des espaces trop vastes. Si tout s'était déroulé sans incident, il serait retourné à Albuquerque, aurait rendu la voiture à l'aéroport, récupéré son camion et serait revenu à sa caravane. Ça c'était le plan A, simple et rapide. Puis, après quelques jours, il aurait accroché la caravane au camion et aurait repris la route. Pour une région plus chaude. Houston peut-être, ou peut-être quelque part en Californie. L'endroit lui-même n'avait pas d'importance. Pas tant qu'il n'aurait pas retrouvé sa mère. Alors il aurait un chez-lui. Un endroit où s'installer.

Mais pour l'heure il lui fallait appliquer le plan B qui l'emmenait dans l'autre direction, vers Gallup. Là, il allait laisser la voiture dans un garage pour une révision générale, laissant un numéro à Gallup afin qu'on l'y appelle quand les réparations seraient achevées, et disant au garagiste qu'il n'y avait pas urgence. Cela voulait dire que des journées entières allaient s'écouler avant que la voiture ne refasse surface. Il se rendrait à pied à la gare routière, prendrait le premier car pour Phœnix et, de là, l'avion pour revenir à Albuquerque.

Il roulait exactement dix kilomètres au-dessus de la vitesse autorisée : la marge que tolère la police des autoroutes. Il n'y avait pas d'urgence particulière. Il s'était octroyé plusieurs heures de tranquillité en brûlant la voiture du policier avec sa radio. Il l'avait blessé, probablement à l'abdomen. Et il faudrait au moins trois heures à la femme pour sortir à pied de ce champ de lave et déclencher l'alarme. Avant que des recherches sérieuses puissent être organisées, il aurait largement franchi les limites de l'Arizona. Échappant au cercle des recherches.

Un gros semi-remorque le dépassa en coup de vent, roulant peut-être à vingt-cinq kilomètres de plus que la vitesse limite. Cela voulait dire que la C. B. du conducteur l'avait informé qu'il ne risquait pas de rencontrer de policiers de l'État. Mais Colton maintint sa Plymouth de location à la même allure régulière de cent kilomètres à l'heure. Il réfléchissait à la manière dont il allait effacer ses traces. Jamais depuis son enfance il ne s'était senti aussi vulnérable. Il savait que le policier indien l'avait vu à la vente aux enchères, de près et distinctement. La femme et le policier l'avaient revu sur le champ de lave. La femme et le policier devaient être tués dès qu'il aurait la possibilité de s'en occuper.

15

Tel qu'il était appuyé contre les oreillers, Jimmy Chee pouvait tourner les yeux vers la gauche et regarder par la fenêtre de sa chambre au quatrième étage du Centre Médical du Comté de Bernalillo et voir, de l'autre côté de Lomas Avenue, la tour brun-roux qui renfermait les livres de la bibliothèque de l'université du Nouveau-Mexique, et la forme tout à fait sculpture moderne du bâtiment des Humanités. S'il tournait les yeux vers la droite, il verrait sur l'écran du poste de télévision les anciennes gloires et les faux futurs espoirs de *Hollywood Squares* qui faisaient semblant de bien s'amuser. L'écran était silencieux, le son coupé. Tout ce qu'il pouvait entendre c'était la voix du shérif Gordo Sena dont il pouvait voir le visage quand il dirigeait son regard droit devant lui. Une voix et un visage qui exprimaient la colère.

– Ce que je veux que vous fassiez, disait le shérif, c'est laisser tomber toutes ces conneries. Dites-moi simplement la vérité vraie pour changer. Je veux savoir comment vous avez appris que c'était Tomas Charley qui détenait le coffre. Et ce qu'il y avait dedans. Ce qu'il est devenu. Comment il se fait que ce type en Plymouth voulait le liquider.

Et ce que moi j'aimerais savoir, pensait Chee, c'est comment Gordo Sena a réussi à tromper la surveillance de l'infirmière. Les gens du FBI étaient déjà venus, pendant qu'il essayait de prendre son petit déjeuner, et elle avait passé la tête pour lui demander en le regardant :

– Vous n'êtes pas prêt à parler à la police, n'est-ce pas ?

Et il n'avait plus entendu parler du FBI. Mais trente minutes plus tard, Sena avait tout simplement ouvert la porte, était entré d'un air furieux, avait coupé le volume de la télé, s'était assis sur le fauteuil de chevet et avait dit :

– Bon Dieu, nous allons mettre un certain nombre de choses au clair.

Une trentaine de questions s'étaient succédé depuis.

– Je ne savais pas que c'était Charley qui détenait le coffre, répéta Chee pour la troisième fois. C'était une déduction logique. Je vous ai rapporté ce que Mme Vines m'a dit : elle pensait que le cambriolage avait quelque chose à voir avec la religion. Eh bien, cette religion, c'est le peyote et Charley est le chef du peyote. Un plus un ça fait deux.

– Il l'était, corrigea Sena. Charley était le chef du peyote. Alors vous allez trouver Charley comme ça, là, et vous lui demandez si c'est lui le voleur et lui il le reconnaît. C'est ça que vous êtes en train d'essayer de me faire croire.

– C'est ce qui s'est passé. Pas exactement comme ça, mais le résultat est le même.

Ses oreilles bourdonnaient, sa côte le faisait souffrir et la nausée qui toute la matinée avait été plus ou moins présente revenait. Il n'avait pas envie de parler. Il ferma les yeux. Le visage hostile de Sena disparut, mais pas sa voix. Les questions succédaient aux questions : pourquoi Charley avait dérobé le coffre, ce que

Charley avait dit du contenu du coffre, ce que Charley avait dit sur les Vines. Des questions qui exploraient sous tous les angles possibles ce que Chee savait de l'homme aux cheveux blonds dans la Plymouth vert et blanc.

– Quel genre de voix avait-il ?

Chee ouvrit les yeux.

– Je ne lui ai jamais parlé.

Cela, il l'avait déjà dit au shérif. Deux fois, en fait.

– C'est vrai, vous ne lui avez pas parlé.

Les yeux méfiants de Sena étaient fixés sur le visage de Chee. Pourquoi s'imaginait-il qu'ils avaient parlé ensemble ? En quoi cela revêtait-il une telle importance pour lui ?

D'autres questions encore. Pourquoi l'homme aux cheveux blonds avait-il fait brûler la voiture de Chee ? Pour Chee la réponse paraissait évidente mais il la donna quand même. Pour empêcher une poursuite et l'appel radio rapide qui aurait immanquablement permis de prendre la Plymouth au piège des barrages routiers. Pourquoi l'homme aux cheveux blonds avait-il paru désireux de s'attaquer à Mary Landon ? Évident à nouveau. Parce que, comme Chee, elle avait bien vu l'assassin. Il essayait d'éliminer des témoins. Par à-coups successifs Sena tira son siège plus près du lit. Il se pencha en avant :

– Avez-vous trouvé le coffre ?

– Non, répondit Chee.

– Tomas l'avait-il ouvert ? Est-ce qu'il vous l'a dit, ça ?

– Il l'a ouvert.

Ils avaient déjà parlé de cet aspect des choses.

– Quand ça ?

Chee avait le vertige. Il voulait que Sena s'en aille. Le visage avide du shérif se brouilla légèrement.

– Il vous l'a dit, ça ? Ce qu'il y avait dans le coffre ?

– Ce que je vous ai dit ; essentiellement des cailloux, c'est tout. Un lot de cailloux noirs et de vieux trucs de l'armée : des médailles, un badge des parachutistes, une épaulette et quelques vieilles photographies représentant des gens. Des clichés familiaux, d'après Charley.

– Comment ça des cailloux ?

– Essentiellement un tas de cailloux noirs.

Sena garda le silence. Ses yeux sombres étaient fixés sur Chee.

– Vous avez des frères ?

– Non. Deux sœurs. Pas de frère.

La question l'avait surpris.

– J'en avais un, moi, reprit Sena. Un frère aîné. Il s'appelait Robert. Il était intelligent. Le môme le plus intelligent de l'école secondaire de Grants. C'est lui qui a prononcé le discours de fin d'études. La première fois depuis des années que ce n'était pas une Anglo-Saxonne. Il a obtenu une bourse pour l'université, ici, mais il n'y est pas allé tout de suite. Notre père avait des problèmes cardiaques. Robert a travaillé dans les champs d'oignons, sur les puits de pétrole, ce genre de trucs. Il veillait sur nous autres qui étions plus petits. Il s'occupait de nous. Il nous empêchait de faire des bêtises. Notre père est mort en laissant quelques valeurs, ce qui fait que Robert a fini par y aller, à l'université, suivre des études techniques.

Sena avait énoncé ces faits d'une voix saccadée et monocorde. Il se tut alors. Puis il baissa les yeux sur ses mains, emplit ses poumons d'air qu'il garda un moment avant de le relâcher. Quand il releva les yeux, ils n'exprimaient plus aucune dureté.

– Je vais vous demander un service, dit-il à Chee. Ce n'est pas une chose que j'ai l'habitude de faire.

Chee hocha la tête.

– Je veux vous raconter comment Robert est mort.

Sena décrivit l'explosion du puits de pétrole et la façon dont le chef d'équipe des ouvriers foreurs navajo avait tenu ses hommes à l'écart du puits ce jour-là.

– Pendant un bon moment j'ai pensé que c'était lui qui avait fait le coup. Maintenant je suis persuadé qu'il était partie prenante là-dedans d'une manière ou d'une autre. Qu'il était au courant. Qu'il savait que Robert allait être tué. Ce type était Dillon Charley, le grand-père de Tomas.

Il baissa les yeux sur ses mains. Les muscles de ses mâchoires se contractèrent.

– Que voulez-vous que je fasse ? demanda Chee.

Sena ne leva pas les yeux.

– Je veux savoir qui a tué Robert, dit-il. Je veux coincer ces enfants de salauds. Vous avez parlé avec Mme Vines. Vous avez parlé avec le petit-fils de Dillon Charley. Il y a un secret là-dessous qui est lié au fait d'être Indien, et à la religion du peyote. Ils vous ont dit quelque chose, l'un ou l'autre. Vous en avez tiré des conclusions. Vous en savez davantage que vous ne m'en avez dit. Sinon, vous n'auriez pas trouvé le coffre de Vines aussi rapidement.

– Je ne sais rien, assura Chee. Absolument rien sur l'explosion de ce puits de forage. Vous pensez que les Vines n'y sont pas étrangers ?

Sena secoua la tête.

– À cette époque-là il n'habitait pas ici. Et elle n'est arrivée qu'après la mort de sa première femme. Je suis persuadé que Dillon Charley a confié quelque chose à Vines. En tout cas, je mettrais ma main au feu que Mme Vines sait quelque chose. Sinon, pourquoi irait-elle établir un rapport entre le vol du coffre et cette bande de malades avec leur peyote ?

– Je ne sais pas.

Le silence s'installa dans la chambre. Une ambulance quitta Lomas Avenue pour l'entrée des urgences du Centre Médical et sa sirène se tut soudain dans un grognement.

– Rien à me dire ? demanda Sena.

– Rien que je ne vous aie déjà dit, affirma Chee.

Sena serra les lèvres, consulta sa montre.

– C'est vraiment une façon immonde de tuer quelqu'un, de le réduire en miettes comme ça. C'est tout juste si nous avons retrouvé assez de morceaux pour enterrer Robert. Et une partie de ce que nous avons enterré n'était peut-être pas à lui. Il y avait une de ses jambes avec la botte toujours au pied. Une partie du torse que nous avons pu reconnaître parce que sa boucle de ceinture y était restée accrochée. On n'a jamais retrouvé grand-chose. Les rapaces, les coyotes et le reste avaient eu deux jours pour l'emporter. (Ses yeux étaient durs et brillants, plongés dans ceux de Chee, les mâchoires rigides.) Ma mère avait pris l'habitude d'y aller pour chercher. Elle marchait en rond dans les buissons de créosote à la recherche de fragments d'os. (Il émit une série de sons qui étaient peut-être un rire.) Je crois qu'elle voulait recoller tous les morceaux pour reconstituer l'ensemble. Qu'est-ce que vous dites de ça ?

Chee ne trouva rien à répondre. L'attitude des Blancs à l'égard de leurs morts dépassait son entendement.

– Deux choses, dit encore Sena. La première est une demande et la seconde un ordre. Si vous pouvez me dire quoi que ce soit sur cette bande d'adeptes du peyote, ou sur les Vines, ou quoi que ce soit qui puisse m'aider, eh bien, je vous en serai très reconnaissant.

Je m'en souviendrai. Je n'oublie jamais les services qu'on me rend. Et deuxièmement, je vous ordonne de ne pas mettre les pieds sur les terres qui sont sous mon autorité. Toute cette affaire m'appartient. Cambriolage, meurtre, tout le reste. Ça m'appartient à moi. C'est comme ça depuis plus de la moitié de ma vie et je ne veux pas que vous y mettiez votre nez. Je vous l'ai déjà dit une fois et vous ne m'avez pas écouté.

Sa voix tremblait. Il arrêta de parler un moment, reprenant le contrôle de lui-même, puis poursuivit :

– Alors écoutez-moi bien, j'ai la réputation de quelqu'un de dur. J'ai tué un homme ou deux dans l'exercice de mes fonctions et il y a des gens pour dire que j'en ai tué certains alors que ce n'était pas absolument nécessaire. Que ce soit vrai ou non, je vais vous dire une chose. Vous pensez que vous avez joué de malchance quand ce type aux cheveux blonds vous est tombé dessus là-bas sur les mauvaises terres. La vérité c'est que vous avez eu de la chance que ça n'ait pas été moi.

Il se leva et replaça le fauteuil contre le mur sous le téléviseur. Puis il franchit la porte sans un regard supplémentaire et sans ajouter une parole.

Sur l'écran de télévision un déluge de publicités remplaça *Hollywood Squares* et céda à son tour la place à ce qui semblait être un *soap opera*[1]. Un visage de femme ruisselant de larmes emplit l'écran. Ses lèvres remuèrent sans émettre un son et elle appliqua à plusieurs reprises son mouchoir sur ses yeux. Chee tourna la tête vers la gauche, regardant au-delà du campus central de l'université du Nouveau-Mexique.

1. *Soap opera :* type de feuilleton mélodramatique financé à l'origine par des marques de lessive ou de savon.

D'abord il réfléchit à la haine de Gordo Sena. Puis à la façon dont il avait posé ses questions. Ça n'avait rien eu du rapport qui permet à un policier de recueillir des renseignements de la bouche d'un autre policier. Ça avait été un interrogatoire : il avait cuisiné de main de maître un témoin hostile. Mais qu'est-ce que Sena avait véritablement cherché à apprendre ?

Une partie de la réponse tombait sous le sens. L'autre non. Chee fit le tri dans sa tête. À trois reprises, et de trois manières différentes, Sena avait tenté d'apprendre s'il y avait eu un échange quelconque entre lui et l'homme aux cheveux blonds. En quoi cela revêtait-il une telle importance à ses yeux ? Le tueur blond travaillait-il pour le compte du shérif ? Sena avait-il loué ses services pour qu'il reprenne le coffre à Tomas Charley ? Il n'y avait aucun moyen de répondre à cette question. Il semblait plus logique de penser qu'il avait été engagé par Vines.

Le téléphone sonna. Chee poussa un gémissement.

– Ici le sergent Hunt, dit la voix, de la police d'Albuquerque. Vous êtes en état de recevoir un visiteur ?

C'était une voix douce, extrêmement polie.

– Pourquoi pas ? répondit Chee.

– Il va falloir que vous en informiez l'infirmière, en ce cas, reprit la voix. Sans quoi elle me refusera l'entrée.

– Je vais le lui dire.

– Je monte tout de suite, alors, dit Hunt avant de raccrocher.

Chee appuya sur le bouton pour appeler quelqu'un du service de garde. Quelle raison pouvait avoir la police d'Albuquerque d'envoyer quelqu'un pour lui parler ? C'était une affaire qui relevait du FBI ou, ainsi que Sena l'avait clairement exprimé, du shérif du comté de Valencia. Cela dépendait si l'on considérait l'enlèvement, qui s'était produit sur la réserve et était donc du ressort du FBI, ou le meurtre qui avait probablement été perpétré sur le territoire de Sena suivant la manière dont le tracé des Mille-Parcelles avait été établi. Quoi qu'il en soit, cela ne concernait en aucune façon les représentants de la loi à Albuquerque.

Hunt était un personnage de petite taille aux yeux gris pâle et à l'étroit visage osseux.

– On dirait que vous avez oublié de vous jeter au sol, dit-il. Au cas où vous vous poseriez la question, la balle a éclaté mais ça a tout du calibre 22. Probablement une charge creuse.

– On aurait bien dit un pistolet de calibre 22 avec un silencieux au canon, confirma Chee. Mais j'ai eu l'impression de recevoir un boulet de canon.

– J'ai ici le rapport que vous avez donné à la police de l'État, reprit Hunt. On dirait que vous avez eu l'occasion de bien regarder cet individu.

– Ouais, confirma Chee. De bien assez près.

Il essaya de se souvenir de ce qu'il avait dit au policier de l'État. Tout était confus. Ils avaient commencé à reprendre en sens inverse le chemin menant à la grand-route. Mary Landon et lui. Bientôt, leur progression était devenue lente et pénible. À chaque pas une douleur fulgurante le poignardait dans la poitrine. La tête avait rapidement commencé à lui tourner. Il s'était assis au bord de la piste. Mary avait disposé son manteau par terre. Elle l'avait fait s'allonger dessus puis elle était partie en courant dans l'intention de faire de grands gestes pour arrêter une voiture et trouver de l'aide. Il s'était assoupi, puis réveillé, puis assoupi à nouveau. Finalement, alors que le soleil était presque juste au-dessus de sa tête, il s'était réveillé pour voir penché sur lui un homme qui portait l'uniforme noir de la police de l'État du Nouveau-Mexique. Il se souvenait avoir parlé avec ce policier, se souvenait du visage inquiet de Mary, du trajet sur l'autoroute, de son transfert dans une ambulance. Il se souvenait que Mary y était montée avec lui. Mais c'était à peu près tout ce dont il gardait le souvenir. Où était Mary maintenant ?

– Nous souhaiterions que vous nous donniez une nouvelle description. Que vous la repreniez depuis le début.

– Taille moyenne, commença Chee. Une trentaine d'années. Probablement aux alentours de soixante-dix kilos. Un mètre soixante-quinze, sans doute moins. Il semblait être en bonne forme physique. Cheveux très blonds, longueur moyenne. Structure osseuse légèrement proéminente si je me souviens bien. Menton volontaire, yeux bleus, sourcils clairs. Pas de moustache. Ni de barbe. Teint clair. Pâle. Oreilles assez larges collées contre le crâne.

Hunt prenait des notes. Chee ferma les yeux, revoyant le visage tel qu'il lui était apparu à la vente aux enchères, les yeux bleu clair posés sur lui :

– Je ne vois pas d'autres détails à ajouter. L'air vif, si vous voyez ce que je veux dire par là.

Hunt avait ouvert un dossier marron clair.

– Est-ce qu'il ressemble de près ou de loin à ça ? demanda-t-il.

Il tendit à Chee un dessin exécuté au crayon sur une feuille cartonnée blanche. Cela ressemblait à un portrait-robot exécuté par des services de police. Cela ressemblait également beaucoup à l'homme aux cheveux blonds.

Chee le lui rendit :

– Ça pourrait être lui, dit-il. C'est probablement lui. Qui est-ce ?

– Nous ne sommes pas certains de son identité.

Sa côte élançait Chee. Il sentit une soudaine vague de nausée. Ses oreilles bourdonnèrent. Il n'était pas d'humeur à faire des manières.

– Merde enfin, s'insurgea-t-il, arrêtons ce petit jeu. À qui ce portrait est-il censé ressembler ? Et comment se fait-il que ça soit du ressort de la police d'Albuquerque ? Ça s'est passé à cent lieues de chez vous.

– Ça peut s'expliquer rapidement. Nous avons un dossier consacré aux crimes non élucidés au service des homicides et c'est moi qui suis chargé de vérifier où on en est. Vous savez, je le reprends tous les six mois, ou si je vois qu'il y a quelque chose de nouveau à ajouter. Bref, l'été dernier nous avons eu un double meurtre très bizarre. Deux gars sur une dépanneuse s'apprêtaient à remorquer un vieux pick-up truck garé sur une place de stationnement réservée, et voilà que le truc explose et les tue tous les deux. Nous avons eu de la chance et avons déniché un témoin, une femme qui était restée assise à la fenêtre à regarder le monde suivre son cours. Elle a vu quelqu'un qui avait cette allure-là (il toucha le dessin du doigt) placer un paquet à l'arrière du pick-up truck avant qu'il n'explose.

– Ah, fit Chee.

Il ne sentait plus la douleur dans son côté gauche, ni la nausée. Une partie du schéma qui depuis des heures tentait de s'organiser dans sa tête prenait une forme nette et bien définie. Hunt était suspendu à ses lèvres, attendant un commentaire.

– Voilà qui est intéressant, dit Chee.

– Tout à fait d'accord, renchérit Hunt. Nous n'avons jamais réussi à découvrir ce qui s'était passé. Visiblement la bombe n'était pas destinée aux gars de la dépanneuse... mais nous avons aussi fini par vérifier ça. On penserait plutôt que si un type met une bombe dans un pick-up truck c'est qu'il veut bousiller le conducteur. Mais le conducteur était un pauvre gars, un Navajo qui en était déjà à la dernière extrémité car atteint d'un cancer. Il se mourait déjà. Pas de raison d'accélérer les choses. Après, nous avons enquêté sur celui à qui appartient la place de parking réservée. Un gros ponte. Beaucoup d'argent. Des problèmes avec sa femme. Peut-être qu'elle voulait un divorce instantané. Aucune preuve, mais nous nous sommes dit que c'était le docteur qui était visé. Et aujourd'hui on dirait que notre artificier vient de tuer un autre Navajo et que le nom de famille est le même.

– Ce sont le père et le fils, confirma Chee.

Hunt se frappa la cuisse.

– C'est exactement ce que j'espérais vous entendre dire. Soit ça, soit qu'ils étaient frères. Vous en êtes sûr ?

– Sûr et certain.

– Excellent. Voilà qui nous apprend deux ou trois choses.

Oui, pensa Chee. Ça devrait nous apprendre beaucoup. Mais il ne voyait pas quoi.

– C'est-à-dire ?

– C'est-à-dire que la bombe n'était pas destinée au docteur. Si ce tueur à gages visait Charley junior, il a aussi dû viser Charley senior.

– Oui, confirma Chee.

Sa tête lui faisait mal. Qui irait engager un tueur professionnel pour assassiner un homme qui était déjà mourant ? Pourquoi quelqu'un aurait-il souhaité précipiter la mort d'Emerson Charley ? Il n'y avait pas de réponses immédiates. Hunt regardait Chee dans l'attente de nouvelles réactions.

– Est-ce qu'on a jamais retrouvé le corps d'Emerson Charley ?

– Comment ça ? dit Hunt en fronçant les sourcils.

– Tomas Charley m'a dit que l'hôpital a perdu le corps de son père. Emerson est mort un soir et Charley est venu le lendemain matin pour reprendre le corps, mais il avait disparu de la morgue.

Hunt ouvrit la bouche, la referma.

– J'ignorais cela, dit-il. Merde alors. Pourquoi on ne nous l'a pas signalé ?

– Tomas l'a signalé à la police d'Albuquerque.

L'embarras se lut sur les traits de Hunt.

– Vous savez ce qui a dû se passer ? Il l'a probablement dit à quelqu'un qui se trouvait à l'accueil, et qui a dû remplir un formulaire, après quoi quelqu'un a dû se renseigner ici et là et ça s'est arrêté là. Personne n'est allé chercher plus loin. Quand ça s'est produit, l'affaire de la bombe n'était plus d'actualité. Et personne en bas n'avait de raison de savoir que le service des homicides s'intéresserait à un Navajo malade.

– Sans doute, dit Chee.

– Je vais vérifier ça. Tout de suite.

À nouveau il fronça les sourcils et ajouta :

– Comment un hôpital peut-il égarer un corps ?

– Tomas pense qu'il a été volé.

– Volé ? Pourquoi ? Qui est-ce qui aurait fait ça ? Ce type ?

Il tapota le dessin du doigt.

Chee n'avait pas envie de parler des Vines.

– Tomas pense que c'est un sorcier qui l'a volé. Mais pourquoi ? Qui sait ?

Pourtant une raison prenait naissance dans son esprit.

Et apparemment dans l'esprit de Hunt également.

– De quoi est-il mort ? demanda Hunt. On nous a dit qu'il avait un cancer.

– Mais peut-être que le type qui a essayé d'accélérer sa mort avec la bombe a trouvé un autre moyen de l'accélérer. C'est ce que vous êtes en train de penser ?

Chee s'apercevait qu'il respectait la façon dont fonctionnait le cerveau de Hunt, et qu'il appréciait son interlocuteur.

– Exactement, acquiesça ce dernier. Et si le corps n'est plus là, il n'y a pas d'autopsie. Je vais aller m'en assurer.

– Très bien, fit Chee.

– Je vous tiendrai au courant. Encore une chose. (Il ressortit le portrait de son dossier et le regarda.) Si notre homme est le même que le vôtre, je crois que c'est un sacré client. Je crois que le FBI va être très intéressé.

– Ils étaient ici ce matin. L'infirmière ne les a pas laissés entrer. Qu'est-ce qu'ils veulent ?

– Ces dernières années ils ont eu une série de meurtres commandités exécutés de manière très semblable. Des gens abattus d'une balle de calibre 22 dans la tête. Personne pour entendre la détonation. En plus, il y a eu deux affaires dans lesquelles l'une des victimes a reçu une balle de calibre 22 et l'autre a sauté sur une bombe. Deux gangsters qui appartenaient au syndicat du bâtiment à Houston, et des témoins dans une affaire d'extorsion à Philadelphie. Enfin, c'est surtout le petit pistolet muni d'un silencieux, et deux fois avec une bombe. Et les deux fois les bombes semblent avoir été du genre qui explose quand on incline le paquet qui les contient. C'est le genre de bombe qu'il a utilisé ici.

– Quand on incline le paquet ?

– C'est vachement ingénieux comme système. C'est du mercure qui est utilisé pour établir le contact électrique. Vous posez cette saloperie en enlevant le dispositif de sécurité et la première fois que le paquet bouge, qu'on l'incline ou qu'on le secoue, le mercure glisse et ça déclenche l'explosion. Pas d'horloge qui vous joue des tours, pas de fils à relier aux bornes. Tranquille Émile. Si le conducteur ne le voit pas, ça explose quand le véhicule bouge. S'il le voit, ça explose quand il le soulève.

– Alors pourquoi ça n'a pas marché, là ?

– Question de malchance. Les gars de la dépanneuse s'apprêtaient à remorquer le pick-up truck. Ils ont commencé à le soulever par l'arrière. Tilt. Boum. Mais c'est de la malchance pure et simple. C'est un sacré système. J'ai cru comprendre que c'est la CIA qui l'a mis au point.

Le FBI arriva au moment où Hunt prenait congé. Un agent appelé Martin. Jeune. Costume marron trois-pièces. Petite moustache, coupe de cheveux qui n'aurait pas choqué feu J. Edgar Hoover[1]. Passer après un policier d'Albuquerque lui déplut.

– L'infirmière m'a dit que vous dormiez.

C'était plus une accusation qu'une simple affirmation.

– Non, dit Chee. Je regardais *Hollywood Squares*. Je suppose qu'elle ne voulait pas m'interrompre au milieu. Vous avez déjà regardé ?

Martin s'en défendit. Il voulait savoir à quoi ressemblait l'homme aux cheveux blonds. Quelle raison quelqu'un pouvait avoir eu de souhaiter la mort de Tomas Charley. Les détails du cambriolage chez les Vines. Il fallut moins de cinq minutes à Chee pour arriver au bout de tout ce qu'il savait sur ces trois sujets et dix minutes de plus pour reprendre le tout à deux reprises selon une approche légèrement différente.

1. J. Edgar Hoover, né en 1895, a dirigé le FBI de 1924 jusqu'à sa mort, en 1972.

– Vous avez trouvé quelque chose dans la voiture du type ? demanda Chee. C'était une voiture de location, non ?

– Nous ne l'avons pas encore retrouvée. Nous pensons qu'elle a été louée chez Hertz à l'aéroport d'Albuquerque.

Il plongea la main dans sa serviette pour y prendre un dossier dont il sortit une copie du portrait présenté par Hunt.

– Votre homme ressemble à ça ?

– Oui, c'est très proche.

– Les gens de chez Hertz l'ont identifié comme étant l'homme qui leur a loué une conduite intérieure Plymouth vert et blanc. La voiture aurait maintenant dû être rendue. Il leur a donné le nom de McRae et une adresse dans l'Indiana. Ça ne correspond à rien.

Chee ne fit pas de commentaire. L'entretien avec Hunt l'avait fatigué. Sa poitrine le faisait souffrir. Ses oreilles bourdonnaient. Il voulait que Martin parte.

– Quand vous sortirez d'ici, nous voulons que vous veniez nous voir au bureau. Nous voulons que vous regardiez des photos anthropométriques et, si vous le pouvez, que vous nous donniez davantage de détails pour l'identification.

– Des photos anthropométriques ? Vous pensez avoir un dossier sur lui ?

– Pas à proprement parler. Nous pensons avoir une accumulation de présomptions sur une dizaine d'années. Nous voulons que vous regardiez, juste au cas où. Et nous voulons que vous consacriez une grande partie de votre temps à vous remémorer tout ce que vous pouvez sur lui. Absolument tout.

Chee ne répondit rien, se contentant de fermer les yeux.

– C'est important, insista Martin. Ce type est très fort. Ce petit pistolet dont il se sert doit être vraiment silencieux. Et il l'introduit dans des endroits où personne ne voit jamais rien. Apparemment il reconnaît les lieux méthodiquement et de manière exhaustive et après il aime surprendre ses victimes seules pour leur expédier une balle dans la tête à bout portant, vite fait bien fait. Dans les toilettes, c'est l'un de ses trucs favoris. Nous avons connaissance de quatre personnes qui ont été retrouvées assises dans des toilettes avec la porte du cabinet fermée. Et deux dans des cabines téléphoniques. Des endroits comme ça. Une balle vite fait bien fait et il s'en va ni vu ni connu. Jamais de témoins. Jusqu'au coup de la bombe. Et maintenant vous et Mlle Landon.

Chee ouvrit les yeux.

– Nous sommes les premiers témoins ?

Martin avait les yeux fixés sur lui.

– Les premiers dont il ait connaissance. Il n'a jamais su que quelqu'un l'a vu placer la bombe dans le camion de Charley. Taille moyenne, blond, etc. Vous êtes les deux seuls à l'avoir effectivement vu et à pouvoir lui coller un assassinat sur le dos.

Chee avait mal à la tête. Il ferma à nouveau les yeux.

– Vous savez, dit Martin. Je crois que je serais très prudent si j'étais vous.

Chee y avait déjà pensé.

16

Chee passa les dix minutes qui suivirent le départ de Martin au téléphone. Il obtint le numéro de téléphone de Mary Landon auprès des renseignements mais personne ne répondit quand il l'appela. Il se souvint alors que c'était un jour d'école et appela l'école. Mlle Landon s'était absentée pour la journée. Il appela son propre bureau, expliqua la situation et demanda à sa collègue Dodge de voir si elle pourrait trouver Mary et de faire son possible pour garder l'œil sur elle. Le docteur entra à ce moment-là, un jeune aux cheveux roux avec des taches de rousseur. Il examina les côtes de Chee, refit le pansement, dit « Reposez-vous », et partit. L'infirmière arriva, lui prit sa température, lui donna deux comprimés, le regarda les prendre, dit « Ce n'est pas un poste de police, ici. Vous êtes censé vous reposer », et partit. Chee remit de l'ordre dans ses oreillers et regarda dans le vide par-delà le campus de l'université. Il pensa à Mary, à la religion du peyote, au coffre de souvenirs de B.J. Vines et aux façons de faire des hommes blancs. Il se laissa gagner par un sommeil agité et quand il se réveilla c'était la fin de l'après-midi. Les rayons du soleil pénétraient par sa fenêtre, à l'oblique, et Mary était assise dans le fauteuil de chevet.

– Bonjour, dit-elle. Comment te sens-tu ?

– Bien.

Il se sentait effectivement bien. Infiniment soulagé.

– Eh bien dis donc, reprit-elle, on peut dire que tu m'as fait peur. J'ai cru que tu étais mort. J'ai arrêté un camion et il a contacté ce policier de l'État avec sa C. B. Et quand on est arrivés où tu étais, tu étais allongé là, comme ça...

Elle lui adressa une grimace.

– ... comme mort.

Chee lui dit ce qu'il avait appris sur l'homme aux cheveux blonds.

– Tu vois le problème ? Il y a des chances pour qu'il décide qu'il vaudrait mieux se débarrasser de nous.

Au moment même où il prononçait ces paroles, il leur trouva un accent mélodramatique. Dans cette pièce paisible et aseptisée, l'idée que quelqu'un pouvait avoir l'intention de tuer Jim Chee et Mary Landon paraissait ridicule.

– Tu ne penses pas que ce qu'il veut surtout c'est prendre la fuite ? demanda-t-elle. Moi, c'est ce que je ferais.

– Mais tu n'es pas un tueur professionnel.

– Si cette remarque est une allusion à ma façon de tirer, je tiens à te rappeler que c'est toi qui avais fait l'andouille avec le viseur.

– Sois sérieuse, la réprimanda Chee. Ce type tue les gens.

La plaisanterie déserta le visage de Mary.

– Je sais. Mais qu'est-ce qu'on peut y faire ? C'est un peu comme si on était frappé par la foudre. On ne peut pas passer son temps à se cacher des nuages.

– Mais on ne reste pas non plus sous les arbres quand il pleut. Pourquoi tu ne prendrais pas un congé pendant un certain temps pour aller quelque part, rendre visite à des gens de ta famille sans dire à personne où tu vas ?

De sombre, le visage de la jeune femme devint sceptique :

– C'est ce que tu vas faire, toi ?

– Si je pouvais, c'est ça que je ferais. Mais je suis policier. Ça fait partie de mon travail.

– Non, pas du tout. Tu n'as même pas le droit de t'en mêler. C'est toi qui me l'as dit. Ça relève du FBI. Ou peut-être de la compétence du shérif.

– Légalement, reconnut-il. Mais cette côte abîmée me confère une sorte d'intérêt particulier là-dedans. Et en plus, je suis témoin à charge.

– Moi aussi, dit-elle.

La discussion se poursuivit, une joute hésitante et malaisée entre deux personnes qui n'étaient pas encore sûres des relations qui allaient être les leurs.

Mary changea de sujet en ramenant la conversation sur les visiteurs qu'il avait eus plus tôt dans la journée, sur le shérif Sena, sur la fixation obsessionnelle qu'il faisait par rapport à la mort de son frère dans l'explosion du puits de forage. Une conversation étrangement tendue et dénuée de naturel.

– Quand je sortirai d'ici, dit Chee, je vais me plonger dans les archives des journaux pour apprendre tout ce que je pourrai sur cet accident, je relèverai des noms et je verrai ce que je peux découvrir.

– Je vais m'en occuper, proposa-t-elle. La bibliothèque de l'université conserve les journaux sur microfilm.

Elle se leva, prit son sac et ajouta :

– Je vais voir s'ils ont les bons. Si je me dépêche, je peux régler ça aujourd'hui.

17

Quand Chee regarda sa montre elle indiquait trois heures onze du matin. Cela faisait une quinzaine de minutes qu'il était réveillé, allongé sans bouger, les yeux fermés, dans l'espoir vain que le sommeil allait revenir. Il abandonna. Ayant passé tout l'après-midi à dormir, il se retrouvait décalé dans le temps. À dix heures du soir l'infirmière lui avait donné un nouveau somnifère, mais il n'y avait pas touché. Il avait pour principe de ne prendre de médicaments que lorsque c'était inévitable. S'il se retrouvait maintenant avec ses habitudes de sommeil chamboulées c'était le prix qu'il payait pour le somnifère avalé au repas de midi. Il s'assit au bord du lit et enfila les pantoufles de l'hôpital. La douleur avait en grande partie déserté son côté. Il n'y avait que lorsqu'il bougeait qu'elle se manifestait encore sous les épais bandages. À travers les rideaux qui divisaient maintenant la pièce, il percevait la respiration forte d'un sommeil dû aux barbituriques. Vers minuit, ils avaient amené un lit à roulettes avec un homme qui sortait de la salle de réanimation postopératoire : un jeune Chicano recousu après un accident survenu dans la soirée. Chee alluma sa lampe de chevet et commença à relire le journal. À travers le rideau, il entendait son compagnon de chambre marmonner dans son sommeil. Le blessé changea de position, gémit. Chee éteignit la lampe. Il faut qu'il dorme, pensa-t-il. Cette heure de la nuit est faite pour le sommeil. Mais il ne s'était jamais senti plus réveillé. Il enfila sa robe de chambre et se dirigea vers le bureau des infirmières. Celle qui s'y trouvait était une femme d'une bonne quarantaine d'années au visage rond et serein et au teint abîmé par ces dizaines de milliers de rides minuscules que le soleil du désert inflige aux Blancs. Elle leva les yeux de ses écritures pour le regarder derrière ses lunettes à double foyer.

Je n'arrive pas à dormir, dit-il.

– Voyons voir, dit Double Foyer. Vous vous appelez Chee ?

Elle trouva son dossier et y jeta un coup d'œil :

– Vous avez eu un cachet pour dormir à vingt-deux heures mais je dois sans doute pouvoir vous en donner un autre.

– Je ne les aime pas. Ils me rendent tout somnolent.

Double Foyer le regarda avec un intérêt nouveau, détecta l'ironie et fit une grimace.

– Oui, dit-elle. C'est ça le problème avec les somnifères.

– Il y a quelque temps cet hôpital a perdu un cadavre, attaqua Chee. Un individu nommé Emerson Charley. Vous en avez entendu parler ?

– Pas officiellement. Mais j'en ai bien entendu parler. (Ce souvenir fit naître un rictus.) Ça a fait pas mal de vagues, cette histoire.

– Comment une telle chose est-elle possible ? Qu'est-ce que vous faites des corps ?

– Euh, fit-elle d'un air songeur, d'abord le docteur de service vient, il s'occupe du certificat. Puis on accroche une étiquette au corps pour l'identification et on le descend à la morgue du premier étage. C'est là qu'on le garde jusqu'à ce que les gens de la famille le fassent prendre par une entreprise de pompes funèbres. Ou alors, s'il y a une autopsie, on lui met une étiquette qui le précise et on le garde en attendant que le laboratoire de morphologie effectue l'autopsie. D'après ce que j'ai entendu dire, en ce qui concerne celui-là, on lui avait mis une étiquette pour indiquer qu'il devait subir une autopsie mais quelqu'un est venu l'embarquer.

– Racontez-moi ça.

– Il n'y a rien à raconter. Il est mort vers la fin de la journée. Le corps a été descendu et mis en salle réfrigérée. Le lendemain matin, le laboratoire a appelé pour qu'on le lui amène mais il n'était plus là. (Un nouveau rictus.) Une situation extrêmement embarrassante. Beaucoup de grosses colères.

– Est-ce que quelqu'un l'a dérobé ?

– Ça ne pouvait être que ça. Quelqu'un de sa famille, probablement. En règle générale les Indiens ne veulent pas que l'on pratique l'autopsie.

Chee ne la contredit pas. Charley était Navajo et la majorité des Navajos considèrent les autopsies avec encore moins de répugnance que les Blancs. Ce sont les Indiens Pueblo qui ont tendance à s'y opposer. Il est essentiel que leurs morts soient enterrés pendant le cycle solaire de leur décès. Il leur faut entreprendre sans tarder le voyage de quatre jours impérativement fixé pour conduire leur âme vers l'éternité. Mais pour la plupart des clans navajo, la mort ne produit rien de plus qu'un fantôme éphémère et malfaisant puis la conscience de l'homme disparaît dans un oubli éternel. Ils ne font guère de sentiment à l'égard des morts.

– Et quelqu'un pourrait entrer et ressortir tranquillement en emportant un corps ? s'étonna Chee.

– Je suppose que c'est ce qu'ils ont fait. Sans compter les habits, ajouta-t-elle en gloussant. On en a repris une deuxième fois avec cette histoire-là. D'abord le corps qui disparaît et ensuite, deux jours plus tard, on s'aperçoit qu'on a attribué les habits d'Emerson Charley à un autre corps. La personne qui l'a embarqué a aussi embarqué les habits de l'autre mort.

– Comment cela a-t-il pu se produire ?

– C'est assez facile. Quand un patient arrive, on range ses habits dans un sac en plastique rouge (ça ressemble d'assez près à des sacs à provisions), et il part à la morgue avec le corps. La personne qui a emporté le corps a simplement pris le mauvais sac.

– Mais vous ne fermez pas la morgue à clef ?

– On est censé le faire. Mais quelqu'un l'a probablement laissée ouverte pour les gens des salons mortuaires. À mon avis c'est ce qui s'est passé. Et quelqu'un de la famille du défunt est arrivé, l'a trouvée ouverte et il est simplement ressorti avec le corps. La morgue se trouve juste à côté de la plate-forme de chargement de la blanchisserie. Ils pouvaient repartir par là sans que personne les voie. Et vous, vous devriez retourner vous coucher.

– D'accord. Bonne nuit.

Mais il n'avait pas sommeil. Parvenu à sa porte, il se retourna. Double Foyer s'était replongée dans ses écritures. Il continua son chemin dans le couloir, tourna l'angle et franchit la porte qui menait au palier des ascenseurs. Il prit l'escalier pour descendre au premier et s'y arrêta afin de s'orienter. D'après ce qu'elle lui avait dit, la morgue était à côté de la plate-forme de chargement du linge. En termes de logistique, c'était bien pensé. L'hôpital était bâti à flanc de colline avec la pente orientée du nord-est au sud-ouest. Ainsi, si la plate-forme se trouvait au premier étage, elle devait être du côté nord-est du bâtiment. Chee s'engagea dans un couloir qui partait vers le nord puis effectua un angle droit pour aller vers l'est. Tout en progressant dans ce long passage vide qui amplifiait les échos, il percevait des bruits sourds et réguliers devant lui, ceux, pensa-t-il, qu'une blanchisserie pouvait faire. Sur la porte suivante on avait collé une feuille de papier machine. L'avertissement inscrit à l'aide d'un feutre épais annonçait que le laboratoire de morphologie avait été transféré au laboratoire de l'État du Nouveau-Mexique. Juste après le coin, il trouva la porte de la morgue. C'était une porte large, protégée contre les chocs par une planche de contreplaqué. Trois tables-à-roulettes-pour-cadavres étaient rangées juste à côté. Elle était fermée à clef. Chee inspecta la serrure. Il pensa qu'il pourrait l'ouvrir avec une lame en métal flexible mais il n'avait aucun moyen de s'en assurer. Le plafond lui offrait une autre possibilité. Il regarda d'un côté puis de l'autre dans le couloir, puis dans celui qui menait à la plate-forme de chargement. Tous déserts. Le seul bruit était le rythme sourd des machines de la blanchisserie. Il poussa l'un des chariots contre la porte et grimpa dessus avec raideur, souleva la plaque d'isolant acoustique du plafond et passa la tête par l'ouverture. Il y avait à peu près un mètre vingt d'espace pour se glisser entre le faux plafond et le plancher supérieur. Il testa le treillis en alliage d'aluminium qui soutenait les plaques acoustiques. Il lui sembla assez robuste mais peut-être pas d'une solidité suffisante pour supporter seul le poids d'un homme. Il y avait, cependant, d'autres moyens de s'accrocher : gaines de câbles électriques, tuyauteries d'eau, ainsi que les tubes en tôle entourés d'un isolant épais par lesquels circulait l'air chaud et froid du système de chauffage et de refroidissement. Il y voyait maintenant suffisamment bien dans l'obscurité pour affirmer qu'il ne serait pas difficile de s'introduire dans la morgue quand bien même la porte était fermée à clef. Il suffisait de grimper dans le faux plafond, de passer de l'autre côté de la paroi, de soulever une autre de ces plaques acoustiques et de se laisser tomber dans la pièce. Il ressortit la tête, remit la plaque de plafond en place en la faisant glisser, descendit du chariot avec des gestes prudents. À l'ascenseur, il bâilla. Tout à coup il se sentait fatigué mais, en même temps, détendu. Il avait trouvé la réponse à une question que personne n'avait posée, et cela n'avait aucune importance. Mais maintenant il pouvait dormir.

18

Colton Wolf avait rangé sa voiture dans l'obscurité à une cinquantaine de mètres de la plate-forme de chargement du linge et était allé en pousser la porte d'entrée. Elle n'était pas fermée à clef. Puis il avait fait le tour de l'hôpital, inspectant les parkings. Il n'avait pas découvert de voiture de police. Son plan était simple. Il allait utiliser l'entrée principale de l'hôpital. Il prendrait l'escalier jusqu'au service des traitements postopératoires, au quatrième étage, il trouverait la chambre 472 et tuerait le policier indien. Ce qu'il ferait ensuite dépendrait des circonstances... des complications éventuelles. Colton ne s'attendait pas à en rencontrer. Le policier indien dormirait du profond sommeil que les hôpitaux imposent à leurs patients. Il ne devrait présenter aucun problème. S'il y avait une infirmière de nuit, il l'éviterait s'il le pouvait et la tuerait silencieusement dans le cas contraire. Ensuite il redescendrait à pied, suivrait le couloir qui passait devant la morgue, sortirait sur la plate-forme de chargement et s'éloignerait au volant d'une Chevrolet ordinaire, un modèle datant de deux ans qui n'avait rien pour retenir l'attention. Il avait emprunté cette voiture sur le parking longue durée à tarif réduit de l'aéroport ; le ticket posé sur le tableau de bord de celle qu'il avait choisie indiquait qu'elle avait déjà passé la nuit sur place. On ne s'apercevrait peut-être pas de sa disparition avant des jours. Mais au cas où elle serait signalée, il s'était arrêté sur le parking d'une épicerie ouverte vingt-quatre heures sur vingt-quatre et avait échangé les plaques contre celles d'un autre véhicule.

Il faisait froid. Il détestait le froid. Il se sentait exposé et vulnérable. Au-dessus de lui, tandis qu'il traversait le parking presque vide devant l'entrée, le ciel était un éblouissement d'étoiles inconnues. À la différence de la douceur et de la chaleur de l'obscurité protectrice qu'il avait connues au cours de son enfance californienne, la nuit ici était hostile. Il entendait le bruit léger que faisaient ses semelles de crêpe sur l'asphalte, le bruissement de ses jambes de pantalon l'une contre l'autre, étoffe contre étoffe. Derrière lui, un camion remonta Lomas Avenue. À part cela la nuit était silencieuse. Il referma ses doigts sur le pistolet au fond de la poche de sa blouse. C'était un contact ferme, rassurant. Une arme de qualité. Équipée d'un canon long. Peu pratique d'aspect mais efficace. Il l'avait fabriquée presque intégralement lui-même pour qu'elle réponde exactement à ses besoins. La crosse était en noyer rugueux afin d'éliminer les risques d'empreintes, et il en allait de même pour chacune des parties métalliques. Le canon était fileté à chaque extrémité de telle sorte qu'un demi-tour détachait le silencieux de la gueule et qu'un tour et demi séparait le canon de la chambre. Seul le canon (avec les lignes balistiques révélatrices qu'il laissait sur la balle fatale) pouvait le compromettre directement. Moins de quelques minutes après avoir rempli son office, il s'en débarrassait et en vissait un autre à sa place, preuve apparente que le pistolet qu'il avait sur lui n'avait pas servi.

La porte automatique s'ouvrit devant lui avec un soupir et se referma après son passage. À l'intérieur, l'atmosphère était étouffante. La jeune femme de l'accueil lisait ce qui semblait être un manuel de cours. Elle ne leva pas les yeux vers lui. Quelque part dans un couloir, hors de vue, lui parvint le bruit d'un chariot qu'on poussait. Pas de complications. Colton ajusta son plan. Il dépassa la porte des escaliers pour prendre un ascenseur. En pénétrant dans une cabine, il appuya sur le bouton du cinquième étage. L'ascenseur s'éleva silencieusement, une machine neuve dans une aile neuve du bâtiment. Il sortit son pistolet, vérifia rapidement la balle dans la chambre et le mécanisme d'armement. Parfait. Certains auraient dit que ce calibre était trop petit pour tuer des êtres humains. Un calibre 22, selon eux, c'était pour les lièvres. Mais lui croyait au silence. Avec un silencieux, un calibre 22 ne faisait pas plus de bruit qu'un doigt qui frappe contre un crâne. Petit mais suffisant et, pour ses besoins à lui, il était parfait. Quand il habitait à Waco il était allé à la bibliothèque de l'université Baylor pour y étudier le crâne et le cerveau qu'il abrite. Il avait parfaitement connaissance de l'épaisseur de l'os, de la composition des tissus qu'il protège, et de l'endroit où un petit plomb peut être placé au-dessus de la ligne d'implantation des cheveux de façon à tuer instantanément et inéluctablement.

Il remit sa main, avec le pistolet serré entre ses doigts, dans la poche de sa blouse avant que l'ascenseur ne s'arrête au cinquième étage. La porte s'ouvrit dans un glissement. Il écouta. S'avança vers l'avant de la cabine, poussa le bouton qui servait à maintenir les portes en position ouverte, écouta à nouveau. Rien. Il n'y avait personne dans le couloir. Il marcha jusqu'à la porte de la cage d'escalier et descendit silencieusement.

Le nom du policier était Jimmy Chee. Le journal indiquait qu'il avait été blessé par balle à la poitrine et qu'il avait été opéré. La femme qui s'était trouvée avec lui s'appelait Mary Landon, c'était une institutrice de l'école primaire de Crownpoint. La femme pouvait attendre. Elle ne l'avait pas vu d'aussi près que le policier. Le policier l'avait dévisagé à la vente aux enchères, et les représentants de la loi étaient entraînés à avoir la mémoire des visages. Au pied des marches, Colton reprit tout son plan dans sa tête.

La chambre n° 472 était une chambre double. À dix-huit heures, quand il avait appelé pour prendre des nouvelles de Chee, l'infirmière lui avait dit qu'il n'y avait pas d'autre malade avec lui. Il serait probablement encore seul. Cela faciliterait les choses. Son éventuel compagnon de chambre ne se réveillerait sans doute pas. Si néanmoins cela se produisait, son lit serait assurément séparé de celui qu'il visait par un rideau. S'arranger pour qu'il y ait un minimum de victimes, telle était la règle de Colton. Moins il y avait de tués, moins la chasse à l'homme qui s'ensuivait se prolongeait.

Il s'arrêta juste en retrait de la porte des escaliers, écoutant à nouveau. Il arrivait à un point crucial. Avec un policier blessé dans ce genre de circonstances, il y avait une chance qu'il y ait un garde en faction. C'était pour cela qu'il n'avait pas pris le risque d'arriver par l'ascenseur. Il colla l'œil à la partie vitrée de la porte. Personne en vue. Il franchit silencieusement la porte et se glissa vers les chambres. À nouveau il écouta. Rien. Jusque-là tout s'était passé à la perfection. Maintenant il lui fallait prendre le risque.

Il poussa les portes battantes et s'avança. Une infirmière venait droit vers lui. C'était une femme de taille moyenne, quarante-cinq ans environ, avec des cheveux noirs recouverts par une coiffe réglementaire. Derrière ses lunettes à monture d'écaille, ses traits exprimèrent la surprise.

– Oui ? fit-elle.

– Je suis le docteur Duncan, répondit Colton Wolf. Vous avez un patient appelé Jimmy Chee. Je crois que nous avons fait une erreur de prescription en ce qui le concerne.

Il déclara tout cela sans la moindre hésitation, pilotant l'infirmière directement vers le local où les feuilles devaient être conservées. Régler le problème de l'infirmière était le genre de contingences auxquelles Colton était toujours préparé. Il n'y avait pas de garde en vue. Mais il se pouvait qu'il y en ait un assis dans la chambre avec Chee.

– Je crois qu'il n'y a qu'un antibiotique à large spectre et un analgésique, dit l'infirmière.

– Allons vérifier. J'ai entendu dire qu'on allait installer quelqu'un ici pour protéger l'un des patients. Qu'est-ce que c'est que cette histoire ?

– Personne ne m'a parlé de ça, dit-elle.

Derrière le bureau du local de garde, elle feuilleta rapidement les feuillets d'ordonnance.

– Je suis pratiquement sûre que c'était de l'Acromycine et de l'Empirine n° 3, dit-elle toute à ses papiers. Qui est-ce qui voulait les changer ?

– Le chirurgien.

Colton sortit le pistolet, l'armant au moment où il quittait sa poche. Il le leva, la gueule du canon à moins de deux centimètres de la pointe de la coiffe blanche.

– La voilà, dit-elle. Voyons...

Colton pressa sur la détente. Le pistolet fit un bruit étouffé et produisit un mince jet de fumée bleue. La tête de l'infirmière tomba en avant sur le dessus de la table. De sa main gauche restée libre, il la soutint au niveau de l'épaule jusqu'à ce qu'il soit sûr qu'elle n'allait pas glisser de la chaise. Puis il posa les doigts derrière son oreille. Le pouls hésita, hésita encore, puis mourut. Si quelqu'un regardait dans la pièce, sa victime donnerait l'impression de dormir sur son bureau. Maintenant il lui fallait trouver la chambre 472, achever le policier et quitter les lieux.

19

Jim Chee s'était rendu dans la salle de bains où il s'était versé un peu d'eau pour boire avant d'aller dormir. Puis, du seuil de sa chambre, il avait regardé l'infirmière se lever de son bureau et se diriger vers les portes battantes. Il les avait vues s'ouvrir et avait vu l'homme entrer. Il portait une blouse d'hôpital en coton bleu. Blond, le teint pâle et les yeux bleu pâle, et Chee le reconnut instantanément. Ce processus se déroula en deux étapes. D'abord s'imposa la pensée qu'il avait vu le docteur blond qui se dirigeait maintenant vers lui à la vente aux enchères de Crownpoint ; un millième de seconde plus tard survint la prise de conscience qui lui noua les entrailles : le docteur blond était l'homme qui avait tué Tomas Charley, ce n'était nullement un docteur et il était venu pour le tuer. Il recula, abandonnant le seuil. Un sentiment de panique effrénée s'était emparé de lui. La fenêtre ! Elle ne s'ouvrait pas et n'offrait qu'une chute mortelle. Le tueur se tenait entre lui et l'unique issue de cette aile du bâtiment. Il s'obligea à réfléchir. Une arme ? Il n'y avait rien qui puisse s'opposer au pistolet de ce tireur d'élite. Se cacher ?

Il se propulsa rapidement sur le lit et de toute sa hauteur poussa la plaque d'isolant acoustique au-dessus de sa tête. L'espace libre, ici, était semblable à celui du premier étage, et ici aussi l'espace qu'il y avait entre le faux plafond et le plancher du dessus était traversé de câbles électriques, de tuyauteries et de ces conduits de tôle rectangulaires dans lesquels circule l'air chaud ou froid. Il n'avait pas le temps de tester les capacités de résistance au poids de cet endroit. Il poussa la plaque de côté, s'agrippa à l'armature qui maintenait en place le conduit de retour de l'air et se hissa douloureusement dans l'espace libre.

Le conduit avait peut-être soixante centimètres de large et était entouré d'un matériau d'isolation blanc. Chee parvint à se hisser dessus, tendit désespérément la main en arrière et repoussa la plaque dans son logement. Il se rendit compte qu'il haletait, en partie par suite de l'effort brusque et violent mais en partie aussi, pensa-t-il, à cause de la peur. Il contrôla sa respiration. Même avec les plaques bien en place, l'obscurité n'était pas complète. Il était allongé sur le ventre sur le conduit d'aération, respirant la poussière. Il entendait les bruits que font les bâtiments la nuit, un cliquetis qui venait des ténèbres, quelque part sur sa gauche, le bruit du moteur de l'ascenseur, et un sifflement faible qui n'était peut-être pas autre chose que l'air passant à travers le conduit de métal sous son oreille. Il n'y avait pas de voix. La conversation entre l'homme aux cheveux blonds et l'infirmière s'était arrêtée. Chee leva la tête et scruta les ténèbres devant lui, le long du conduit. S'il le suivait en rampant, il le conduirait au-dessus du palier de l'ascenseur. Mais pourrait-il l'atteindre sans bruit ? L'armature maintenait le conduit à une quinzaine de centimètres au-dessus des plaques du plafond, ce qui laissait un espace d'environ soixante centimètres au-dessus : assez pour ramper mais pas suffisamment pour une fuite précipitée à quatre pattes. Il s'agrippa au matériau isolant et se hissa prudemment vers l'avant. Ce mouvement se fit presque sans bruit mais il transforma la douleur lancinante de ses côtes en un coup de poignard fulgurant et insoutenable. Il étouffa son cri en bloquant sa respiration. Lorsqu'il la relâcha, il entendit un son métallique juste en dessous de lui.

Ce bruit, il le reconnut. C'était celui que faisait le rideau qui entourait les lits quand on le tirait sur sa tringle en métal. L'homme qui était venu le tuer se tenait juste en dessous de lui. Seuls cinq millimètres d'isolant Celotex et environ un mètre vingt d'air le séparaient de l'homme aux cheveux blonds et de son pistolet. Allongé, il observait une immobilité absolue. Qu'allait faire le tueur ? Allait-il penser au plafond creux, comme cachette ? Chee détourna ses pensées de cette possibilité. Qu'est-ce que le tueur faisait en ce moment ? Chee l'imagina debout, pistolet braqué, avec ces yeux patients et dépourvus de curiosité fixés sur son lit vide. Il allait regarder derrière le lit, dans la salle de bains et derrière le rideau qui entourait le lit de son compagnon de chambre. En même temps que cette pensée, une autre lui vint. L'homme aux cheveux blonds allait-il prendre le Chicano pour un Navajo ? C'était possible. Cette prise de conscience entraîna deux sentiments contradictoires. La pitié pour l'homme qui, en dessous de lui, dormait du lourd sommeil postopératoire dû à l'anesthésie le disputait à son désir ardent de rester en vie.

Quelque chose cogna contre du métal. Puis le silence. Un craquement. À nouveau le silence. Sa côte le poignardait de douleur et ses poumons réclamaient de l'air. Le bruissement du rideau. Que devait-il faire ? Que pouvait-il faire ?

Puis il y eut un autre son. Un coup sourd. Une phalange qui frappe contre du bois ? Puis une sorte de soupir et une inspiration rauque. Le silence à nouveau, finalement suivi par le murmure de semelles légères sur le plancher ciré. Le déclic de la porte de la chambre qui se refermait.

Il aspira un peu d'air, le plus silencieusement possible. Le soulagement l'envahit. Il se sentit trembler. Le tueur était parti. Pas loin, peut-être. Peut-être seulement pour vérifier d'autres chambres. Peut-être allait-il revenir. Mais pour le moment du moins, la mort s'en était allée. Peut-être l'homme aux cheveux blonds n'allait-il pas revenir. Peut-être Chee allait-il vivre. Il se sentit gagné d'une sorte de joie folle. Il allait attendre. Il allait rester allongé là sans bouger une éternité... jusqu'à ce que le matin soit là, jusqu'à ce qu'il entende sous lui la voix d'une infirmière qui lui apporterait le médicament matinal. Il n'allait en aucune façon prendre le risque que l'homme aux cheveux blonds attende quelque part qu'il fasse un geste.

Il attendit, l'oreille aux aguets. Il n'entendait absolument rien d'autre que les bruits normaux de la nuit. Le temps s'égrena. Trois minutes peut-être. Il prit conscience d'une odeur. Elle était âcre... faible, mais impossible à confondre. L'odeur de la fumée d'une arme à feu. Qu'est-ce qui avait pu la causer ? Presque aussitôt il connut la réponse. Le bruit sourd avait été celui d'un coup de feu tiré par le pistolet du tueur.

Il lâcha le conduit, tendant le bras vers le bas, écarta précautionneusement une plaque du plafond et regarda en dessous de lui. Pour des yeux habitués à l'obscurité, la pièce était comparativement claire. Il ne pouvait distinguer que son lit et une portion de plancher à côté de lui. Il empoigna l'armature du conduit et se laissa descendre. L'homme aux cheveux blonds était parti. Chee repoussa le rideau proche du lit de son compagnon de chambre. La tête sombre de celui-ci reposait sur l'oreiller, paisible, le visage tourné vers le plafond, les yeux fermés par le profond sommeil qui succède aux opérations chirurgicales. Mais derrière le rideau l'odeur de la fumée était plus forte. Chee tendit une main hésitante. Il toucha le visage endormi. Son index se posa juste au-dessous du nez. Le bout de son doigt rencontra la tiédeur de la peau. Mais il n'y avait pas de souffle. Il abaissa sa main, posant sa paume sur le drap qui touchait la poitrine, la maintenant en place. Le visage, faiblement éclairé par la lueur nocturne de la ville qui pénétrait dans la pièce par la fenêtre, était jeune et rasé de frais ; c'était un visage plutôt allongé, empreint d'une expression légèrement cynique. Chee essayait depuis longtemps de perdre l'habitude de considérer que les non-Navajos se ressemblaient tous. Celui-ci paraissait surtout de race hispanique, avec un soupçon d'Indien Pueblo. Sous la main du policier, sa poitrine ne bougeait pas du tout. Pas un souffle des poumons, pas un battement de cœur. La bouche qu'il contemplait était une bouche morte. Il en détourna les yeux et plongea un moment son regard dans la nuit audehors. Puis il marcha vers la porte d'un pas vif et l'ouvrit d'un geste. La peur l'avait quitté maintenant. Il courut vers le bureau de garde et s'empara du téléphone à côté de la main de l'infirmière endormie. Il composa le numéro de la police d'Albuquerque sans passer par le standard.

Tout en parlant, décrivant rapidement l'acte, son auteur, le pistolet, et suggérant que l'assassin conduisait probablement une Plymouth vert et blanc neuve, sa main libre toucha les cheveux de l'infirmière, tâta la coiffe et trouva le petit trou rond qui en avait brûlé le sommet.

– Pas un mais deux homicides, dit-il. Il a aussi abattu l'infirmière du quatrième étage.

20

Alors même qu'il dévalait les escaliers vers l'étage de la blanchisserie, un détail concernant la chambre du policier tarabustait Colton Wolf. Pourquoi le lit inutilisé était-il défait ? Est-ce qu'un visiteur s'y était vautré ? Il semblait trop en bataille pour que ce soit là la bonne réponse. Mais il y avait également autre chose qui n'allait pas. Il venait de laisser derrière lui la plate-forme de chargement et marchait vers la voiture dont il se servait lorsqu'il comprit de quoi il s'agissait. L'odeur qui flottait autour du visage de l'homme qu'il avait tué était celle de l'anesthésie. Tout à fait normal. Mais elle était trop forte. Il continuait à la rejeter en respirant. Chee était sorti du bloc opératoire depuis beaucoup trop longtemps pour sentir de la sorte.

– Le fils de pute ! s'exclama Colton.

Il repartit en courant vers la plate-forme et avait franchi la porte avant que sa prudence ne l'arrête. Comment le policier lui avait-il échappé ? Où était-il maintenant ? Il avait sûrement appelé de l'aide. Il était certainement sur ses gardes. Et c'était un policier très intelligent... c'était une évidence. Une seconde tentative dans l'immédiat comporterait trop de risques. Il n'en avait pas le temps.

Il avait quitté le parking et roulait vers l'ouest sur Lomas Avenue quand il entendit la première sirène. Mais il n'en ressentit aucune inquiétude. Personne n'avait vu sa voiture. Il la laissa à trois rues de l'endroit où il l'avait volée, marcha jusqu'à son pick-up truck et regagna sa caravane en roulant lentement. Le temps qu'il l'atteigne, son nouveau plan pour tuer Jimmy Chee prenait forme. C'était un bon plan. Cette fois, Chee ne lui échapperait pas.

21

Chee maintenait la manette de contrôle de la visionneuse à demi enclenchée sur la droite. Au-dessus de son front, les bobines de microfilm faisaient entendre leur murmure. Les pages du *Grants Daily Beacon* défilaient devant ses yeux comme les wagons de marchandises d'un convoi ferroviaire à un passage à niveau. Cela allait trop vite pour les lire, mais pas trop pour ne plus différencier la une d'une page de publicité pour magasin d'alimentation, ou pour repérer le genre de manchette noire qui lui signalait le type d'article qu'il cherchait. La moitié de son attention était concentrée sur les images qui défilaient sous ses yeux. Mais il était conscient du silence qui régnait dans cette immense salle du sous-sol de la bibliothèque Zimmerman, de la présence du nouveau pistolet calibre 38 qui alourdissait la poche de sa veste, et de celle de Hunt derrière lui qui faisait semblant de surveiller au-dehors par la vitre de la porte de la cabine où ils se trouvaient. Il était également conscient de la proximité de Mary Landon.

Le haut de la page qui fila sous ses yeux était traversé d'un trait épais sur toute sa largeur. Il arrêta la bobine et poussa la manette vers la gauche pour faire revenir la page. Le titre proclamait :

LARGE VICTOIRE DE DEWEY
ANNONCÉE PAR LES SONDAGES

– Ah, fit Mary Landon. Ce n'est pas le bon désastre.

Elle était assise à côté de lui, légèrement en retrait, et ne disait pas grand-chose. Elle faisait monter aux narines sensibles de Chee le parfum des vêtements séchés au soleil et celui du savon.

Il poussa à nouveau la manette vers la droite et leva les yeux. Un employé de la bibliothèque s'éloignait dans la travée qui partait sur sa gauche, poussant un chariot où s'entassaient des périodiques attachés en paquets. Une jeune fille mince de race blanche, en manteau à col de fourrure, essayait de trouver quelque chose dans le fichier des microfilms. Derrière elle, l'œil de Chee détecta un mouvement. Un coude, recouvert de nylon bleu, dépassa de derrière l'un des piliers carrés blancs. Il disparut, réapparut, disparut à nouveau. Que faisait-il ? Était-ce quelqu'un qui se grattait ?

Il ressentit soudain le besoin de regarder par-dessus son épaule pour s'assurer que Hunt était toujours dans la cabine, prêt à intervenir. Il résista à la tentation. Théoriquement, Hunt le suivait comme son ombre en lui tenant lieu de garde du corps. Mais quand bien même les choses n'avaient pas été clairement dites, il était entendu que la priorité n° 1 était d'arrêter l'homme aux cheveux blonds. La protection de Chee était secondaire. Cela était machiavélique mais logique. On protégeait Chee et Mary Landon en mettant la main sur le tueur. Il n'y avait pas d'autre manière de s'y prendre. Les services de police tenaient absolument à arrêter le tueur. De l'autre côté de la balance, le monde regorgeait de policiers de la police tribale.

Sous ses yeux, les archives de juin 1948 défilèrent à toute vitesse et atteignirent juillet. Au-dessus d'eux les bobines ronronnèrent, se turent, ronronnèrent à nouveau, se turent à nouveau. Cette fois, la manchette disait :

UNE ÉQUIPE DE FORAGE TUÉE
DANS L'EXPLOSION D'UN PUITS

– Voilà, dit Chee.

Il y avait un second titre en caractères plus petits :

ON CRAINT DOUZE VICTIMES
SUR UNE PLATE-FORME ANÉANTIE

– Pousse-toi un peu, dit Mary.

Elle se pencha au-dessus de la page projetée sur l'écran, se pressant contre lui : à nouveau il perçut les effluves de soleil et de savon.

Tous les ouvriers d'une équipe de forage ont apparemment été tués sur le coup il y a plusieurs jours sur un puits de pétrole situé au nord-ouest de Grants. Selon les autorités l'accident serait dû à l'explosion prématurée d'une charge de nitroglycérine.

Le shérif Gilberto Garcia, du comté de Valencia, a déclaré que le nombre des victimes pourrait s'élever à douze, dix d'entre elles travaillant au forage proprement dit sur la pente est du mont Taylor, auxquelles il faut ajouter deux employés de la compagnie de matériel de forage qui avaient apporté la charge de nitroglycérine.

Garcia a déclaré que le bilan était incertain en raison de la violence de l'explosion qui a « tout pulvérisé et a projeté des débris et des fragments de corps sur près d'un kilomètre à la ronde ». « C'est comme s'ils avaient eu la nitro sur la plate-forme même au moment où l'explosion s'est produite », nous a dit Garcia. « Il n'est pas resté grand-chose. » Il a précisé que l'explosion s'était probablement produite vendredi, qui est le jour où les employés de la compagnie Petrolab Inc. sont venus apporter les explosifs. La catastrophe n'a été découverte que lundi quand un adjoint au shérif s'est rendu sur place afin de savoir pourquoi les ouvriers qui travaillaient sur le site ne s'étaient pas manifestés depuis plusieurs jours.

Garcia a précisé que le puits se trouvait à une quarantaine de kilomètres au nord et à l'ouest de Grants, près de la limite de la région des Mille-Parcelles, qui dépend de la réserve navajo. « Nous n'avons trouvé personne qui ait entendu l'explosion », a dit le shérif. « Personne n'habite dans ce coin-là sur des kilomètres et des kilomètres. »

Le shérif a dit que les coyotes, ainsi que les autres mammifères et oiseaux prédateurs, ont contribué à rendre plus ardu le problème de l'identification. « Nous pensons maintenant avoir identifié une des victimes avec certitude et nous espérons avoir de quoi en reconnaître une ou deux de plus, mais nous ne sommes pas très optimistes pour les autres. »

Il nous a indiqué que les registres de paye de la compagnie donnaient les noms suivants pour la composition de l'équipe de forage : Nelson Kirby, âgé d'une quarantaine d'années, de Sherman, dans le Texas, le chef d'équipe ; Albert Novitski, âge et adresse inconnus ; Carl Lebeck, âge inconnu, géologue chargé de consigner par écrit les progrès de l'entreprise ; Robert Sena, vingt-quatre ans, de Grants, ainsi que six Navajos non identifiés à ce jour qui travaillaient sur le puits comme manœuvres.

R. J. Mackensen, soixante ans environ, et Theo Roff, vingt ans environ, tous deux employés par la société Petrolab, l'entreprise de Farmington qui fournissait les explosifs, auraient également trouvé la mort.

Chee parcourut les paragraphes restants.

– C'est vraiment très proche de ce que Sena t'a dit, non ? lui demanda Mary. Les noms te disent quelque chose ?

– Uniquement Robert Sena. C'était le frère aîné de Gordo.

Elle lisait par-dessus son épaule.

– Carl Lebeck, dit-elle. Ma cousine est sortie avec un garçon qui s'appelait Carl Lebeck. Ou alors c'était Le Bow. Quelque chose comme ça.

– Voyons ce qu'ils ont dit quand ils ont découvert que les Navajos étaient vivants.

C'était en première page de l'édition du mercredi : un bref article signalait que l'équipe des six manœuvres navajo, que l'on avait d'abord cru disparus dans l'explosion, n'étaient pas allés travailler ce jour-là. L'article mentionnait leurs noms ; Chee les recopia dans son calepin. Il ne précisait pas pourquoi ils ne s'étaient pas rendus sur place. Cela, il le trouva dans le journal du lendemain. À nouveau, le titre s'étalait en gros caractères noirs sur toute la largeur de la page :

UNE ARRESTATION DANS L'AFFAIRE DE L'EXPLOSION
DU PUITS DE PÉTROLE

LE SHÉRIF DÉCLARE QUE LES NAVAJOS AVAIENT ÉTÉ
PRÉVENUS DE L'EXPLOSION

L'un des ouvriers navajo ayant échappé la semaine dernière à l'explosion qui s'est produite sur un site de forage a été entendu par la police aujourd'hui : selon certaines informations, il aurait été averti que l'accident allait se produire.

Le shérif Gilberto Garcia a révélé l'identité de l'homme, qui s'appellerait Dillon Charley. Il a précisé que Charley a reconnu avoir prévenu cinq de ses camarades navajo qui travaillaient sur le chantier de ne pas aller travailler vendredi dernier « parce que quelque chose de grave allait se produire ».

« Il prétend en avoir été averti par Dieu dans une sorte de vision extatique », a ajouté Garcia, qui nous a précisé que Charley est le « chef du peyote » au sein du culte de la Native American Church et que les cinq autres ouvriers navajo de l'équipe de forage étaient également membres de la même organisation religieuse.

Au nom de leurs rites, les fidèles de ce culte mâchent des boutons du cactus peyote. Il semblerait qu'un narcotique contenu dans le peyote affecte le système nerveux, entraînant des visions chez certains des utilisateurs. La possession de cette substance est contraire à la loi et le Conseil Tribal navajo a pris des mesures légales spécifiques pour en interdire l'utilisation ou la possession sur la réserve.

Le shérif a également révélé que Charley a été blessé dans ce que Garcia a appelé « une tentative pour s'opposer à son interpellation ». Il a ajouté que le shérif adjoint Lawrence Sena a été relevé de ses fonctions « en attendant de pouvoir déterminer s'il a eu indûment recours à la force ». Le frère du shérif adjoint Sena, Robert Sena, est l'un des hommes qui ont été pulvérisés lorsqu'une charge de nitroglycérine a explosé prématurément au puits de forage vendredi.

– Tu as remarqué ? demanda Chee en pointant le doigt vers le paragraphe en question. Gordo a tabassé Dillon Charley. Il n'a vraiment pas dû y aller de main morte pour se faire mettre à pied comme ça. À cette époque-là, ça ne prêtait pas tellement à conséquence de taper sur un Navajo.

Il se recula, s'éloignant du capuchon de la visionneuse de microfilms pour se tourner vers Mary qui le regardait d'un œil perplexe.

– Qu'est-ce que tu penses ? demanda-t-il.

– Je pense que tu es étrange. Vraiment bizarre. Il y a cet assassin qui donnerait la chair de poule à n'importe qui et qui essaye de te tirer comme un lapin et toi tu viens ici, tout excité, pour lire des articles sur quelque chose qui s'est passé il y a trente ans.

– Toi aussi, dit Chee. Comment tu es, toi ?

– Je ne suis pas tout excitée.

– Non, je voulais dire, toi aussi il essaye de te tuer.

– Je n'y crois pas. C'est toi qui l'as vu de près. C'est toi qu'il a essayé d'avoir.

Elle détourna les yeux, se penchant à nouveau sur le lecteur de microfilms. Beau profil, pensa Chee. Très joli. Elle avait les yeux baissés pour lire le texte imprimé projeté sur l'écran. Des yeux très bleus ; et ses cils s'en écartaient en dessinant un long arrondi plein de grâce. Ses cheveux retombaient sur sa joue. Des cheveux doux. Une joue douce.

– Encore une chose, reprit-elle sans lever les yeux. Qu'est-ce que c'est que toute cette affaire autour d'un flic qui aurait tabassé un Navajo ? D'après ce qu'on m'a dit à Laguna, pour ce qui est de tabasser des Navajos, les flics les pires c'est encore les flics navajo.

– Nous préférerions tabasser des Anglo-Saxons,

assura Chee. Mais nous n'avons aucun pouvoir légal sur vous autres.

Il observait son profil en prononçant ces mots, guettant la réaction qui allait lui apprendre quelque chose sur elle. Ce sarcasme visant la police navajo était à moitié sérieux... probablement même beaucoup plus qu'à moitié. La police navajo, comme la plupart des forces de police, avait la réputation d'être particulièrement dure avec les gens de son peuple. Mary avait gardé les yeux sur la page projetée sur l'écran.

– Tu ne m'as pas dit ce qui s'était vraiment passé à l'hôpital. Comment tu t'en es tiré. Et tu ne m'as pas dit ton nom secret.

Le coude avait réapparu derrière le pilier. Immobile cette fois. Son propriétaire devait s'y appuyer. Peut-être pour lire.

– Je me suis caché, dit Chee. Comme un lapin.

Elle le regarda.

– Pourquoi tu dis comme un lapin ? Tu crois que tu aurais dû l'affronter comme Tueur-de-Monstres ? (Elle lui saisit le poignet et lui leva le bras.) Moi Peau-Rouge puissant. Moi prendre pistolet avec mains nues. Moi grand héros. Moi mort, mais moi héros. (Elle laissa retomber sa main.) Si tu n'as pas eu le temps de faire une petite danse du fantôme pour transformer ta tenue d'hôpital en vêtement pare-balles, je crois que la seule chose intelligente qu'il te restait à faire c'était de te cacher sous le lit.

– Vu la façon dont ça s'est passé, je crois plutôt que je me suis caché derrière un autre type. Mon compagnon de chambre.

Il lui fit un bref résumé de ce qui s'était passé en commençant par son furtif voyage dans les étages inférieurs pour déterminer comment le corps avait été dérobé à la morgue. Il raconta vite, sans se livrer à des interprétations ni à des spéculations. Rien que les faits, se dit-il. Rien que les faits. Et tout en racontant, il observait son visage.

Elle rapprocha ses lèvres comme pour émettre un sifflement silencieux et frissonna.

– J'aurais été terrifiée.

Elle le contempla un moment, lèvre inférieure coincée entre les dents, puis demanda :

– Qu'est-ce qui t'a donné l'idée de grimper dans le plafond ?

– Ça n'a pas d'importance. Ce qui en a c'est que je m'en suis tiré parce que j'ai laissé à l'homme aux cheveux blonds quelqu'un à descendre. Il est entré dans la chambre pour se faire un Indien. Il n'y avait personne, juste un Mexicain. Alors le Chicano s'est fait descendre à ma place.

Elle le regardait à nouveau avec les sourcils froncés.

– Et alors ?

– Alors ? Comment ça, alors ?

– Alors quoi ? Tu as besoin de te sentir coupable ? Tu penses que tu aurais dû rester sur place ? Dénuder ta poitrine et t'exclamer : « Me voici. Ne le tuez pas, lui. » Arrête. (Sa voix était devenue méprisante.) Il a abattu l'infirmière, non ? La seule différence que ça aurait fait c'est qu'il vous aurait tués tous les deux.

– Peut-être, reconnut-il.

– Tu es vraiment bizarre. Ou alors tu veux me le faire croire.

– Bon, fit Chee. Ça ne sert à rien d'en parler maintenant. Regardons ce que nous pouvons trouver d'autre.

Ils ne trouvèrent pratiquement rien. Il y avait un long article sur la Native American Church, la cérémonie en question et ce que les membres de l'Église avaient dit de la vision qui avait mis Dillon Charley en garde. Il y avait un entrefilet dans lequel le shérif annonçait que l'une des victimes avait été identifiée de manière certaine comme étant un employé de Petrolab et ce grâce aux travaux dentaires effectués sur lui. Mais l'affaire sembla disparaître rapidement faute d'informations nouvelles.

Si Sena, ou n'importe laquelle des autres victimes, avait été identifié, cela ne figurait pas dans le *Beacon*. Pas plus qu'il n'y avait d'autres articles sur l'arrestation de Dillon Charley. Sa libération, à quelque date qu'elle ait pu se produire, était survenue sans que le quotidien en fasse état.

Ils progressaient avec lenteur maintenant sur le microfilm, page à page, recherchant les séquelles d'une affaire qui ne faisait plus la une des journaux. Au milieu des numéros du mois de septembre, après une heure passée à ne rien trouver, Mary eut une idée :

– Hé, dit-elle. Les journaux font des articles commémoratifs. Tu sais. Ils commencent par « Il y a un an aujourd'hui... », et après ils reprennent tout ce qu'ils ont déjà dit. Pourquoi on ne saute pas tout ça pour avancer d'une année ?

Chee se leva et s'étira. Il poussa la manette vers la gauche. Les bobines émirent leur murmure pendant l'opération de rembobinage. La jeune femme avait quitté le coin des microfilms. Le coude manquait à l'appel derrière le pilier. C'étaient maintenant un nez et une touffe de cheveux qui dépassaient dans le champ de vision de Chee. Des cheveux blonds. Très blonds. Chee sentit les muscles de son ventre se contracter. Il lâcha la manette et enfonça sa main droite dans la poche de sa veste. Elle rencontra la crosse du pistolet. Son pouce trouva le chien.

– Qu'est-ce qu'il y a ? demanda Mary les yeux fixés sur lui.

L'homme émergea de derrière le pilier. Il posa le regard sur elle. Il était très blond, mais ce n'était pas l'homme aux cheveux blonds. Beaucoup trop jeune. Pas la moindre ressemblance. Il se dirigea vers les fiches des microfilms et commença à fourrager dedans.

– Rien, dit Chee. Je suis un peu nerveux, c'est tout.

Ils trouvèrent l'article commémoratif qui n'apportait pas grand-chose de plus.

Le temps que le service de la photocopie leur fasse des duplicata des articles sur microfilm qui les intéressaient, il était dix-sept heures.

– Et maintenant ? demanda Mary. J'ai dans l'idée que le sergent Chee de la police montée vient de gâcher un après-midi entier, plus l'après-midi d'une institutrice de Crownpoint, et qu'il ne va pas avoir la moindre idée de ce qu'il doit faire ensuite. C'est une impasse, pas vrai ?

– Non, se défendit-il.

Ils montaient les escaliers qui s'élèvent en spirale à travers les quatre niveaux de salles de lecture de la bibliothèque de l'université. Un peintre avait décoré les murs de la cage d'escalier, utilisant plâtre et peinture pour représenter l'histoire des efforts que l'homme a consacrés à consigner par écrit ses échanges avec ses semblables. Là, en dessous du rez-de-chaussée, ils passèrent devant pictogrammes et pétroglyphes. L'alphabet phénicien était loin au-dessus d'eux et le langage symbolique des ordinateurs plus haut encore.

– Ça ne nous mène peut-être nulle part, mais j'aimerais parler à plusieurs de ces hommes qui ont été avertis à l'avance de l'explosion. J'aimerais découvrir ce que Dillon Charley leur a dit.

Ils atteignirent le rez-de-chaussée. Par la baie vitrée de la bibliothèque, le bâtiment des Humanités s'élevait au-dessus des sycomores de l'allée centrale telle une sculpture monolithique sur fond de ciel d'automne d'un bleu profond. D'ordinaire, Chee l'aimait bien. Aujourd'hui, il lui suggéra l'image de pierres tombales.

– Pourquoi ? s'enquit Mary. Qu'est-ce qu'ils pourraient bien te dire qui ait un rapport avec tout ça ?

– Peut-être rien. Mais les meurtres sont sortis du coffre aux souvenirs, et on dirait que d'une manière ou d'une autre le vol de ce coffre est lié à la religion du peyote de Dillon Charley et que tout semble remonter à ce qui s'est passé au puits de forage.

– Ou alors c'est simple curiosité de ta part. De toute façon, tu n'arriveras pas à les retrouver. Ça fait trente ans.

– Ça ne va pas être si difficile que ça. On va s'apercevoir que c'étaient probablement tous des gens de la famille de Dillon Charley. C'est lui qui les avait engagés, donc c'étaient des gens de sa famille. Des cousins, des oncles, au moins des gens de la famille de sa femme. Nous autres Navajos ne nous sommes pas contentés d'inventer le népotisme. Nous l'avons poussé à sa perfection.

– Mais trente années, protesta Mary. Ils seront morts. La moitié d'entre eux en tout cas.

– Un ou deux, probablement, reconnut-il. Nous savons que Dillon Charley est décédé. Mais statistiquement il devrait y en avoir à peu près quatre à être encore en vie.

Ils étaient maintenant dehors et traversaient la promenade de brique au sud de la bibliothèque : les petites feuilles de sycomore craquaient sous leurs pas et la lumière dépourvue de chaleur du soleil couchant projetait leur ombre une centaine de mètres devant eux et teintait le versant est des monts Sandia de la couleur du sang mêlé d'eau. Chee pensait à tout cela, à Hunt qui marchait quinze mètres derrière eux et à la cible qu'ils offriraient à un tireur qui se tiendrait sur n'importe quel balcon ou galerie surplombant la promenade.

– Et quels souvenirs peuvent-ils avoir après trente années ? Probablement pas grand-chose.

– Qui sait ?

Il réfléchit. Probablement aucun souvenir véritablement précis. Mais il n'y avait pas d'autre piste à suivre. Et si ça ne servait qu'à ça, partir à la recherche des survivants du Peuple des Ténèbres lui permettrait d'aller sur la réserve. Il allait emmener Mary avec lui. Sur la réserve, l'homme aux cheveux blonds ne saurait jamais où les chercher.

22

Vingt-quatre heures plus tard, Chee avait essayé de forcer le hasard sans obtenir de résultat, et ajouté quelques renseignements à sa liste de noms correspondant aux membres du Peuple des Ténèbres.

Sa tentative pour brusquer le hasard l'avait mené à la bibliothèque du Département de géologie de l'université. Avec l'aide d'un étudiant de troisième cycle coopératif, il avait trouvé un exemplaire des registres du géologue relatifs à ce puits de forage.

– Ça a l'air assez représentatif de la région, lui avait dit l'étudiant. Il y a une production peu abondante issue de la couche Galisteo.

Il avait vérifié rapidement le texte du géologue :

– On dirait qu'ils ont trouvé la couche sédimentaire, mais pas le pétrole.

– Vous voyez quelque chose d'inhabituel là-dedans ? avait demandé Chee.

Les registres étaient pour lui totalement incompréhensibles. Il contemplait les feuillets remplis de symboles et de notations et se sentait complètement idiot.

– Je ne suis pas une autorité en matière de géologie pétrolière du comté de Valencia, avait déclaré le jeune homme. Mais c'est ce à quoi je me serais attendu. Qu'est-ce que vous cherchez ?

– C'est bien là le problème. Je n'en sais rien.

Il avait juste eu un tout petit peu plus de chance dans la quête qu'il menait pour retrouver l'équipe de manœuvres de Charley. Mary et lui étaient partis sur la réserve et avaient passé les heures de lumière qui restaient à cahoter sur les petites routes de l'arrière-pays au relief en tôle ondulée et sur les pistes à chariots des Mille-Parcelles, cherchant des renseignements qu'ils puissent associer aux noms relevés dans le *Grants Beacon*. À la tombée de la nuit, la liste s'était présentée de la sorte :

Roscoe Sam, Ojo Encino ou Standing Rock, clan de la Boue. Mort. Information confirmée.

Joseph Sam, Ojo Encino ou peut-être la région de Pueblo Pintado. Clan de la Boue, marié dans le clan du Sel. Une source signale sa mort dans les années cinquante. D'autres infirment.

Windy Tsossie. Clan de la Boue. Marié dans le clan du Rocher Debout. Habitait du côté de Heart Butte ? Peut-être mort ?

Rudolph Becenti. Clan de la Boue. Coyote Canyon ? Marié ?

Woody Begay. Clan de la Boue. Sa sœur habiterait à Borrego Pass ?

Une recherche qui s'était en général révélée très décevante, sauf pour Roscoe Sam qui était tombé malade à Tuba City avant de décéder sur place dans l'hôpital du Bureau des Affaires Indiennes, et tout le monde avait gardé le souvenir de sa mort. Pour Joseph Sam, c'était une tout autre histoire. Un cousin éloigné du côté paternel de la famille pensait, de manière plutôt vague, que lui aussi était mort. Un autre cousin plus éloigné encore, du côté paternel également, disait qu'il était parti avec les moutons de sa femme et ses propres possessions pour la réserve de Canoncito et qu'il y vivait probablement toujours. Mort ou vivant, personne n'avait vu Joseph Sam depuis des années. Il en allait de même pour tous les autres. Quelqu'un de la famille de sa femme se souvenait que Rudolph Becenti était parti s'installer à Los Angeles, mais cette personne avait entendu dire qu'il en était revenu. De Windy Tsossie, quelques-uns de ses contemporains de la région d'Ambrosia Lake avaient conservé un souvenir diffus et peu favorable l'associant à la « famille élargie » des Tsossie qui avaient habité dans Coyote Canyon mais en étaient partis il y avait longtemps. À l'exception de Roscoe Sam qui, lui, était explicitement et expressément mort et enterré, la journée n'avait rien apporté de concret. Quant à Woody Begay, il n'y avait que la mémoire d'une vieille femme pour se souvenir que sa sœur vivait au nord du bâtiment* administratif de Borrego Pass et que la sœur en question s'appelait Fannie Kinlicheenie.

Le manque de précision de tout cela avait surpris Chee. C'était presque comme si ces gens du Peuple des Ténèbres n'existaient que dans de vagues rumeurs et non en chair et en os. Jusqu'au site de l'explosion du puits de forage qui leur échappait. La recherche de Roscoe Sam les avait conduits près de l'endroit où les notes de Chee indiquaient qu'il se situait. Ils n'avaient vu que l'immense trou poussiéreux de la mine Red Deuce : une douzaine de gigantesques pelleteuses mécaniques avalaient la terre dans une cuvette qui faisait déjà deux cents mètres de profondeur et près de huit cents mètres de large. Le site du puits de forage, lui aussi, semblait appartenir au souvenir de quelque chose qui n'avait jamais existé.

Mais Fannie Kinlicheenie existait bel et bien en chair et en os. Quand ils étaient arrivés, elle les avait regardés par l'entrée de sa maison. Par politesse Chee avait rangé sa voiture officielle à une trentaine de mètres de l'habitation, respectant de la sorte la tradition d'intimité d'un peuple pudique. Quand Fannie Kinlicheenie serait prête à recevoir ses visiteurs, elle le leur ferait savoir. D'ici là, ils patienteraient. Chee avait proposé une cigarette à Mary qui l'avait acceptée.

– Je ne devrais pas fumer ces trucs-là, avait-elle dit tandis qu'il la lui allumait.

– Moi non plus.

– Lui aussi il va être mort, ou alors il sera parti quelque part, très loin.

Chee avait le sentiment qu'elle avait raison. Sinon, quelqu'un se serait souvenu de lui.

– Tu es trop pessimiste, avait-il affirmé.

– Non. Je suis réaliste. Il nous en reste quatre. Au bout de trente années, ça doit faire un taux de mortalité d'environ vingt-cinq pour cent. Pour moi c'est Woody Begay qui y est passé.

Chee avait réfléchi à la logique de ces propos. Il avait soufflé un nuage de fumée.

– Au départ ils étaient six, avait-il protesté. Nous avons Dillon Charley de mort, et Roscoe Sam aussi. Ça fait déjà une mortalité de trente-trois pour cent.

Pendant un moment elle n'avait pas fait de commentaire.

Puis elle avait dit :

– Si c'est comme ça que tu réfléchis, tu devrais éviter les parties de poker. Ce qui s'est déroulé auparavant n'a pas d'incidence sur les données mathématiques. Ça ne joue pas sur les probabilités. Écarte ces deux-là. Nous voilà avec les noms de quatre hommes qui étaient vivants il y a trente ans. Les statistiques veulent que l'un des quatre soit mort et que les trois autres soient vivants.

– D'accord. Je veux bien. Maintenant dis-moi comment tu arrives à la conclusion que celui qui est mort va être Woody Begay.

– Ça s'appelle l'intuition. L'intuition féminine.

Chee avait tendu la main vers les clefs restées dans le contact.

– C'est la peine qu'on reste, tu crois ? On va faire perdre son temps à Fannie.

Mary lui avait souri.

– Quitte à être venus jusque-là, on ferait peut-être aussi bien d'en avoir confirmation.

– J'aimerais autant, avait-il persiflé. Tu es sûre que tu ne vas pas le prendre mal ?

– Nan, il m'est déjà arrivé une fois de me tromper.

– Mais pas dans un passé récent.

– Je crois bien que j'avais quatre ans. (Elle s'était tue un instant.) Non, en réalité, ce n'est pas une fois mais deux. La deuxième fois c'est quand j'ai été suffisamment bête pour participer à *la Grande Chasse à l'homme*, signée Jimmy Chee. Bon sang, je suis fatiguée. Combien on a fait de kilomètres aujourd'hui ?

– Je ne sais pas. Peut-être quatre cents. Ça paraît seulement plus long parce qu'une grande partie était sur des pistes de terre.

– J'aurais dit quatre mille. Avec cette bagnole on a l'impression d'être dans un camion. À mon avis tes pneus sont trop gonflés.

– Nous mettons la pression qui nous est recommandée. C'est étudié pour qu'on soit suffisamment secoués et qu'on ne s'endorme pas au volant.

– Maintenant que j'y pense, il y a une autre fois où je me suis trompée. (Elle l'avait regardé et avait détourné rapidement les yeux.) C'était à la vente aux enchères quand j'ai eu l'impression que tu t'intéressais à moi.

– Mais je m'intéresse à toi, avait-il protesté.

– Je veux dire, d'un point de vue romantique. Tu t'intéresses à moi parce que je suis une Anglo-Saxonne. Des questions à longueur de journée. J'ai l'impression d'être interrogée par un sociologue.

– Un anthropologue. Et c'est pour cette même raison que tu es venue avec moi. « Je me demande comment il est vraiment, cet Indien Navajo ? » Mais tu ne voudras jamais l'avouer.

Elle avait éclaté de rire.

– J'avoue. Maintenant je le sais comment tu es vraiment. Tu es bizarre.

– Mais qui sait ? Peut-être que quelque chose de formidable sortira justement de ça. À l'université du Nouveau-Mexique nous avons eu un professeur qui faisait le cours sur Shakespeare : il prétendait que Roméo avait un devoir à faire sur les Capulet pour son cours d'études sociales. Que tout ce qui l'intéressait c'était de savoir comment le cerveau de Juliette fonctionnait.

– Je crois que c'était lui le Capulet. Elle, c'était une Montague.

– « Qu'y a-t-il en un nom ? » déclama Chee. « Ce que nous nommons rose sous un tout autre nom...[1] »

– Alors tu peux me dire ton nom secret ?

– Rose, avait-il dit. Quelque chose comme ça.

La maison Kinlicheenie était une construction en bois isolée par du papier goudronné noir. Elle était érigée sur une étendue de grès suffisamment élevée pour offrir une belle vue sur un paysage ondulé par

1. Rôle de Juliette dans *Roméo et Juliette*, II, 2, 43-44.

l'érosion et couvert de sauge d'un gris argent et de buissons de créosote noirs.

Le mont Taylor dominait l'horizon comme il dominait toute la région des Mille-Parcelles. Son sommet était blanc mais ses pentes bleues et sereines. Derrière la maison il y avait un hogan circulaire en pierre dont l'entrée était orientée à l'est comme le veut la tradition. Et derrière se trouvait une petite cabane en acier Montgomery Ward pour les provisions ainsi que le toit arrondi de l'abri dans lequel la famille prenait ses bains de vapeur.

– Tu n'as jamais remarqué comme les Navajos construisent toujours leur maison à un endroit d'où ils disposent d'une jolie vue ? avait demandé Chee.

– J'ai remarqué que les Navajos construisent leur maison le plus loin possible des autres Navajos. Il y a une raison à ça ?

– Nous n'aimons pas les Indiens.

Mme Kinlicheenie était maintenant sur le seuil de chez elle. Ses cheveux étaient bien coiffés en chignon et elle portait un lourd collier squashblossom* en argent ainsi qu'un large bracelet en argent et turquoises. Mme Kinlicheenie était prête à recevoir ses visiteurs.

23

– Mon frère ? dit Fannie Kinlicheenie d'un air étonné. Vous êtes à sa recherche ?

Ils étaient dans la pièce de devant de la maison. Le fauteuil dans lequel Jim Chee était assis était rigide et recouvert d'un plastique vert. Il en sentait le contact glacial à travers sa chemise d'uniforme. La maison était le « hogan d'été » des Kinlicheenie. Il n'y avait pas de poêle pour chauffer. D'ici peu, quand les gelées du haut pays allaient venir régner en force, la famille transférerait ses biens dans le vieux « hogan d'hiver » de terre et de pierre et abandonnerait cette structure trop mal isolée contre le froid. En attendant, le problème des demi-saisons glaciales était résolu en accumulant les épaisseurs de vêtements. Fannie Kinlicheenie donnait l'impression d'en être à huit épaisseurs. Chee regrettait de ne pas avoir enfilé sa veste qu'il avait laissée dans sa voiture de patrouille.

– On nous a dit que cet homme était votre frère, dit-il. Nous avons des renseignements à lui demander.

– Mais il est mort, leur dit-elle. Il est mort depuis...

Elle s'interrompit, essayant de déterminer la date du décès.

– ... Tenez, il était mort quand je me suis mariée, et c'était en 1953.

Chee adressa un coup d'œil à Mary.

– Je l'ignorais, avoua-t-il.

Fannie Kinlicheenie le regardait, sourcils froncés.

– Pourquoi vouliez-vous lui parler ?

– Il a été membre de l'Église du peyote. Celle qui était du côté de Grants. Nous voulions lui poser des questions là-dessus.

– Ces espèces de fumiers, s'exclama-t-elle en anglais. Qu'est-ce que vous voulez savoir sur eux ?

– C'est plutôt sur quelque chose qui s'est produit il y a très longtemps. Votre frère et certains d'entre eux travaillaient sur un puits de pétrole. Un jour le chef du peyote les a avertis de ne pas y aller et le puits a explosé alors qu'ils n'y étaient pas.

– Je suis au courant de ça. J'étais gamine à l'époque et moi aussi j'étais membre de l'Église du peyote. J'étais la porteuse d'eau. Vous savez ce que c'est ?

– Oui, dit Chee.

Il ne savait pas tout sur l'Église du peyote, mais il n'ignorait pas que la porteuse d'eau (une femme, en règle générale) tenait un rôle très secondaire dans le rituel.

– Ces espèces de fumiers, répéta-t-elle. Il y avait...

Elle s'interrompit, tourna son regard vers Mary puis le reporta sur Chee. Ils s'étaient entretenus en anglais, la langue qu'ils partageaient tous trois. À ce point de la conversation, Fannie Kinlicheenie changea de langue.

– Il y avait des sorciers dans cette église, dit-elle en navajo.

On faisait preuve de prudence quand on parlait des sorciers. On n'en parlait qu'à contrecœur avec des inconnus. On n'en parlait pas du tout devant ceux qui ne faisaient pas partie du Peuple. Mary n'était pas du Dinetah... elle n'appartenait pas au Peuple.

– Comment savez-vous que c'étaient des sorciers ? demanda Chee toujours en anglais. Des fois les gens sont accusés d'être des porteurs-de-peau alors qu'ils n'en sont pas.

Fannie Kinlicheenie fit sa réponse en navajo :

– Ils ont donné la maladie du cadavre à mon frère.

– Il s'est peut-être trouvé au contact d'un sorcier à un autre endroit.

– C'étaient eux, insista-t-elle. Il y avait d'autres choses. Il y avait ce puits de pétrole qui a explosé cette année-là. Ils ont raconté que c'était le Seigneur Peyote qui leur avait dit que ça allait arriver. Ils ont raconté à tout le monde qu'Il leur avait envoyé une vision pour leur dire de ne pas aller travailler ce jour-là. Mais ce sont les sorciers qui l'ont fait sauter, ce puits. C'est comme ça qu'ils ont fait pour savoir que ça allait arriver.

– Comment vous pouvez le savoir ?

Chee avait oublié de s'exprimer en anglais. En fait, il avait oublié la présence de Mary qui restait assise là à écouter, l'air désorienté.

– Je le sais, c'est tout.

Chee réfléchit. Une pensée qui n'avait rien à voir avec la conversation s'imposa à lui. Dans la maison de l'homme blanc, pareil silence serait impossible. Il y aurait le tic-tac d'une pendule, les bruits que font les réfrigérateurs, celui d'un téléviseur resté allumé quelque part. Ici, il n'y avait pas un bruit. Pas de bruits de circulation. Pas de sirènes. Dehors, c'était le crépuscule ; l'air lui-même était en suspens.

– Ma tante, dit Chee en utilisant le titre respectueux qu'un jeune homme doit à une femme plus âgée. Je suis venu de très loin pour vous parler ici parce que ce que vous savez peut être très important. Je crois qu'il s'est passé quelque chose de très grave à ce puits de pétrole et qu'il y a des gens qui continuent peut-être à mourir aujourd'hui à cause de ça. Si ce sont des Loups Navajo qui l'ont fait, alors je crois que nous avons toujours affaire à la même bande de sorciers. Est-ce que vous pouvez me dire comment vous avez su que c'étaient des Loups Navajo qui avaient fait exploser le puits ? Est-ce que c'est quelqu'un qui vous l'a dit ?

– Personne ne me l'a dit. Juste ma tête à moi.

– Comment ça s'est passé ?

Fannie Kinlicheenie réfléchit à la façon dont elle allait répondre.

– Mon frère est tombé malade. Il avait des douleurs ici, au milieu du corps. (De la main elle montra son estomac.) À l'endroit où l'esprit réside. Et des douleurs dans les jambes. Nous avons fait venir un Homme-dont-la-Main-tremble* pour qu'il trouve ce qui n'allait pas. Il a dit que c'était un sorcier qui lui faisait ça. Il a trouvé une petite bosse à l'arrière de la tête de Woody où le sorcier avait introduit la poudre de cadavre. Puis un autre est tombé malade et ils ont fait venir Celui-dont-la-Main-tremble pour lui. Et lui aussi était sous l'emprise d'un sorcier. Et l'Homme-dont-la-Main-tremble a dit qu'il fallait exécuter une Voie de l'Ennemi pour tous les deux.

Elle se tut, mettant de l'ordre dans ce qu'elle voulait dire.

– Qu'est-ce qui se passe ? demanda Mary.

Chee leva la main.

– Une petite minute, dit-il.

Puis il s'adressa à Mme Kinlicheenie :

– Il y en a un autre qui est tombé malade, avez-vous dit. Vous vouliez dire un autre membre de l'Église ?

– C'était Roscoe Sam, dit-elle. L'un de ceux du groupe qui travaillait au puits de pétrole avec Woody.

Un de ceux qui se donnaient le nom de Peuple des Ténèbres.

– Ah, fit Chee qui, conscient de la curiosité de Mary, choisit à nouveau de s'exprimer en anglais. Et Celui-dont-la-Main-tremble a dit de faire exécuter une Voie de l'Ennemi ? Pour faire ça comme il faut, il faut savoir qui est le sorcier. Qui...

– C'est vrai, confirma Fannie Kinlicheenie. Ils ont fait une Voie de l'Ennemi pour tous les deux et elle a été exécutée dans les règles. Tous deux ont été mieux pendant un moment, mais ensuite il a fallu qu'ils emmènent Woody à l'hôpital de Gallup et il est mort.

– Ils ne croient pas beaucoup aux Loups Navajo à l'hôpital. De quoi est-il mort, d'après eux ?

– Ils ont dit que c'était du cancer. La leucémie s'était introduite dans son sang.

– Est-ce que Joseph Sam habite toujours par ici ?

– Il est mort lui aussi. On m'a dit que c'était de la même chose. De leucémie.

– Il semblerait que la Voie de l'Ennemi n'ait pas trop bien marché, dit Chee.

– Je crois qu'ils ont attendu trop longtemps. Mais elle a marché en partie. Elle a retourné le sort et l'a dirigé contre le Loup Navajo. (Son sourire était empreint de méchanceté.) Lui aussi, il est mort.

– Vous savez qui c'était ?

Chee savait qu'il lui faudrait attendre pour obtenir une réponse et qu'il était possible qu'il n'en obtienne pas. Ceux du Dinee n'aiment pas parler des morts, ni des sorciers. Prononcer le nom d'un sorcier mort est doublement dangereux.

Fannie Kinlicheenie se passa la langue sur les lèvres.

– C'était le chef du peyote, dit-elle.

Et elle évita ainsi de prononcer le nom de Dillon Charley.

24

Ils cahotèrent sur la piste de terre menant à la route nivelée qui allait ensuite les conduire à la chaussée goudronnée afin de revenir à Crownpoint. Le soleil était couché. Haut au-dessus d'eux un filet de cirrus duveteux se teintait d'un rose saumon aux dernières lueurs du soleil. Mais alentour le paysage était plongé dans l'obscurité. Mary n'avait pratiquement rien dit.

– Est-ce que tu vas me dire de quoi il s'agissait ?

Il lança un regard sur son profil.

– Quand elle a commencé à parler navajo ?

– Et quand toi aussi tu as commencé à parler navajo. Oui.

– Elle a dit qu'il y avait des membres de la Native American Church qui étaient des sorciers, qu'ils avaient empoisonné Woody Begay et Roscoe Sam avec de la poudre de cadavre et qu'ils en étaient morts. Et qu'avant leur mort, ils avaient eu une Voie de l'Ennemi exécutée pour eux, et que ça avait retourné le sort contre le sorcier. Que le sorcier était Dillon Charley, et que c'est ça qui l'a tué.

Elle le regardait maintenant :

– Et toi, qu'est-ce que tu penses de tout ça ?

– Et elle a dit que ce sont les sorciers qui ont fait

exploser le puits de forage, ajouta-t-il. Et que Joseph Sam est mort lui aussi.

– Est-ce qu'elle t'a dit pourquoi ils voulaient faire ça ?

– Non.

– Elle le savait ? Tu lui as demandé ?

– Non. Il faut que tu comprennes, pour nos sorciers. Ils n'ont pas besoin de mobile au sens normal du terme. Tu sais ce que c'est que les Loups Navajo ?

– Je croyais le savoir. Ce n'est pas pareil que les sorciers des hommes blancs, les sorciers en général et nos sorciers de Laguna-Acoma ? (Elle rit.) Des sorciers avec un trait d'union dans leur nom. Il n'y a que le Bureau américain des Affaires Indiennes pour concevoir des noms de sorciers avec trait d'union.

– Pour les Navajos, voilà comment ça fonctionne : la sorcellerie représente le contraire de la manière de vivre et des coutumes navajo. Selon la Voie Navajo que le Peuple Sacré nous a enseignée, le but de la vie est *yo'zho'*. Il n'y a pas de mot qui corresponde en anglais. C'est un peu une combinaison de la beauté et de l'harmonie, le fait de se trouver en accord avec tout le reste, d'être dans le courant des choses, de se sentir en paix, tout cela intégré dans un concept unique. Grosso modo, la sorcellerie est l'inverse de ce concept. Il y a, bien sûr, une mythologie échafaudée tout autour. On devient un sorcier en violant les tabous de base : en tuant quelqu'un de sa famille, en se livrant à l'inceste, ce genre de choses. Et on acquiert certains pouvoirs. On peut se transformer en chien ou en loup. On peut voler. Et on a le pouvoir de rendre les gens malades. C'est l'opposé du pouvoir bénéfique dont nous ont fait don les membres du Peuple Sacré : celui de guérir les gens en leur redonnant *yo'zho'*. En les ramenant dans la beauté. Par conséquent, pour résumer un peu, un sorcier n'a pas besoin de mobile pour faire exploser un puits de forage. C'est quelque chose de mal de réduire les gens en miettes. C'est le seul mobile dont un porteur-de-peau a besoin.

– Et elle a dit que Dillon Charley était un sorcier ?

– C'est ce qu'elle a dit. Les familles ont fait exécuter une Voie de l'Ennemi et le sort s'est alors retourné contre Dillon Charley, qui est mort.

– Ce qui prouve que c'était lui le sorcier ?

– Oui, en quelque sorte. Il fallait qu'ils aient déjà découvert que c'était un sorcier avant la cérémonie. Ensuite il faut que quelqu'un se procure quelque chose qui a appartenu au sorcier : des cheveux, une paire de chaussettes, un chapeau, un objet personnel. Ça représente le scalp dans la cérémonie de la Voie de l'Ennemi. Le dernier jour du rite, le scalp est transpercé d'une flèche. Si tout a été exécuté selon les règles, et si on ne s'est pas trompé de sorcier, ça le fait tomber malade et il meurt victime de son propre sort.

– Et le patient est guéri ?

– C'est comme ça que ça se passe. Mais ça n'a pas marché pour notre ami Woody. Et ça n'a pas marché pour Roscoe Sam.

La voiture de patrouille plongea en cahotant dans un wash* peu profond puis en ressortit. Le nuage au-dessus d'eux passa du rose à un rougeoiement profond.

– Deux morts de plus, dit Mary. Ou trois.

– Tu l'avais prédit pour Woody.

– Au démarrage ils étaient six. Six membres du Peuple des Ténèbres. Six hommes qui ne sont pas allés travailler sur le puits de forage. Maintenant Roscoe Sam est mort, de même que Joseph Sam et Begay, et Dillon Charley.

– Ce qui laisse Wendy Tsossie et Rudolph

Becenti. Et jusqu'à présent, personne ne sait où les trouver.

– Ça fait trop de morts, dit-elle. Ils ne seraient pas si vieux que ça. S'ils étaient encore en vie ils auraient peut-être une bonne cinquantaine d'années. Mais ils sont morts il y a longtemps, très longtemps. Quand ils étaient très jeunes. Juste quelques années après le puits de forage. Ça en fait trop qui sont morts. (Elle le regarda d'un air pensif.) Tu crois que quelqu'un les a tous empoisonnés ? Quelque chose de ce genre ? Peut-être par vengeance ?

– À notre connaissance, Begay est mort de leucémie. Pareil pour Roscoe Sam. Charley est mort à l'hôpital. Vines m'a dit qu'il lui avait confié qu'il avait le cancer. De toute façon, dans un hôpital, ils auraient détecté le poison s'il y en avait eu.

– En pratiquant une autopsie ?

Il conduisit un moment sans parler.

– Je crois que tu penses exactement à la même chose que moi, dit-il enfin. Tu penses à Emerson Charley.

– Oui, confirma-t-elle. Je pense que pour Emerson Charley il n'y a pas eu d'autopsie.

– Parce que quelqu'un a volé son corps dans la salle réfrigérée du CMCB.

– Ce qui n'est pas le genre de chose que l'on vole d'habitude.

– Absolument.

– À moins qu'on ne tienne pas à ce qu'une autopsie soit pratiquée.

– Absolument.

– Ce qui est également le résultat qu'on obtient en déchiquetant quelqu'un à l'aide d'une bombe placée dans son camion. Pas d'autopsie. D'accord ?

– Ouais, fit Chee.

– Ouais, répéta Mary. Ouais, ou alors tout ça c'est

des foutaises. Quelle raison quelqu'un aurait-il pu avoir d'empoisonner Emerson Charley ? Ou Dillon Charley ? Woody Begay ou n'importe lequel de ces gars-là ?

– Aucune, dit Chee. Mais tu sais quoi ? On va aller à Albuquerque voir ce qu'on peut trouver à l'hôpital.

– Je ne sais pas, dit-elle. Quand je t'accompagne quelque part, ça n'a rien d'un pique-nique. (Elle hésita.) Est-ce que tu crois qu'il y sera ?

Elle n'avait pas besoin de préciser qu'elle parlait de l'homme aux cheveux blonds. Chee savait ce qu'elle voulait dire.

– J'y ai réfléchi, dit-il. Si j'étais lui, je ne m'approcherais pas de cet hôpital. Et si je nous cherchais, toi et moi, ce serait le dernier endroit où j'irais voir.

25

La doctoresse s'appelait Edith Vassa. Le soleil du milieu de la matinée pénétrait à l'oblique par la fenêtre située derrière son bureau et faisait flamboyer ses cheveux courts tirant sur le roux. Elle était jeune et avait ce teint rose qui ne manquait jamais de stupéfier Chee : pourquoi les hommes blancs avaient-ils appelé les Indiens les Peaux-Rouges ? C'était le docteur Vassa qui avait soigné Emerson Charley au Centre de Recherche et de Traitement du Cancer de l'université du Nouveau-Mexique. Par conséquent c'était elle qui avait écopé de la tâche consistant à tenter de savoir ce qu'il était advenu de son corps. Elle n'avait rencontré qu'un mur. C'était aussi désespérant qu'embarrassant. Elle en était malade. L'expression de son visage le montrait clairement.

– Je peux vous dire tout ce que je sais en très peu de mots. Les derniers signes de vie d'Emerson Charley ont cessé à environ dix-sept heures treize. Le médecin de garde a procédé à l'examen habituel et établi le certificat de décès. Le corps a été étiqueté pour passer à l'autopsie et emporté dans la salle réfrigérée de la morgue. Le lendemain matin, l'aide qui travaille à la morgue s'est aperçu qu'il n'avait qu'un seul corps au lieu de deux. Il a pensé qu'il avait dû être conduit au laboratoire de morphologie sans que sa sortie ait été normalement signalée.

Ses mains exprimèrent son impatience puis elle poursuivit :

– Pour ne pas entrer dans des détails inutiles, on a fini par apprendre que le corps avait disparu.

– Vous présumez qu'il a été volé ?

– Je présume que les gens de sa famille sont venus le récupérer. La police d'Albuquerque pensait que nous avions pu simplement l'égarer quelque part. (Elle rit, mais elle ne trouvait pas cela drôle.) Tout ce que nous savons avec certitude, c'est que l'un des chariots de la morgue a été retrouvé le lendemain matin dans le couloir proche de la plate-forme de chargement. Il a vraisemblablement été utilisé pour transporter le corps. Et nous avons découvert que le sac d'effets personnels qui appartenait au deuxième corps présent à la morgue avait lui aussi disparu. Il semble que l'on puisse supposer, sans trop risquer de se tromper, que quelqu'un s'est introduit dans la morgue, s'est emparé du mauvais sac d'effets personnels, a mis ce sac sur le chariot avec le corps, l'a poussé dans le couloir jusqu'à la plate-forme et l'a chargé dans une voiture ou un véhicule quelconque.

– Vous le gardiez dans l'attente d'une autopsie ?

– Nous étions censés le garder dans l'attente d'une autopsie.

– Pour quelle raison, cette autopsie ?

– C'est la routine. Nous étudions le cancer. Comment il agit sur les cellules. Comment le traitement agit sur les tumeurs. L'action du traitement sur les plaquettes du sang. Sur la moelle épinière. Sur la métastase. Etc.

– La métastase ?

– La propagation. La façon dont le cancer se propage d'une partie du corps à une autre.

– Vous n'aviez aucun soupçon d'ordre criminel ?

La doctoresse eut un tout petit sourire :

– On n'attrape pas la leucémie de cette manière. Ce n'est pas comme un poison. Et ce n'est pas comme une maladie infectieuse que l'on pourrait causer en injectant une bactérie. Elle est causée par...

Elle hésita.

Jimmy Chee attendit avec curiosité. Comment cette femme allait-elle expliquer les origines de la leucémie à un Navajo ?

– Nous ne savons pas exactement par quoi elle est causée. Peut-être un genre de virus. Peut-être un mauvais fonctionnement de la moelle épinière où les cellules sanguines sont produites.

Pas mal du tout, pensa Chee. Il n'aurait pas fait mieux.

– Et c'est rare, surtout chez les adultes ?

– Relativement, dit la doctoresse Vassa. Je crois que le taux courant de cas de tumeurs malignes cette année est de moins de trois pour mille. Les maladies leucémiques correspondent à environ un pour cent de ce chiffre. Disons trois pour cent mille.

– Trois pour mille ? reprit Mary Landon. Que penseriez-vous d'une situation dans laquelle vous auriez six hommes, des amis, appartenant à la même Église, ayant des liens de parenté disons éloignés, et dont trois mourraient du cancer ?

– Je serais surprise.

– Comment ça, surprise ? insista Mary Landon. Trois sur six au lieu de trois pour mille.

– Il faudrait une énorme coïncidence, mais ce genre de chose peut se produire. Les probabilités mathématiques obéissent à de curieuses règles. Emerson était-il parmi ces trois-là ?

– Il était le fils de l'un des trois, intervint Chee.

– Son père est mort du cancer ?

– C'est ce qu'on nous a dit, affirma Mary.

– Mais vous ne le savez pas de manière certaine ? Est-ce qu'ils vivaient tous dans le même coin ? Est-ce qu'ils avaient le même travail ? Je crois que s'ils sont tous vraiment morts du cancer, nos spécialistes en épidémiologie seront très intéressés. (Elle sourit.) Surtout si jamais c'était d'un cancer de la vésicule. Ça les fascine littéralement.

Elle tendit la main vers le téléphone en disant :

– Je vais vous arranger un rendez-vous avec Sherman Huff.

Le cabinet de Sherman Huff était situé au sous-sol. Le docteur Huff posa des questions, prit des notes, puis s'empara du téléphone.

– Trois sur six c'est inhabituel, dit-il. Nous allons donc essayer de commencer par savoir si le registre central des tumeurs malignes les a.

Il parla dans l'appareil, déclinant son identité et lisant les noms de Dillon Charley, Roscoe Sam et Woody Begay, qu'il avait pris en note. Il garda l'appareil coincé contre son oreille en soulevant une épaule et se retourna vers Chee et Mary Landon.

– Une ou deux minutes à peine, dit-il. Le temps de vérifier les noms sur l'ordinateur. Le registre central essaye de faire un dossier sur tous les cas de cancer diagnostiqués dans l'État, mais ceux-là remontent à il y a très longtemps, à l'époque où on organisait le service. Et il est possible qu'ils se soient trouvés sur la réserve, où ils n'ont pas été diagnostiqués.

– Autrement dit, si ces noms ne figurent pas sur vos registres, cela ne voudra pas obligatoirement dire qu'ils n'ont pas eu le cancer ?

– Pas si ça date du début des années cinquante, confirma Huff. Et pas si c'était sur la réserve navajo.

Toutefois, même à cette époque-là, ils en détectaient la majorité. Ils avaient une très bonne...

La personne qui était au bout du fil dit quelque chose dans l'oreille de Huff.

– Une petite seconde, leur dit-il.

Il nota quelque chose.

– D'accord, dit-il en écrivant à nouveau. Merci. Sortez-moi les dossiers. Je veux les étudier.

Il raccrocha et regarda Chee :

– Dillon Charley, leucémie. Roscoe Sam, tumeur maligne affectant le foie et d'autres organes vitaux. Woody Begay, leucémie. (Son visage était pensif.) Ça fait vraiment beaucoup de cancers. Et beaucoup de leucémies chez des hommes de cet âge.

– Et Emerson Charley, ajouta Mary. Lui aussi il est mort de leucémie.

– C'est ce que le docteur Vassa m'a dit. On va s'en assurer en se faisant aussi envoyer son dossier.

Il refit le même numéro.

– Pendant que vous les avez au bout du fil, avança Chee, donnez-leur quelques autres noms. Donnez-leur Rudolph Becenti, Joseph Sam et Windy Tsossie.

– Ce sont les trois autres du groupe de six ? On vous a dit qu'ils avaient aussi eu le cancer ?

– Tout ce que nous savons c'est que Joseph Sam est mort il y a bien longtemps dans les années cinquante, et nous n'avons réussi à retrouver ni Becenti ni Tsossie.

– Les données du registre central sont confidentielles, dit Huff. Je peux confirmer une mort due au cancer dans le cadre d'une enquête officielle. Je ne suis pas sûr de pouvoir piocher au hasard pour vous être agréable.

– J'essaye seulement d'obtenir confirmation du fait que la cause de leur mort est bien le cancer. Ça me permet de gagner du temps. Sinon il faudra que j'aille chercher les certificats de décès au tribunal de chaque comté.

Huff parla à nouveau dans le téléphone. Il demanda qu'on lui envoie le dossier d'Emerson Charley et que l'on vérifie les noms de Tsossie, Becenti et Joseph Sam. Puis il attendit, l'écouteur calé contre l'oreille. C'était un personnage solide doté d'une moustache grise qui se perdait dans une barbe grise et touffue, d'une peau tannée par le soleil et de deux yeux bleus très vifs. Derrière lui, le mur était couvert d'affiches : « Fumer peut enrichir votre docteur. » « Les parents d'Annie la petite orpheline[1] étaient des fumeurs. » « Évitez la vieillesse : fumez ! » « Comment tuer un merle moqueur[2] : soufflez votre fumée de cigarette sur lui. » Dans le silence qui régnait, Chee prit conscience d'un bruit régulier. Le petit doigt de Mary tambourinait sur l'accoudoir de son fauteuil. L'écouteur du téléphone émit un craquement.

– Je suis prêt, dit Huff qui prit alors des notes dans son carnet. D'accord. J'aimerais les voir tous.

Il raccrocha et resta un moment silencieux à contempler ce qu'il avait écrit.

– Eh bien, fit-il.

– Un autre ? demanda Mary.

– Rudolph Becenti. Une autre forme de leucémie.

– Ça fait quatre sur six, insista-t-elle.

– C'est indéniable, confirma Huff. Ça fait un pourcentage incroyablement élevé.

– Et les deux autres ? voulut savoir Chee. Tsossie et Joseph Sam ?

1. *Little Orphan Annie : Annie la petite orpheline*, bande dessinée de Harold Gray devenue comédie musicale à Broadway et film de John Huston à Hollywood.

2. *To Kill a Mockingbird :* best-seller célèbre de Harper Lee, traduit en français sous le titre *Alouette, je te plumerai.*

– Aucun de ces deux noms n'a été retrouvé, répondit Huff avec un froncement de sourcils. Quatre sur six. Qu'est-ce qui pourrait bien expliquer ça ? Qu'est-ce qu'ils faisaient ?

– En 1948 ils constituaient l'équipe qui travaillait sur un puits de forage du côté de Grants, expliqua Chee. Un travail de manœuvre ordinaire. À part cela, ils étaient tous membres du même petit culte au sein de la Native American Church.

– Ils n'ont jamais travaillé dans les mines d'uranium, par là-bas ? Nous pensons avoir eu une petite augmentation à cause de ça. Mais c'étaient des cancers du poumon.

– Pas à ma connaissance. Et l'exploitation à Ambrosia Lake commençait tout juste à démarrer sérieusement alors que ces gars-là étaient mourants, ajouta Chee.

– Et l'amiante ? Ils faisaient des travaux d'isolation ? (Il secoua la tête.) Non. L'inhalation d'amiante est cancérigène, mais rien de comparable avec ça. Rien de comparable avec un taux de quatre sur six. Et pas aussi rapidement. En plus ce n'est pas le bon cancer. Vous savez autre chose sur eux ?

– Pratiquement rien, avoua Chee.

– Est-ce qu'il leur est arrivé de travailler sur le site expérimental du Nevada ? Est-ce qu'ils travaillaient là-bas quand on procédait aux essais atmosphériques de la bombe atomique ?

– Je ne sais pas. Ce n'est guère probable.

– Ça pourrait être l'explication. Nous venons de découvrir en septembre que nous avions une quantité de cas de décès dus à la leucémie dans les endroits qui se trouvaient sous le vent par rapport au site d'expérimentation, au milieu des années cinquante. Nous avons isolé douze cas dans une seule communauté, toute petite. La formation des cellules du sang est particulièrement sensible à certaines formes de radiations.

– Je sais que Dillon Charley ne travaillait pas du tout du côté du Nevada. Il a travaillé au mont Taylor pratiquement jusqu'à sa mort.

– Et en ce qui concerne Emerson Charley, compléta Mary, on a arrêté de procéder à des essais en milieu atmosphérique il y a des années, et lui il vient juste de mourir.

Huff paraissait déçu.

– C'est vrai, dit-il, mais des fois cela met des années à se déclarer. Et ces cas ne sont pas forcément tous liés entre eux. (Il eut un sourire désabusé.) Par ailleurs, bien sûr, peut-être qu'aucun d'entre eux ne s'est trouvé à moins de quinze cents kilomètres du site d'expérimentation. Est-ce que vous pensez que vous pourriez trouver les deux qui manquent ?

– Nous pouvons continuer à essayer pour Tsossie, dit Chee. Mais Joseph Sam est mort. Il ne peut rien vous apprendre.

– En réalité il est possible qu'il puisse nous apprendre quelque chose, dit Huff. Certaines formes de cancer agissent sur les tissus osseux. D'autres laissent des traces dans les os lorsqu'il y a métastase. On trouve souvent les traces dans les côtes, les vertèbres, parfois encore dans les gros os à moelle. Est-ce que vous savez où il est enterré ?

– Nous pouvons essayer de l'apprendre.

– Et de notre côté nous allons essayer de déterminer une sorte de dénominateur commun entre eux. Que pouvez-vous me dire de cette Église à laquelle ils appartenaient tous ?

– C'était la Native American Church. L'Église du peyote.

Huff fit la grimace à travers sa barbe.

– Si nous soupçonnions le peyote d'être un agent

cancérigène, notre mystère serait résolu. Mais ce n'est pas le cas. Rien d'autre ? Rien d'autre qui établisse un lien entre eux ?

Chee lui parla de la vision qu'avait eue Charley après avoir pris du peyote, celle qui les avait tous sauvés de l'explosion du puits de pétrole, et des survivants qui semblaient s'identifier à leur propre culte : le Peuple des Ténèbres.

– Avec une taupe comme amulette ? demanda Huff. Est-ce que d'ordinaire on ne prend pas un prédateur pour fétiche ? Un lion des montagnes, un ours, quelque chose comme ça ?

– La taupe est le prédateur des ténèbres. Mais c'est effectivement inhabituel de la choisir pour amulette.

– Alors pourquoi ont-ils pris la taupe ?

– Je continue à me le demander, répondit Chee.

Tout en prononçant ces mots, une pensée lui vint :

La personne qui a embarqué le corps d'Emerson Charley a laissé ses effets personnels. Est-ce que nous pourrions y jeter un coup d'œil ?

– Pourquoi pas ? dit Huff. À condition que nous ne les ayons pas perdus eux aussi.

26

Le sac en plastique rouge se trouvait dans une pièce de rangement du premier étage, au milieu de dizaines de sacs en plastique identiques, tous classés par ordre alphabétique.

– Bracken, lut l'employé. Caldwell. Charley. Le voilà. Emerson Charley. Vous pouvez y jeter un coup d'œil là, sur la table.

Chee en sortit un feutre noir écrasé, une paire de bottes de cow-boy qui avaient besoin de demi-semelles, une veste en coton, une montre Timex avec un bracelet métallique, une chemise écossaise en coton, un tee-shirt, un caleçon, un jean usé jusqu'à la corde, des chaussettes, un jeu de clefs de voiture, un couteau de poche, une petite bourse en cuir attachée au bout d'une longue lanière de cuir, deux lacets de couleur bleue, une pochette d'allumettes et un portefeuille. Il mit de côté la bourse en cuir et le portefeuille et explora rapidement toutes les poches. Elles étaient vides. Puis il inspecta le portefeuille. Il contenait un billet de cinq dollars, deux de un, un permis de conduire, une carte de Sécurité sociale et un bristol indiquant le nom de l'agent d'assurances qui avait rédigé la police couvrant le pick-up truck de Charley.

Alors il prit la bourse en cuir.

– Qu’est-ce que c’est ? interrogea Mary. Qu’est-ce que tu cherches ?

– C’est là-dedans qu’on porte les objets sacrés, répondit-il. C’est censé être fait dans la peau d’un cerf que l’on a tué en suivant les rites. C’est la bourse à médecine. On y range ce dont on se sert contre la sorcellerie. Un peu de pollen. Peut-être un peu de farine de maïs rituelle... (Il tira sur le cordon qui fermait la bourse et plongea les doigts à l’intérieur.) Et c’est là que l’on range son amulette si on en a une.

Celle qu’il sortit était noire, terne, et avait la silhouette sans yeux d’une taupe au museau pointu. Il la tint en l’air pour que Mary puisse l’examiner. Elle était lourde, faite dans une pierre tendre. Une variété de schiste, supposa-t-il.

– Nous avons là Dine’etsatle, annonça-t-il. Le prédateur du nadir. L’esprit chasseur du monde souterrain. Un des membres du Peuple des Ténèbres.

Il détailla le fétiche qui reposait de tout son poids sur la paume de sa main, espérant y lire un renseignement. L’objet était bien sculpté, mieux que la majorité des amulettes. Chee se souvint du travail de sculpteur amateur exposé dans l’immense bureau de B.J. Vines. Était-ce lui qui avait fait cet objet ? Avait-il été façonné dans l’un des fragments de roche noire qu’Emerson Charley avait découverts dans le coffre à souvenirs de Vines ? Peut-être. Mais quelle en était la signification ? Il rangea la taupe dans la bourse.

– Ça t’a appris quelque chose ? s’enquit Mary.

Chee récita deux phrases en navajo.

– Ça vient de l’un des chants de la bénédiction, dit-il.

La taupe, son lieu de chasse ce sont les ténèbres.
La taupe, son chant de chasse c’est le silence.

27

La secrétaire du cabinet du docteur Huff les rejoignit au moment où ils quittaient la pièce. Le message émanait du bureau de Chee à Crownpoint. Il lui demandait d'appeler Martin au quartier général du FBI à Albuquerque.

– Et moi qui croyais que personne ne savait où nous étions, s'étonna Mary en fronçant les sourcils. Ce n'était pas comme ça que nous devions assurer notre sécurité ?

– Personne à part mon bureau, assura Chee.

– Mais si ton bureau le sait, est-ce que quelqu'un d'autre ne pourrait pas... ?

– Comment ?

Elle soupesa cette question, sourcils toujours froncés, puis haussa les épaules.

– Tu as sans doute raison, dit-elle. Mais tu sais comment sont les gens.

Martin voulait rappeler à Chee qu'il était censé venir regarder des clichés.

– Peut-être dans un jour ou deux, répondit le policier navajo. Pour vous dire la vérité, je vais me tenir à l'écart des lieux où ce type pourrait m'attendre.

– Je crois que vous pouvez prendre les choses plus en douceur maintenant. Il est parti.

– Comment le savez-vous ?

– Nous avons tout ratissé. Vérifié tous les motels, tous les hôtels, tous les endroits où il pouvait loger. Nous avons même vérifié les appartements nouvellement loués.

– Un sacré travail, commenta Chee.

– Il n'est nulle part dans le coin. Et nous avons retrouvé la Plymouth vert et blanc. Elle était dans un petit garage de Gallup. Ce salopard l'y a laissée en disant au garagiste qu'elle avait un problème de soupape et qu'il n'en avait pas un besoin urgent. C'est pour ça qu'on ne l'a pas retrouvée abandonnée quelque part.

– Très malin. Vous savez comment il a quitté Albuquerque cette fois ?

– Nous sommes pratiquement sûrs qu'il a volé une voiture et qu'il est parti avec. Peut-être à El Paso, ou à Denver. Dans un endroit suffisamment éloigné pour échapper à notre surveillance. Et de là il a pris un avion pour la destination qui est la sienne.

– Il n'est donc pas à Albuquerque ?

– À moins de loger chez quelqu'un de sa famille, reconnut Martin.

28

Au prix de nombreuses heures de conduite pour se rendre d'un endroit à un autre à la recherche de membres âgés du clan de la Boue, Jimmy Chee apprit quelques petites choses sur Windy Tsossie. Il apprit que peu après l'explosion du puits de pétrole, Tsossie avait épousé une des filles de Grace Yazzie, du clan du Rocher Debout. Il était parti vers la région de Bisti, au nord-ouest, pour s'intégrer à sa nouvelle famille. On ne l'avait plus vu du côté d'Ambrosia Lake. Chee apprit que la femme de Tsossie était morte. Il apprit aussi d'autres choses. Au nombre des informations importantes figurait le fait que la belle-sœur de Tsossie, une femme qui s'appelait Romana Musket, était de ce monde et bien vivante : elle habitait entre Thoreau et Crownpoint, dans la maison de rondins que l'on voyait sur la pente qui dominait la route, avec son toit en fer-blanc et ses enclos à moutons sur l'arrière. Il semblait raisonnable d'envisager qu'elle savait où l'on pouvait trouver Tsossie, mort ou vivant. Il avait également appris que personne ne semblait savoir de manière certaine si ce serait l'un ou l'autre. Personne n'avait entendu dire que Tsossie était mort. D'un autre côté, Chee n'avait trouvé personne qui l'eût effectivement vu depuis des années. Et finalement, en additionnant le tout, il s'était fait une impression générale de Tsossie. C'était une impression négative. Les membres de sa famille comme ceux de son clan, lorsqu'ils voulaient bien accepter de se souvenir de lui, s'en souvenaient sans affection ni respect. Ils parlaient de lui à contrecœur, avec gêne et imprécision. Personne n'avait été explicite. Puisque Chee était Navajo, ce n'était pas nécessaire. Windy Tsossie « n'allait pas dans la beauté ». Windy Tsossie n'était pas quelqu'un de bien. Il ne suivait pas les règles que Femme-qui-Change avait données au Peuple. En un mot, les proches de Windy Tsossie le soupçonnaient d'être un sorcier.

– Je ne vois pas comment tu peux dire ça, s'insurgea Mary. Tu m'as répété ce qu'ils t'avaient dit. Personne n'a jamais fait la moindre allusion à une chose pareille.

– Ça ne risque pas, pas avec un inconnu. Moi-même je suis peut-être un sorcier. Ou toi. Et les sorciers n'aiment pas que les gens parlent de leurs semblables.

Mary bâilla.

– Tu en rajoutes, dit-elle.

– Tu as remarqué que ça les rendait nerveux de parler de Tsossie ? C'est un signe qui ne trompe pas.

– La chose qui m'intéresse c'est que je crois que nous allons enfin en trouver un de vivant. Qu'est-ce qu'il va nous dire ? J'ai vraiment le sentiment qu'il va se souvenir de quelque chose.

– S'il est vivant.

– Il le sera.

– J'ai le même genre de pressentiment.

Ils roulaient dans le pick-up truck de la sous-agence, ayant troqué le confort relatif de la voiture de patrouille contre la possibilité de suivre les pistes à chariots. Ils se dirigeaient vers le nord-est, la plupart du temps en seconde, sur une route défoncée qui plongeait maintenant devant eux. Chee actionna ses pleins phares. Leur faisceau éclaira le fond large et sableux d'un arroyo* en dessous d'eux. Quand ils l'atteignirent, il s'arrêta.

– Chaco Wash, dit-il.

Il alluma le plafonnier, déplia sa carte et l'étudia. C'était un exemplaire de la carte qu'édite l'Automobile Club de Californie du Sud sous le nom de « Pays Indien » ; Chee la trouvait précise et détaillée. Elle répartissait les voies carrossables en neuf catégories, allant des Autoroutes à Accès Limités jusqu'aux Routes Gravillonnées, puis aux Routes de Terre Nivelées, aux Routes de Terre non Nivelées pour finir par les Chemins de Terre à Risques. Cela faisait maintenant vingt-cinq kilomètres qu'ils étaient sur l'un de ces chemins de terre à risques. Selon la carte, il prenait fin dans Chaco Wash.

Chee replia la carte, sortit de sa poche de chemise une feuille de papier ligné prélevée dans un carnet. Il s'agissait en fait d'un carnet Big Chief à couverture rouge, qui se trouvait chez Mme Musket. Dessus, un des petits-fils de Ramona Musket avait tracé une autre carte afin de lui indiquer comment atteindre le hogan où Rudolph Charley célébrait une Voie du Peyote. Sa grand-mère assistait à cet office. Le petit-fils avait douze ans. Il portait un tee-shirt au devant décoré du S symbolique de Superman, et il avait tracé la carte avec beaucoup d'attention à l'aide d'un stylo à bille tout en expliquant que Rudolph Charley était le nouveau chef du peyote parce que quelqu'un avait tué d'un coup de feu l'ancien chef du peyote, lequel était le frère aîné de Rudolph Charley.

– C'est juste à Chaco Wash que la route normale a été effacée par l'eau, avait expliqué Super-petit-fils. Vous tournez à cet endroit-là et vous pouvez remonter par le sable si vous voulez parce que c'est plus régulier. Il faudra faire attention sinon vous raterez les endroits où il faut tourner. Je vais vous indiquer certains repères que vous devrez chercher. (Il avait levé les yeux vers Mary en faisant un petit sourire et était poliment passé à la langue anglaise pour la mettre en garde.) Si on ne fait pas très attention, par là-bas, on peut se perdre.

Sur la carte Big Chief, Super-petit-fils avait écrit « tamaris » à l'endroit où le Chemin à Risques se perdait dans le fond du wash. Et dans le faisceau des phares, Chee aperçut un peu plus bas un groupe de tamaris dénudés par l'hiver. Il avança à nouveau, dépassa les arbres et engagea le véhicule sur le lit égal de l'arroyo.

– C'est là que nous arrivons à l'endroit où si nous ne faisons pas très attention nous pouvons nous perdre, annonça Mary. C'est bien ça ?

– Oui.

– Essayons de ne pas nous perdre, implora-t-elle. Je suis trop fatiguée. Je suis complètement lessivée. J'ai l'impression que ça fait dix-sept jours qu'on roule là-dedans.

– Seulement à peu près depuis l'aube, assura-t-il.

Elle se retourna brusquement et regarda par la vitre arrière.

– J'ai l'impression que si je regarde derrière nous je vais voir quelqu'un qui nous suit. Pas quelqu'un. Cet homme aux cheveux blonds.

– Comment aurait-il fait ? Il ne peut absolument pas savoir où nous allons.

Elle frissonna, serra ses bras autour de son corps.

– Il suffit de dire qu'il est intelligent. Ou qu'il a lui-même une raison de se rendre à cette cérémonie du peyote.

– Je ne vois pas laquelle.

– C'est un service religieux à la mémoire de Tomas Charley, pas vrai ? Ou quelque chose d'approchant. Peut-être est-il à la recherche de gens, exactement comme nous. Peut-être allons-nous nous retrouver tout à coup nez à nez avec lui là-bas.

– Ça m'étonnerait, assura Chee.

– Je crois que tu es comme moi. Trop fatigué pour t'en inquiéter. Tellement fatigué que tu vas me révéler ton nom de guerre.

– Ça ne va plus être très long maintenant, dit-il. Nous essayons d'arriver chez Charley à minuit et là Mme Musket va nous dire que Windy habite à Grants et elle va nous donner son adresse et son numéro de téléphone. Après nous irons dormir un peu et demain nous appellerons Tsossie qui nous dira qui a fait sauter le puits de pétrole et pourquoi, où nous pouvons trouver les preuves suffisantes pour nous présenter devant la chambre de mise en accusation, qui nous devons arrêter et pourquoi le corps d'Emerson Charley a été volé à l'hôpital, qui a engagé le tueur aux cheveux blonds afin qu'il abatte Tomas Charley et...

– Oh, arrête, fit Mary.

Elle cacha un bâillement gigantesque derrière sa main.

– Avec la chance que nous avons tous les deux, ajouta-t-elle tout en finissant de bâiller, le gamin nous aura donné la mauvaise adresse ou se sera trompé de nuit, ou ce sera Mme Musket qui ne sera pas là, ou alors elle n'aura jamais entendu parler de Windy Tsossie, ou encore tu ne lui plairas pas et elle refusera de te parler, ou elle te dira que Tsossie est parti pour la Tanzanie et qu'il n'a pas laissé d'adresse, ou que ce n'est pas le bon Tsossie, ou alors le blond sera là-bas et il te descendra, ou pire encore, il me descendra moi.

Chee eut un sourire :

– En tout cas, dit-il, nous n'allons pas tarder à le savoir.

Sept minutes avant minuit, la piste qu'ils suivaient contourna un relief rocheux couvert de genévriers rabougris. Les phares se reflétèrent sur un pare-brise puis sur le toit en tôle ondulée d'une cabane et sur la vitre de la fenêtre en dessous du toit. Chee adopta une allure de tortue afin de bien regarder ce que ses phares lui dévoilaient. Trois pick-up trucks, une vieille Chevrolet blanche et un chariot sur lequel des balles de foin servaient de sièges. À vingt mètres au-delà de la cabane se dessinait la forme arrondie d'un hogan en pierre, et un mince filet de fumée bleue montait du trou à fumée au centre de son toit conique isolé par de la terre. Il n'y avait personne en vue.

Il se gara à côté du plus neuf des pick-up trucks, éteignit les phares et mit pied à terre au milieu des ténèbres. La lune était couchée et dans le ciel noir étincelaient un milliard d'étoiles. Immobile, le visage levé, il s'imprégnait de ce spectacle : l'immense tracé fluorescent de la Voie lactée, la position hivernale des constellations, l'incroyable luminosité silencieuse de l'univers.

Mary était à côté de lui.

– Mon Dieu, dit-elle d'une voix étouffée. Je n'ai jamais vu un ciel pareil.

– C'est à cause de l'altitude. Nous sommes presque sur la ligne de partage des eaux. À près de deux mille cinq cents mètres au-dessus du niveau de la mer ; l'air est raréfié. Et c'est en partie parce qu'il n'y a pas de lumière au sol.

Le doigt pointé vers le sud-est, il ajouta :

– Regarde. Tu vois cette petite lueur, à l'horizon ? C'est Albuquerque. C'est à cent cinquante kilomètres d'ici, mais on voit ce que ça fait.

– Il y a de quoi en oublier un court instant à quel point il fait froid, dit-elle en frissonnant. Cet instant est passé. J'ai froid.

De l'intérieur du hogan leur parvinrent les échos d'un chant et le rythme des coups frappés sur un panier renversé servant de tambour. La distance et les murs du hogan atténuaient les sons et le chant n'était pas davantage qu'un rythme montant et descendant, une part intégrante de cette nuit sans vent prise dans son intégralité. Chee consulta sa montre. Les disciples du Seigneur Peyote n'allaient pas marquer de pause dans leur culte avant minuit. Ils avaient débuté au coucher du soleil après une prière destinée à informer l'astre déclinant du caractère sacré de leurs intentions, et la cérémonie ne prendrait pas fin avant l'aube. Mais à minuit ils feraient une pause. Et cela voulait dire qu'il fallait encore attendre cinq minutes.

– Quand j'étais gamin, dit Chee, ma mère me réveillait parfois au moment où la nuit est la plus sombre ; nous sortions du hogan et elle m'apprenait les coutumes des étoiles. La manière dont les constellations se déplacent et comment on peut s'orienter ou connaître l'heure la nuit si l'on connaît la période de l'année. Et comment tout a débuté.

– Comment, alors ? voulut-elle savoir.

– Il n'y avait pas encore de Navajos. Rien que le Peuple Sacré. Premier Homme, Première Femme, Dieu-qui-Parle, Monstre de Gila, Scarabée* du Maïs, tous les différents personnages *yei*. La nuit, le ciel était noir et vide à l'exception de la lune. Alors Premier Homme décida d'accrocher les étoiles. Et il disposa les Garçons Silex Bleu (du doigt Chee désigna Céphée), l'Ours, le Dieu-qui-Chasse, et tous les autres. À ce moment-là, Coyote arrive et il s'empare de la couverture dans laquelle Premier Homme a mis les étoiles qui attendent d'être accrochées, et il s'en empare, projetant toutes celles qui restent dans un ample mouvement. C'est ce qui a donné la Voie lactée.

– Tout à fait digne d'un coyote, commenta Mary qui frissonna une nouvelle fois en entourant son corps de ses bras.

Le hogan était maintenant silencieux, et il y eut soudain de la lumière sur le seuil lorsque les couvertures qui étaient tendues devant l'ouverture s'écartèrent.

Chee allongea le bras à l'intérieur du pick-up truck et alluma le plafonnier. C'était une question de politesse que de laisser les gens savoir qui leur rendait visite.

Contrairement au pessimisme de Mary, Mme Musket était bien là. C'était une forte femme aux cheveux gris qui portait une épaisse couverture de laine rouge et vert sur les volumineux vêtements traditionnels de la gent féminine navajo : le chemisier et la blouse de velours. Elle n'était guère disposée à parler de Windy Tsossie.

Rudolph Charley les invita à pénétrer dans le hogan à l'abri du froid et il resta à côté d'eux à les écouter. Il ressemblait beaucoup à Tomas Charley. Il était juste un peu plus jeune et encore plus maigre que lui.

– Tout cela s'est passé il y a longtemps, disait Chee. Avant qu'il n'épouse votre sœur. Il y a eu une explosion à un puits de pétrole où il travaillait. Nous souhaitons savoir s'il se souvient de la façon dont ça s'est passé.

Mme Musket dévisagea Chee puis son regard se porta nerveusement sur Mary et sur Charley avant de revenir au policier.

– Il ne se souviendra de rien, affirma-t-elle.

– On dirait que parmi ceux qui travaillaient avec

Tsossie presque tous les autres sont morts, insista Chee. Nous ne pouvons pas en parler avec eux. Nous souhaitons en parler avec lui.

– Je crois que Windy est mort, lui aussi, dit Rudolph Charley. Je crois que le sorcier les a tous eus.

– Oui, confirma Mme Musket. Il est mort.

– Quand ça ? demanda Chee.

Il la soupçonnait de mentir. L'expérience enseigne à surveiller le visage de la personne que l'on interroge. Pratiquement tout le monde devient nerveux en mentant. Mme Musket l'était. Mais il était vrai que de toute façon elle aurait été nerveuse en se voyant questionnée de la sorte par des inconnus surgis des ténèbres pour parler de la mort. Et il y avait plus que de la nervosité dans son attitude. Quelque chose de vague et de difficile à définir. Au même moment, il sut quelle en était la cause. Mme Musket avait mâché du peyote et bu la « boisson noire » de ce rite, le thé au peyote. Elle était dans le monde peuplé de rêves du psychédélisme. Il tourna son regard vers Rudolph Charley. Le chef de cette cérémonie regardait lui aussi Chee comme s'il n'était pas sûr qu'il existe.

– Quand est-il mort, alors ? répéta Chee. Et où a-t-on mis le corps ?

– Il y a longtemps, répondit Mme Musket.

Elle se tenait immobile, regardait Chee et à travers lui. Les secondes s'écoulaient.

– Ils habitaient par là-bas, derrière Bisti, sur les mauvaises terres. Je n'étais pas avec eux. Mais le mari de ma sœur était un sorcier et quelqu'un a retourné la sorcellerie contre lui. Il a eu la maladie du cadavre et il est mort.

– Vous n'y étiez pas mais vous en avez entendu parler ? C'est bien ça ? Par votre sœur ?

– Par ma sœur, acquiesça-t-elle.

– Il est mort de maladie ?

– De la maladie du cadavre.

– Où ?

– Dans le hogan de ma sœur.

– Et on l'a enterré là-bas ?

– On a fait venir un homme blanc qui travaillait là-bas, à Bisti, et il a emporté le corps dans les rochers. On m'a dit qu'il l'avait mis dans une petite cavité creusée par le vent à flanc de falaise et qu'il l'avait recouvert de rochers.

– Voilà que tout recommence, intervint tout à coup Rudolph Charley. La sorcellerie à nouveau.

Chee l'observa. Les yeux de Charley regardaient fixement au loin.

– La première fois, elle a tué mon grand-père et tous ceux que le Seigneur Peyote a laissé voir en ouvrant la porte. La sorcellerie les a tués tous les six. Et maintenant ça recommence. D'abord elle a tué mon grand-père. Maintenant elle a tué mon père, et elle a tué mon frère. Ce soir nous demandons au Seigneur Peyote de nous laisser voir ce qui va se passer ensuite...

Il se tut sans achever sa phrase.

Mary attaqua une syllabe qu'elle ravala. Ils restèrent tous les quatre immobiles, silencieux, attendant que le chef continue. Au-delà de Charley, Chee distinguait la pièce. Le sol de terre tassée avait été débarrassé des objets d'ameublement, l'autel du peyote érigé dans le fond, face à l'entrée : il était fait de sable tassé qui avait une forme de croissant assez bas ; la lune du peyote, tel était le nom qu'ils lui donnaient. En son centre, là où le sable atteignait peut-être quinze centimètres de haut, un lit de rameaux de cèdre de la taille d'une tasse avait été aménagé. Dans ce nid reposait la forme noueuse et hirsute d'un bouton de peyote. Sur le sable, à côté, était posée une petite boîte en argent, couvercle ouvert. Derrière la lune du peyote deux lignes en zigzag étaient inscrites dans la terre, symbolisant les pas laissés par le Christ. La Native American Church, telle qu'elle avait pénétré sur la Réserve-aux-Mille-Parcelles, était plus ou moins d'inspiration chrétienne. Le Christ n'avait transmis son enseignement aux hommes blancs qu'à travers la Bible parce que les hommes blancs l'avaient crucifié. Mais les Navajos, qui n'avaient pas fait souffrir le Christ, recevaient son instruction directement grâce à des visions. Et le Seigneur Peyote en était l'instrument, il était la clef de la porte qui s'ouvrait sur la réalité.

Rudolph Charley était toujours immobile, en proie à une étrange dilatation du temps après l'absorption de la drogue.

– Et il vous a laissé voir ? interrogea Chee.

– J'ai vu la taupe, répondit Rudolph Charley. L'amulette qui appartenait à mon père et à mon grand-père.

– Rien d'autre ?

La porte s'ouvrit et deux hommes franchirent le seuil en se baissant, jeunes tous les deux. Ils posèrent un regard sur Chee et sur Mary. L'un ajouta des rameaux au feu de pin pignon qui s'était consumé pour donner un lit de charbon de bois dans le trou à feu du hogan. L'autre alla jusqu'au mur du fond et s'accroupit à côté du panier renversé qui servait de tambour où il attendit tout en regardant. L'humeur de Rudolph Charley changea.

– Rien que vous puissiez comprendre, dit-il. Nous devons reprendre maintenant. Nous devons achever la cérémonie.

– L'homme à qui vous voulez parler est mort, assura Mme Musket.

– D'accord, répondit Chee. Alors dites-moi où je peux trouver la cavité où on a mis son corps.

29

Finalement, Colton Wolf fut prêt. Il avait fait installer une radio C.B. et un radiotéléphone dans la cabine de son pick-up truck. Puis il avait remonté un arroyo à l'est des monts Sandia et travaillé ses qualités de tireur aussi bien avec sa carabine qu'avec son pistolet de calibre 22. La carabine était une Ruger de calibre 30 coûtant fort cher et équipée d'une lunette télescopique. Il avait tiré la moitié des cartouches d'une boîte de cent, ajustant la hausse pour des distances allant jusqu'à deux cent cinquante mètres et la lunette jusqu'à huit cents. Ensuite, en appelant l'hôpital par téléphone, il avait établi que la Western Union ne pouvait pas délivrer de télégramme à Jim Chee parce que ce dernier avait quitté l'hôpital. C'était la confirmation de ce qu'il pensait. Il avait alors appelé le service des affaires locales de l'*Albuquerque Journal* en se disant professeur à l'université, et avait obtenu l'autorisation d'effectuer des recherches dans la bibliothèque du journal. Une heure passée à parcourir les coupures de presse consacrées aux affaires criminelles lui avait fourni le nom des agents du FBI et des membres des bureaux de shérifs qui travaillaient sur la réserve navajo ou aux alentours. Il avait recopié ces noms et les renseignements pertinents dans son calepin puis demandé s'il y avait un dossier consacré à B.J. Vines. Il y en avait un. L'article le plus ancien faisait état d'un transfert de droits d'exploitation d'un gisement d'uranium de Vines à un consortium de compagnies minières à la tête desquelles se trouvaient les Cuivres Kennecott et les Combustibles nucléaires Kerrmac. Un autre, une dépêche d'agence de presse en provenance de New York, indiquait que Vines avait remporté le Weatherby Trophy, le championnat du monde de chasse au gros gibier. Le seul article d'importance, agrémenté de photographies, portait sur la construction de la maison de Vines sur les pentes du mont Taylor. Sa résidence était décrite comme étant « vraisemblablement la plus chère jamais construite au Nouveau-Mexique ». L'homme dont Colton avait trouvé le nom dans le coffre qu'il s'était engagé à récupérer était de toute évidence suffisamment riche pour payer le coût de cette récupération. Il y avait une grande chance, en ce cas, que ce soit Vines le client. Ce n'était pas une certitude parce que quelqu'un d'autre avait semblé vouloir le coffre. Mais Vines paraissait le plus probable. Colton avait ajouté à ses notes une description de la maison ainsi que son emplacement. Si tout le reste échouait, cela pourrait s'avérer utile.

Son dernier arrêt avait été pour la bibliothèque municipale, où il avait cherché dans le rayon des annuaires téléphoniques et noté les numéros dont il pourrait avoir besoin. Puis il avait quitté Albuquerque en roulant vers l'ouest, sur la route qui montait pour sortir de la vallée du Rio Grande, franchissant les rapides du Rio Puerco et adoptant un quatre-vingt-dix à l'heure régulier pour traverser les paysages du centre-ouest du Nouveau-Mexique, composés de buttes et de mesas désertiques. Tout en conduisant, il vérifia qu'il captait bien les fréquences utilisées par les agents fédéraux et les forces de police locales. La réception était excellente. La technique et la terminologie employées par les radiotélégraphistes n'étaient en rien différentes de ce qu'il avait entendu dans d'autres États. Puis il vérifia sa liaison téléphonique en appelant le Service U.S. de météorologie afin de se faire communiquer ses prévisions. Pour le plateau centre-ouest du Nouveau-Mexique, on prévoyait une intensification de la couverture nuageuse dans l'après-midi, des vents soufflant par moments en rafales et des températures en baisse au cours de la journée avec soixante pour cent de risques de chutes de neige avant minuit. Le panneau indicateur vert autoroutier lui signala qu'il approchait de l'échangeur de Grants. Sur sa droite, le mont Taylor dont les pentes supérieures étaient blanches comme neige se dressait devant un ciel d'un bleu inhabituel. Il arrêta son véhicule sur l'accotement de l'autoroute, s'empara du téléphone, vérifia dans son calepin les noms qu'il voulait et appela le bureau de la sous-agence de la police tribale navajo à Crownpoint.

La voix qui lui répondit était celle d'une femme.

– Ici le FBI, dit-il. Albuquerque. Agent Martin. Le capitaine Largo est-il là ?

– Il travaille à l'agence de Tuba City, lui répondit la voix. Le numéro...

– Ça je le sais. Mais Largo m'a dit qu'il était possible qu'il passe par chez vous aujourd'hui. Et Jim Chee, alors ?

– Chee n'est pas là, monsieur. Il a quelques jours de congé.

– Comment va-t-il ? J'espère que ses côtes vont mieux.

– Ça va, je crois.

– C'est à son sujet que j'appelais. Nous avons des

choses à lui montrer. Relatives à cette fusillade. Comment je peux faire pour le joindre ?

– Une petite minute, dit la voix.

Le silence s'installa.

Colton attendit. C'était le moment crucial. Il allait laisser l'attente se prolonger quatre minutes. Davantage équivaudrait à courir le risque que l'origine de l'appel puisse être déterminée. Il ne pouvait laisser la police apprendre qu'il utilisait son radio-téléphone. Sur le cadran de sa montre la petite aiguille attaqua la deuxième minute.

– Il va falloir que nous l'appelions par radio. (C'était maintenant une voix d'homme.) Quel est votre message ?

– Dites-lui que Martin a des renseignements pour lui et que j'ai des photos à lui montrer. Dites-lui que je suis en route pour la réserve et demandez-lui de m'appeler sur le poste de ma voiture. (Il donna un numéro inventé qui semblait plausible.) Est-ce qu'il est à proximité d'un téléphone ?

– J'en doute, répondit la voix.

– Écoutez, insista Colton. C'est urgent. Essayez de le trouver et s'il est loin d'un téléphone est-ce que je peux vous demander de me rappeler et de me faire savoir combien de temps ça prendra ?

– Bien sûr, dit la voix.

– Très bien. Merci.

Il raccrocha, alluma le récepteur radio et revint sur la chaussée de l'autoroute 40. Il n'avait pas parcouru un kilomètre cinq lorsqu'il capta le premier appel émanant de la radiotélégraphiste de Crownpoint qui essayait de joindre Jimmy Chee.

Colton poursuivit sa route régulière vers l'ouest, dépassa Grants, les usines de traitement d'uranium d'Ambrosia Lake, s'enfonçant dans la région plus rude qui s'élève vers la ligne de partage des eaux.

Toutes les dix minutes Crownpoint essayait d'entrer en contact avec Chee. À l'échangeur de Thoreau, Colton quitta l'autoroute et se gara. C'était là qu'il avait décidé d'attendre. Il n'avait jamais envisagé qu'il y ait un risque sérieux que Chee se soit enfui bien loin après le fiasco de l'hôpital. Il n'avait nul besoin de prendre la fuite. Quel meilleur endroit qu'une réserve indienne pour cacher un Indien ?

Assis dans son pick-up truck, les genoux appuyés contre le tableau de bord, il se fit un sandwich avec les ingrédients qu'il avait apportés de sa caravane. Comme toujours, il mangea lentement. La montagne était maintenant à des kilomètres derrière lui, vers l'est, mais elle dominait toujours le paysage, froide et menaçante. Quand cette affaire serait terminée, quand il aurait retrouvé Jim Chee et qu'il l'aurait tué, et qu'il aurait tué la femme, quand ses traces seraient effacées et qu'il serait à nouveau en sécurité, il découvrirait un meilleur moyen de remonter jusqu'à sa mère. Peut-être un hypnotiseur pourrait-il l'aider à se souvenir de quelque chose qu'il avait oublié. Quelque chose de significatif. Il y avait cette vieille femme, dans l'un de ses souvenirs les plus anciens. Elle l'avait tenu sur ses genoux et son haleine sentait le tabac. Il avait toujours pensé qu'il pouvait s'agir de sa grand-mère. S'il était capable de se souvenir de ça, ou même de l'endroit où ils avaient habité quand il était tout petit, ça pourrait l'aider. Il parvenait à se rappeler si peu de choses datant de cette époque-là. Seulement la sensation de vivre des journées envahies de brouillard glacé, des journées de pluie, des journées passées dans un appartement en étage avec ses repas qui l'attendaient dans un réfrigérateur, sa mère qui rentrait le matin, les cheveux mouillés de sa mère contre son visage, le froid des mains de sa mère sur sa peau. Il y avait des hommes aussi, à cette époque, mais aucun en particulier dont il puisse se souvenir.

Il avait les yeux fixés au-dehors sur le ciel bleu et vide mais ses pensées allaient vers cette pièce d'autrefois. Il se souvenait des fentes du linoléum gris. Il avait alors deux billes et il jouait à les faire se pourchasser le long de ces fentes. Il se souvenait de s'être livré sans fin à ce jeu, jour après jour, se souvenait des fenêtres sales mais pas du nom de la ville. Il était évident qu'il avait dû l'entendre prononcer. Il était évident que même à quatre ou cinq ans ce nom avait représenté quelque chose pour lui. Sa mère ne lui avait pas parlé souvent. Ce n'était pas le genre à apprendre à un enfant qu'il habite à Seattle, à Portland ou ailleurs. Mais il avait dû entendre prononcer ce nom. Il allait trouver un hypnotiseur et peut-être qu'alors il parviendrait à se souvenir de quelque chose. Il se rendait bien compte qu'il avait des problèmes au niveau de sa mémoire. Des trous. Il fit courir son pouce sur son pull, rencontrant la bosse sous la peau à l'endroit où sa côte s'était ressoudée de travers. Il se souvenait de l'époque où il n'avait pas cette bosse, quand ils habitaient à San Diego. Et il se souvenait de l'époque où il l'avait, déjà guérie, à Bakersfield. Mais il ne parvenait pas à se souvenir des coups qui l'avaient causée. Il en allait de même pour l'épaisse cicatrice blanche en forme de chaîne de montagne qui courait sous ses cheveux, au-dessus de l'oreille gauche. Elle aussi avait surgi d'un moment de son enfance entouré de mystère. La dernière fois qu'il avait essayé de s'en souvenir c'était à Taylorville, mais cette tentative l'avait rendu malade et il l'avait interrompue.

Sa radio se manifesta à nouveau ; c'était la voix de la radiotélégraphiste de Crownpoint qui appelait Jim Chee.

Cette fois, Chee répondit. Colton posa son sandwich et s'empara de son calepin. Crownpoint transmettait le message qu'il leur avait communiqué.

– Ah, merde, fit la voix de Chee. Nous sommes drôlement loin, du côté de l'ancien comptoir d'échanges de Bisti.

Colton inscrivit « Nous sommes près de Bisti » sur son calepin. Il souligna « Nous sommes ».

– Il voulait que je le rappelle et que je lui dise où il pouvait vous retrouver si vous étiez loin d'un téléphone. Il a dit qu'il venait sur la réserve.

Il y eut un silence.

– Eh bien, dit enfin Chee, dans ce cas je suppose qu'il va falloir qu'il attende. Nous essayons de trouver un hogan au nord-ouest de l'ancien comptoir d'échanges. C'est à une quinzaine de kilomètres dans l'arrière-pays et il va me falloir un moment pour le trouver. Dites-lui que je le verrai ce soir à notre agence de Crownpoint. Dites-lui que j'essaierai d'y être à vingt et une heures mais que je serai peut-être un peu en retard.

– Reçu cinq sur cinq, répondit la radiotélégraphiste. Vous faites attention aux conditions météo ? Il paraît qu'il va neiger.

– Exact, confirma Chee. Nous en tiendrons compte.

Colton écrivit « Nous » dans son calepin. Il écrivit également « quinze kilomètres dans l'arrière-pays ». Il ne prit pas note du rendez-vous de vingt et une heures à Crownpoint. À vingt et une heures, Jimmy Chee serait mort.

30

Le comptoir d'échanges de Bisti avait brûlé intégralement des années auparavant comme le font les constructions quand il n'y a pas de pompiers pour intervenir. Le feu n'avait laissé que les fondations de pierres noircies et divers résidus de verre fondu et de ferrailles tordues. Depuis des années les Navajos de passage retournaient tranquillement les cendres et le temps entassait herbes-qui-roulent et poussière autour des décombres. Les grands cyprès implantés en ce lieu pour protéger du soleil le comptoir d'échanges étaient depuis longtemps morts de soif, tels des chiens des villes abandonnés dans le désert. La rangée de troncs nus et morts servait maintenant de point de repère incongru pour signaler un vestige qui, ces troncs mis à part, était presque revenu à l'état de nature.

Chee tourna à gauche après avoir dépassé les arbres morts, quittant une route considérée comme « Terre Nivelée » pour une piste que sa carte ne mentionnait pas. Plutôt droite et plutôt régulière, elle s'enfonçait à travers une étendue de buissons de créosote.

– Tu es sûr que c'est bien par là ? interrogea Mary.

– Non, répondit-il, mais je suis sûr que c'est la bonne direction.

– Et tu continues à penser que nous pouvons trouver le hogan ? Après toutes ces années ?

– Probablement. Elle nous a dit quinze kilomètres au nord-nord-ouest du comptoir d'échanges, du côté sud d'une butte isolée. Et elle nous a décrit la butte. (Il tendit le doigt devant eux.) Ça doit être celle-là. Et dans la région, ils n'avaient pas d'autre choix que de construire leur hogan en pierre, par conséquent il y est toujours. Pour le trouver, il n'y a plus qu'à se mettre en chasse. Et je suis très doué pour la chasse.

Il se tut un instant, réfléchissant à la déclaration qu'il venait de faire, la corrigea :

– Disons que je croyais l'être.

Le sol maintenant plongeait vers une immensité de terres érodées. Ce qui autrefois avait été une plaine gréseuse avait depuis été sculpté en un assortiment de formes grotesques : tables, têtes, gâteaux fourrés, clochers tordus, côtes qui dépassaient, dentelures et formes surnaturelles auxquelles l'imagination de Chee ne parvenait pas à associer de nom. Le vent et l'eau avaient taillé à travers la couche superficielle pour atteindre le noir des couches de charbon, puis l'argile cramoisie et enfin les veines bleues du schiste. À l'exception du vert, toutes les couleurs étaient présentes. C'étaient les mauvaises terres de Bisti. Elles s'étendent sur quatre-vingts kilomètres sous un ciel dans lequel les nuages s'amoncellent toujours.

– J'ai le sentiment qu'il n'est pas mort, déclara Mary. C'est comme si j'avais senti qu'elle nous cachait quelque chose.

– Elle était inquiète, reconnut Chee. Peut-être parce qu'elle mentait et peut-être pour une autre raison. Mais si les ossements sont sur place, nous les trouverons. Et s'ils n'y sont pas, nous trouverons Tsossie.

La confiance qu'il exprimait en prononçant ces

paroles le surprit lui-même. Mais c'était vrai qu'il avait confiance. La découverte de Tsossie, sous forme de squelette ou respirant normalement, faisait intervenir des facteurs purement navajo : un mode de réflexion et de comportement avec lequel il était en profonde harmonie. Il ne ressentait pas pareille harmonie avec les manières de penser des Blancs qui devaient être mêlés à cette affaire. Semblable harmonie était nécessaire à toute entreprise. Surtout pour le chasseur. Et cela était valable dès le tout début de la chasse.

L'une des prières de la Voie de la Chasse défila dans sa tête ainsi que la voix de son oncle qui psalmodiait :

Je suis le Dieu Noir tandis que je chante ainsi,
Dieu Noir est mon nom. Je viens et me tiens
Sous l'Est, sous la Montagne Turquoise.
La biche de cristal marche vers moi
Tandis que je l'appelle, que je lui adresse ma
[prière,
Vers moi elle se dirige en marchant, elle me
[comprend,
Elle marche ce jour jusque dans ma main droite.
Aimable, elle vient se joindre à moi,
Dans sa mort elle obéit à la voix de mon chant.
Dans sa beauté j'obéis à la biche de cristal.

Une totale compréhension, pensa Chee. L'harmonie entre la biche et l'homme. L'harmonie entre Jim Chee et Tsossie, ou les ossements de Tsossie, et la pensée de ceux qui avaient déposé le cadavre de Tsossie au milieu des rochers. Mais Jim Chee ne comprenait pas la pensée des Blancs. Ni Femme-qui-Change, ni Dieu-qui-Parle ne lui avaient fait don d'un chant qui engendre cette compréhension. Que répondrait son oncle à pareille interrogation ? Chee savait exactement ce qu'il dirait. L'ayant entendu si souvent, il pouvait presque l'entendre lui dire :

– Garçon, quand on comprend le grand, on comprend le petit. Commence par comprendre le grand.

Et cela voudrait dire, en l'occurrence, que si Chee apprenait à comprendre tous les hommes (le grand), il parviendrait à comprendre les hommes blancs (le petit). Son oncle ajouterait que si un Navajo était capable de trouver l'harmonie avec un cerf, il pouvait trouver une égale harmonie avec un homme blanc. Chee eut une grimace en direction du pare-brise. Après quoi son oncle, qui ne manquait jamais d'enfoncer un clou, ajouterait une remarque empreinte de sagesse sur les cerfs et les hommes. Il dirait que fondamentalement le cerf ressemble beaucoup au Navajo. Il aime ses petits et sa compagne, la nourriture, l'eau, le repos. Et il déteste le froid, la faim, la douleur et la mort. Mais le cerf est différent aussi. Sa vie est courte. Il ne bâtit pas de hogan. Le Navajo est plus proche de l'homme blanc que du cerf.

Voilà à peu près ce que son oncle dirait, se dit Chee non sans amertume. Mais son oncle ne recherchait pas le contact avec les Blancs s'il pouvait l'éviter. Et comment expliquerait-il la façon de penser d'un Blanc qui remplirait sa demeure de souvenirs de ses exploits mais garderait ses récompenses les plus précieuses dissimulées dans un coffre à souvenirs ? Les médailles que Tomas Charley avait décrites étaient une Bronze Star et une Silver Star, lesquelles (ainsi que l'encyclopédie de l'armée le lui avait appris à la bibliothèque universitaire) sont octroyées pour actes de bravoure au combat ; en plus de la Purple Heart qui récompense ceux qui ont été blessés sous le feu de l'ennemi. On se serait attendu à les trouver encadrées et exposées aux regards de tous sur le mur de Vines, avec ses autres trophées. Pourquoi les cachait-il avec un lot de photos de jeunesse et deux poignées de fragments de roche ? Un Navajo, lui, choisirait soit de mettre ses exploits en avant, soit de les dissimuler par modestie. Quelle raison quelqu'un pouvait-il avoir d'en cacher certains et d'afficher les autres ?

Le ciel s'était assombri et le vent soufflait du nord-ouest. Des rafales se déchaînèrent autour du pick-up truck, soulevant des tourbillons de sable et d'herbes-qui-roulent.

– Ça ne peut être que notre butte, répéta Chee en pointant le doigt vers la partie droite du pare-brise. C'est la seule à se trouver à moins de quinze kilomètres du comptoir d'échanges. Et elle est dans la bonne direction.

La piste débouchait sur une vaste plaque de granite nu et contournait une île de grès peu élevée. Cette île était coiffée d'une dalle de calcaire blanc qui se terminait par un large surplomb à l'endroit où la roche plus tendre n'avait pas résisté à l'érosion. Dans l'esprit de Chee cela fit surgir l'image d'une table où dînaient des géants. Soudain, juste au-delà de ce point de repère, il ôta son pied de la pédale d'accélérateur et laissa le véhicule s'arrêter en bout de course.

– Qu'est-ce qu'il y a ? demanda Mary.

Chee la regarda.

– Bon sang, fit-il. Ce que je peux être bête.

Il abattit son poing sur le volant. Deux jeux de souvenirs, se disait-il. Un sur les murs. Un caché dans le coffre-fort. Quelle différence y avait-il entre eux ? Une différence dans le temps.

Mary le dévisageait :

– Allez, dit-elle. Arrête ton cirque. Dis-le-moi.

– J'essaye encore de m'y retrouver. Mais en gros ça revient à se demander pourquoi un homme qui adore collectionner les souvenirs et les mettre en évidence cacherait les plus précieux dans son coffre-fort mural.

– Les médailles par exemple, souligna-t-elle.

– Oui, sans oublier la photo de son équipe de football à l'école secondaire et deux médailles remportées sur des pistes d'athlétisme.

– Et des cailloux noirs.

– On y reviendra plus tard. Pour l'instant, contentons-nous des trucs faciles.

– Faciles si tu as trouvé la réponse. Arrête de faire l'intéressant, bon sang. Qu'est-ce que tu as trouvé ?

– La seule différence que je vois c'est que ceux du coffre-fort remontent tous à la première partie de sa vie. Quand il était enfant, adolescent et son passage dans l'armée. Les bidules sur le mur datent d'après qu'il ait fait fortune.

Mary avait la lèvre inférieure coincée entre ses dents. L'expression de ses traits indiquait qu'elle s'efforçait de découvrir le sens de tout cela.

– Avant l'explosion du puits de pétrole et après l'explosion. C'est ça ? Et les cailloux alors ?

– On ferait mieux de repartir, dit-il. La nuit va tomber.

Il enclencha une vitesse.

– Autrement dit, pour les cailloux tu n'en sais rien.

– D'une façon ou d'une autre, il faut qu'ils aient eu une grande importance. Qu'ils rappellent quelque chose d'important. Quelque chose qui remonte à la première partie de sa vie.

– Ça, je veux bien l'admettre.

Le silence régna quelques instants tandis que le pick-up truck cahotait sur la surface rocheuse.

– Hé, fit Mary. Je sais. Les cailloux datent de l'époque où il a trouvé le gisement d'uranium. Ce sont ses premiers échantillons de minerai. Tu ne crois pas ?

– Ça cadrerait bien. Mais oui. Pourquoi n'y as-tu pas pensé avant ?

– Tu ne me l'as pas demandé. Tu n'avais qu'à me le demander.

– Bon, d'accord. Explique-moi pourquoi il garde ces médailles dans le coffre.

– Peut-être qu'il les garde pour quelqu'un d'autre, suggéra-t-elle.

Le vent fit à nouveau tanguer le pick-up truck, projetant contre lui le mur de sable qu'il poussait. Chee rétrograda pour attaquer une montée raide.

– Mary, s'écria-t-il. Tu es géniale.

Il brancha l'émetteur-récepteur et contacta la radiotélégraphiste de Crownpoint. Ses instructions furent très précises. Appeler Martin, l'agent du FBI. Faire demander par son intermédiaire à l'Organisation des anciens combattants de se livrer de toute urgence à une vérification concernant le passé de Benjamin J. Vines sous les drapeaux. Avait-il bien eu le grade de lieutenant de la cent et unième division aéroportée ? Avait-il été décoré de la Silver Star, de la Bronze Star et de la Purple Heart ? Qu'est-ce qui figurait sur son dossier de démobilisation ? Avait-il un casier judiciaire en tant que militaire ?

La radiotélégraphiste relut ses instructions.

– Rien d'autre ? demanda-t-elle.

– Dites à Martin que je lui expliquerai quand je le verrai ce soir. Dites-lui que j'arriverai tard. Et... attendez une minute. (Il prit son calepin.) Communiquez-lui aussi ces noms-là.

Il lui lut les noms de ceux qui avaient été tués dans l'explosion du puits de forage. Parvenu à celui de Carl Lebeck, il s'arrêta un instant. Lebeck le géologue. Lebeck qui avait la charge des registres relatifs à la campagne de forage. Pour un géologue, des cailloux noirs pouvaient constituer un souvenir.

– Commencez par Lebeck, précisa Chee. Dites à Martin que si ce n'est pas Vines qui a gagné ces décorations, il faut que l'Organisme des anciens combattants continue avec cette liste de noms et voie si ce n'est pas Lebeck ou l'un des autres qui les a gagnées.

– Compris, affirma la radiotélégraphiste. Vous êtes toujours à Bisti ?

– Au nord-ouest du comptoir d'échanges qui a brûlé. Au train où vont les choses, nous y serons juste après la tombée de la nuit.

– Surveillez bien le temps. Il neige un peu sur le versant ouest en ce moment. Deux centimètres et demi à Ganado. On ne s'attend pas à ce que ça aille bien loin, mais vous savez ce que ça donne.

– On surveillera, assura Chee qui fit jouer le bouton de la radio et enclencha à nouveau la première.

– À quoi tu penses ? lui demanda Mary.

Il fronça les sourcils, le regard braqué sur le pare-brise.

– Pour l'essentiel, j'avance à l'aveuglette.

– Oui, mais pour l'essentiel seulement. As-tu pensé à un moyen d'établir un lien entre Vines et le puits de pétrole ?

– Il y en a forcément un. Il faut qu'il y en ait un. Si ce n'est pas du côté de Vines, alors c'est de celui de Gordo Sena. Il y a forcément un lien avec l'un ou l'autre.

– Tout à fait d'accord, fit Mary en riant. Il ne te reste plus qu'à trouver lequel.

– Je crois que j'y suis parvenu. Au moins en partie.

La piste s'orientait vers la droite pour escalader la pente de schiste bleu foncé marbré d'impuretés rougeâtres. Au-dessus se dressait le sommet de la butte, distant maintenant de moins d'un kilomètre. Chee rétrograda. Mary le regardait avec impatience.

– J'attends, insista-t-elle.

– C'est bon. Premièrement, on est d'accord pour dire qu'il y a forcément une raison derrière tout ça. Que l'on soit Blanc ou Navajo, on a une raison de faire les choses. Pour un Navajo, quelque chose d'aussi monstrueux (pulvériser des gens sans faire de détail), c'est obligatoirement dicté par la sorcellerie. L'irrationnel. Le mal pour le mal. Aucun autre mobile n'aurait le moindre sens. Pour l'homme blanc, je pense que ce serait la cupidité.

Il se tourna vers elle :

– Tu es d'accord jusque-là ?

– Je suppose, répondit-elle d'un air perplexe.

– Si nous avons affaire à une histoire de sorcellerie, ce qui s'est passé depuis ne colle plus. Peut-être qu'un Navajo voudrait tuer les Charley s'il savait qu'il s'agissait de sorciers qui lui avaient causé du tort. Ça s'est vu. Mais il le ferait dans un accès de rage, pas des années plus tard. Donc on peut écarter ça.

Mary haussa les épaules.

– Nous sommes donc confrontés à un crime d'homme blanc, poursuivit-il. Le mobile en est la cupidité. À qui cela profite-t-il de faire sauter le puits de pétrole ? Il faut se souvenir de l'endroit où il se trouvait. Nous n'avons pas pu en trouver les traces parce que la mine Red Deuce a englouti le site. Ce qui signifie que la compagnie qui forait le puits détenait la concession d'exploitation des ressources naturelles de cette portion de terrain. Si le puits produit du pétrole, la concession est prorogée aussi longtemps que dure l'exploitation. C'est le contrat normal appliqué aux concessions pétrolières. Par conséquent, disons que quelqu'un sait qu'il y a un gisement d'uranium sous l'emplacement du puits. Qui en tirerait profit ?

– Les Sena, tu veux dire ? Parce que c'était sur leur ranch ?

– Peut-être eux. Quand l'uranium a été découvert il a fait la fortune de Gordo Sena. Mais il y a quelque chose qui ne cadre pas avec l'idée que c'est Gordo Sena qui a fait ça.

– Parce qu'il aurait tué son propre frère, tu veux dire ? Peut-être que c'est Robert Sena qui avait tout préparé et qu'ensuite il y a quelque chose qui ne s'est pas passé comme prévu et il s'est tué lui aussi par la même occasion.

– Ce n'est pas ce que je voulais dire. Je voulais dire que le ranch de Sena est comme la majorité des ranches de la région. C'est une petite portion de terres appartenant à un individu, situées juste à côté d'une vaste étendue de terres appartenant au Bureau Fédéral de l'Exploitation des Terres. Ce dont ils sont essentiellement propriétaires, c'est d'un permis de faire paître leurs bêtes sur les terres du Bureau. Et c'est là qu'ils foraient le puits. Sur les terres fédérales. Les Sena disposaient du droit de pacage, mais l'endroit exact était à environ quatre cents mètres de la limite des terres qui leur appartenaient en propre. Ils ne pouvaient donc bénéficier directement de la découverte d'une nappe de pétrole ou d'un gisement d'uranium. Sena est devenu riche parce que le gisement d'uranium s'étendait jusque sur sa propriété familiale.

– Donc tu élimines Sena. Qui alors ?

– Je n'élimine pas complètement les Sena. Il me manque un élément quelque part. Je n'arrive pas à tout comprendre.

Le pick-up truck piqua brusquement du nez vers un wash étroit. Chee passa la première, freina pour s'arrêter et inspecta l'arroyo. Le problème allait être de ressortir de l'autre côté. Ce wash charriait très peu d'eau même après de fortes précipitations et, de part et d'autre de la piste, buissons de mesquite et herbes-aux-lapins poussaient haut, ce qui limitait l'érosion. Néanmoins, des années de sape avaient rendu la rive opposée suffisamment abrupte pour qu'il semble hasardeux d'espérer la faire franchir au véhicule à la seule puissance du moteur.

– On dirait qu'on est arrivés au terminus, dit Mary. Mais nous sommes assez près pour y aller à pied, non ?

– On va essayer avec le pick-up. Si on n'y arrive pas, il y a toute la place nécessaire en bas pour lui faire faire demi-tour.

Le véhicule déclencha une violente pluie de petits cailloux, perdit un bref instant son adhérence et partit en dérapage. Mais il parvint à franchir cette courte pente très raide. Devant eux, maintenant, à moins de quatre cents mètres, ils voyaient trois trembles noueux. Dans ce climat désertique ils indiquent soit une source, soit, à faible profondeur sous le sable, une nappe d'eau qui peut être exploitée au moyen d'un puits. Et cela, de fait, expliquait pourquoi cette piste traversait les mauvaises terres et pourquoi les Tsossie avaient choisi ce site pour ériger leur hogan. Chee et Mary l'aperçurent à cinq ou six mètres derrière les arbres. C'était un hexagone constitué de dalles de grès empilées, dont le toit était formé de pieux qui rayonnaient à partir du trou à fumée central. La terre qui avait en son temps isolé le toit de la froidure et de la chaleur avait depuis longtemps été emportée par les eaux de pluie.

Chee rangea son véhicule contre une saillie de la falaise. Il fixa son étui à pistolet à sa ceinture et glissa celui de ses jumelles autour de son cou.

– Tiens-toi prête, dit-il en sortant pour affronter le vent.

Le seuil du hogan était obturé à l'aide de planches clouées en diagonale sur les troncs qui en formaient l'encadrement. La seule ouverture qui restait était du côté nord : un trou percé en force à travers le mur de pierre afin de procurer une sortie au fantôme et d'avertir les étrangers qu'il s'agissait d'un hogan resté sous l'emprise de la mort. Chee plongea le regard par ce trou. La lumière du soir qui filtrait à travers le treillis du toit ne laissait voir que quelques malheureux objets trop dépourvus de valeur pour être emportés, même par une famille démunie. De la terre s'était amassée à l'intérieur et des herbes-qui-roulent, soulevées par le vent, avaient pénétré par le trou du fantôme, mais le danger que faisait courir le *chindi* avait protégé l'habitation contre l'intrusion de pillards.

– Si Tsossie n'est pas mort là, dit Chee, c'est que c'était quelqu'un d'autre. Allons repérer l'endroit où la vieille femme a dit qu'ils l'avaient enterré.

Mary avait le regard fixé sur le hogan.

– J'ai entendu parler de ça, que les Navajos n'utilisent plus les habitations où quelqu'un est mort. Quel gâchis, tout de même.

– Sauf s'ils ont succombé à une maladie contagieuse. Quand la coutume a pris naissance, c'était sans doute pour ça.

– On fait passer le corps par le trou ? C'est bien ça ? Toujours du côté nord ?

Chee n'avait pas envie d'en parler pour l'instant. Le vent recommença à souffler en rafales, apportant en petite quantité des flocons de neige légers et poudreux.

– Le Nord est la direction du mal, dit-il.

Mme Musket leur avait indiqué que la cavité

creusée par le vent se trouvait à flanc de mesa, à l'ouest du hogan. La butte se composait de couches géologiques successives coiffées d'un granite gris qui résistait bien à l'érosion. Juste en dessous on voyait une strate de grès rouge qui pouvait avoir neuf mètres d'épaisseur et surmontait un tuf volcanique poreux de couleur blanchâtre, criblé de cavités creusées par le vent et de trous dus au suintement des eaux. À proximité du hogan, seuls deux de ces emplacements étaient suffisamment grands pour abriter une sépulture. Chee les inspecta tous les deux avec ses jumelles et ne remarqua rien de concluant. Ils escaladèrent la pente d'éboulis en direction du plus proche. Le long des parois verticales de la butte, des sections sous-jacentes de perlite tendre avaient été complètement érodées, sapant le grès dont un pan s'était écroulé en un amoncellement de blocs qui avaient chacun la taille d'un wagon de marchandises. S'aidant des pieds et des mains Chee se hissa sur la face inclinée de l'un d'eux et regarda à l'intérieur de la cavité. Des pierres avaient été empilées sur le sol. Sous l'une d'elles dépassait un fragment de tissu bleu en lambeaux. Le vent s'engouffra en tourbillonnant dans la cavité. Le tissu frémit.

– Continue à monter, dit Chee. Je crois que nous avons trouvé Windy Tsossie.

Parfois l'hiver froid et sec du désert préservera un corps de la décomposition et le transformera en momie par dessiccation. Étant donné que cet emplacement à flanc de falaise et le tas de rochers qui recouvraient le corps avaient protégé Tsossie contre les animaux prédateurs et les oiseaux nécrophages, cela aurait pu se passer ainsi pour lui. Mais il était apparemment mort pendant l'été et trente années d'insectes avaient réduit sa dépouille à un squelette blanc et bien net.

Une fois les dernières pierres enlevées, Chee s'accroupit dans l'ouverture basse et regarda ce qui en restait. Le squelette était encore chaussé de ses mocassins que l'on avait intervertis pour tromper tout *chindi* qui s'aviserait de suivre l'esprit dans les ténèbres d'après la mort. Le pantalon de toile qu'il avait porté était réduit à l'état de lambeaux de haillons mangés de pourriture, mais pour une raison inconnue la chemise était presque à moitié intacte. Deux boutons la retenaient encore devant la cage thoracique vide. Chee vérifia la main gauche du squelette. Il manquait un doigt. Mme Musket leur avait signalé que Tsossie en avait perdu un. Le vent s'empara du pan de chemise et le colla sur les côtes, découvrant l'argent terni de conchas* montées sur du cuir. La lourde ceinture qui avait autrefois ceint la taille n'entourait plus qu'une succession de vertèbres blanchies. Sous la boucle concha, Chee repéra un cordon de cuir, la lanière d'une bourse à médecine. Tout comme la ceinture, la bourse reposait juste au-dessus de la cavité osseuse où la tête arrondie du fémur de Tsossie s'articulait dans la courbe de l'os iliaque. Le fémur était déformé par une grosse excroissance de tissu osseux, une vilaine lésion qui prenait naissance à l'articulation et courait presque jusqu'à la moitié du gros os. Cela ressemblait beaucoup à l'illustration que le docteur Huff leur avait montrée dans son manuel de médecine. Un cancer de l'os. Le genre d'épouvantable tumeur qui apparaît dans les tissus osseux lors de la métastase des cellules malignes.

Chee prit la bourse et en ouvrit le cuir friable.

– Il neige à nouveau, dit Mary qui était assise sur une pierre plate devant l'entrée et qui regardait le paysage avec les jumelles. Et il commence à faire nuit.

– Une petite minute, demanda Chee.

Le cuir se déchira sous ses ongles. À l'intérieur il y avait un conglomérat de poussière jaune : jadis du pollen sacré. Il s'était aggloméré autour de quatre petits fragments d'abalone, de la vésicule biliaire prélevée sur un petit animal, de deux plumes, d'un morceau de racine ratatiné et d'une petite pierre taillée en forme de taupe.

Chee prit la taupe avec des gestes très délicats et essuya la poussière de pollen qui la recouvrait. Elle ressemblait énormément à celle qu'il avait trouvée dans la bourse à médecine d'Emerson Charley. Quasiment identique.

– Jimmy. Il y a quelqu'un qui arrive.

C'était comme s'il s'agissait de la même taupe. De la même amulette. Le contact sous ses doigts était le même. Les mêmes pattes ébauchées, le même museau pointu et plongeant.

Plus que ce qu'elle disait, ce fut l'accent de la voix de Mary qui le tira de sa concentration. L'accent de la peur.

– Quoi ? demanda-t-il. Où ?

– Là-bas.

Elle pointa le doigt au-dessus du toit éventré du hogan, au-delà des trembles presque dénudés, sur la piste qu'ils avaient empruntée.

Au début il ne vit rien. Puis un homme qui portait un bonnet de laine bleu marine et un épais anorak noir apparut, courant sur un bon rythme. Il avait une carabine à la main et progressait avec facilité, très ramassé sur lui-même. Chee put distinguer juste assez son visage pour acquérir la confirmation de ce qu'il savait déjà de manière instinctive. C'était l'homme aux cheveux blonds. Courbé en avant dans sa course prudente, il contournait leur pick-up truck.

– Grimpe là-dedans, murmura Chee en tirant Mary pour l'aider à pénétrer dans la cavité rocheuse. C'est lui. Mais je ne crois pas qu'il nous ait vus. Il nous cherche autour du camion.

– Comment a-t-il pu faire pour nous trouver ici ? demanda-t-elle dans un soupir.

– Aucune idée.

L'homme aux cheveux blonds était accroupi derrière une touffe d'herbes-aux-lapins, apparemment pour surveiller le pick-up truck. Chee leva ses jumelles et inspecta le paysage le long du chemin vers l'aval. Le tueur avait dû venir en voiture et la laisser quelque part. Il n'en distingua nulle trace. Elle était probablement garée hors de vue au fond de l'arroyo qu'ils avaient traversé.

Mary trouva un emplacement derrière le squelette et les pierres qui l'avaient protégé. Elle s'assit, se serrant contre la paroi inclinée, les yeux allant de Chee aux ossements. La cavité formait un arrondi allongé qui pouvait atteindre un mètre quatre-vingts à l'endroit le plus large, et dont la partie inférieure avait été aplatie par des fragments de roche qui s'étaient détachés et par la terre qui s'était accumulée. Le vent n'avait pas creusé les cendres volcaniques tendres sur plus d'un mètre vingt de profondeur. Si l'homme au fusil apprenait qu'ils étaient là, la cavité ne leur offrirait aucune protection.

Chee parla d'une voix très basse.

– Nous allons rester absolument immobiles jusqu'à ce qu'il fasse nuit. Pas un geste. Pas un bruit. Rien qui puisse attirer l'attention. Je veux que tu te laisses glisser sur le sol le plus à plat possible. Tu n'es pas visible de l'endroit où il se trouve pour l'instant, mais fais-le lentement et en faisant attention. Moi aussi, je vais m'allonger par terre. Comme ça il ne pourra rien voir du tout à l'intérieur, même s'il essaie. Tant qu'il ne grimpera pas sur le gros pan de rocher.

– Mais nous non plus nous ne pouvons pas le voir,

protesta-t-elle d'une toute petite voix. Nous ne saurons pas où il est. Nous ne pourrons rien faire pour nous défendre.

– Il a sa carabine. Nous n'avons aucun moyen de défense contre ça. Pas tant qu'il ne fera pas nuit.

Il était allongé sur le ventre, la main gauche posée sur le tuf, la droite crispée sur la crosse de son revolver. Prêt à agir. L'odeur de la poussière et des cendres emplissait ses narines. Le vent redoubla de vigueur et hurla en s'engouffrant dans la cavité. Des fragments de perlite tombèrent sur la joue de Chee. La cavité avait gagné de manière infinitésimale en profondeur. Il y eut un bruit au-dehors. L'homme aux cheveux blonds ? Le vent ? Une branche touffue qui frottait contre la pierre ?

Chee lutta contre une irrésistible envie de fuir.

Le bruit recommença. Un craquement.

– Qu'est-ce que c'était ? demanda Mary.

Il y avait dans sa question un accent de terreur incontrôlée. La panique s'était emparée d'elle un peu plus tard qu'elle ne s'était emparée de lui.

Il tendit le bras au-dessus des ossements, referma sa main gauche sur la jambe de la jeune femme.

– Le vent, murmura-t-il. Mary, écoute. La chouette chasse comme ceci : elle se pose dans un pin pignon et elle lance son ululement. Elle ne voit pas les lièvres et ils ne la voient pas non plus. Et c'est ça le problème pour les lièvres. Elle ulule. Ensuite elle attend un peu pour que ça les fasse réfléchir et elle ulule à nouveau. Et eux ils réfléchissent. Et il y en a toujours un qui réfléchit trop. Il se dit que la chouette se rapproche de plus en plus. Il se dit qu'elle l'a repéré. Alors il tente de trouver son salut dans la fuite et la chouette est rassasiée pour la nuit.

Mary écarta sa main de sa jambe :

– Ça va, petit malin, murmura-t-elle. J'ai compris le message.

Une rafale de neige pénétra dans le trou. Il sentit le froid des flocons sur son visage. Des bruits s'élevèrent à nouveau et déclenchèrent une nouvelle vague de panique. Il se surprit à imaginer que le visage de l'homme aux cheveux blonds apparaissait soudain au-dessus du bord inférieur du trou, derrière son calibre 22 à silencieux. Il s'aperçut que ses muscles étaient contractés sous l'effet de la tension, s'obligea à penser à autre chose. Dans trois semaines, il irait à Albuquerque où il prendrait son billet pour se présenter à l'Académie du FBI. Ou alors il se rendrait à l'endroit où habitait Hosteen Nakai et il dirait à son oncle qu'il était prêt à travailler avec lui... qu'il pouvait compter sur lui l'hiver prochain quand viendraient les appels pour exécuter ses chants. Laquelle de ces deux possibilités allait être la bonne ? Il ne parvint pas à se concentrer sur cette question. Au lieu de cela, il décida de ce qu'il allait faire quand l'obscurité serait venue. Il entrerait en action quand il y aurait encore un peu de lumière. Il trouverait la voiture du tueur blond. Si celui-ci était à l'intérieur, il le tuerait. S'il n'y était pas, il attendrait. Pour l'instant aussi il attendait, percevant le bruit du vent quand il soufflait en rafales et celui de la respiration de Mary quand il s'apaisait. Il disposait d'assez de temps pour ajouter ce que les ossements de Tsossie et sa taupe venaient de lui apprendre aux hypothèses qu'il avait déjà faites. Le Peuple des Ténèbres avait été assassiné. Tsossie avait été un personnage déplaisant, un sorcier peut-être. Mais il avait été réduit à l'état de squelette pour un mobile qui n'avait rien à voir avec la colère que sa méchanceté avait provoquée. Le mobile était mathématique et non affaire de sentiments. Une simple question de diminution des risques en prévision de l'avenir. Un crime d'homme blanc.

Il sentit l'envie de bouger, de se mesurer à son adversaire. Il faisait beaucoup plus sombre mais pas tout à fait assez. Des paroles de la Voie de la Chasse traversèrent sa mémoire, chantées par la voix rauque de son oncle tandis que les doigts gros et courts du vieil homme donnaient le rythme sur le panier retourné qui servait de tambour.

Je suis le Dieu Noir, je parais avec le crépuscule,
je fais partie du crépuscule.
Surgi de l'Ouest, surgi de la Montagne des Ténèbres, un cerf de silex sombre se dresse devant moi.
Le meilleur gibier mâle des ténèbres, il m'appelle,
il entend ma voix qui l'appelle.
Nos appels s'associent dans la beauté. Nos prières
s'associent dans la beauté.
Tandis que moi, le Dieu Noir, je m'avance vers
lui.
Tandis que le gibier mâle des ténèbres s'avance
vers moi.
Avec la beauté devant nous, nous nous rejoignons.
Avec la beauté derrière nous, nous nous rejoignons.
Afin que ma flèche puisse libérer son souffle sacré.
Afin que ma flèche puisse entraîner sa mort dans
la beauté.

Le chant défila longtemps dans son esprit avec ses schémas répétitifs de sons légèrement différents et de sens légèrement différents, exorcisant la crainte primitive de la mort et préparant l'homme et l'animal à la chasse sacrée.

Jimmy Chee était prêt. Des rafales de vent soufflèrent à nouveau, aspirées à l'intérieur de la cavité, érodant encore un millier de poussières de cendres infinitésimales et faisant s'insinuer l'air glacial sous la jambe de pantalon de Chee.

– J'y vais, dit-il. Reste là sans bouger pendant encore quelques minutes, jusqu'à ce qu'il fasse plus noir, puis glisse-toi hors d'ici et trouve-toi un abri. Mais reste à portée de voix. Quand il n'y aura plus de risque, je t'appellerai.

Il se mit en position accroupie, surpris de constater à quel point ses muscles s'étaient rapidement ankylosés.

– J'ai une meilleure idée, murmura Mary. Donne-moi le pistolet et je vais sortir voir ce que je peux faire. Je n'aime pas être la seule comme ça à ne pas pouvoir retourner des coups de feu.

Chee lui répondit en grimaçant :

– Non, c'est mon pistolet à moi. Je l'ai payé avec mon argent.

Et sur ces mots il se glissa vivement hors de la cavité, se laissa tomber sur le pan de rocher et de là sur le sol couvert de touffes d'herbes juste derrière. Si l'homme aux cheveux blonds avait vu ce mouvement, il ne l'avait pas vu assez vite pour réagir.

Il se déplaça aussi rapidement que la prudence le lui autorisait, décrivit un large cercle pour s'éloigner de la butte, adoptant une trajectoire qui lui ferait traverser le petit arroyo qu'ils avaient eu des difficultés à franchir. C'était là que le véhicule du tueur blond allait se trouver et c'était là qu'il allait trouver le tueur blond. Inexplicablement l'assassin avait dû deviner que le chemin s'achevait à la butte et que Chee allait y être, et il n'avait pas voulu courir le risque de faire ronfler son moteur pour escalader la rive pentue de l'arroyo. Il s'était garé et c'était à pied qu'il était venu vers Chee.

Celui-ci avait tout envisagé de manière très précise. L'homme aux cheveux blonds avait trouvé son pick-up truck mais il ne l'avait pas trouvé lui. Essayer de le débusquer parmi les broussailles et les rochers au pied de la butte serait revenu à fouiller la proverbiale botte de foin des hommes blancs à la recherche d'une épingle dangereuse. Le tueur blond avait donc opté pour une autre solution. Celle qui consistait à retourner vers son propre véhicule et à se contenter d'attendre. Quand il entendrait le moteur du pick-up démarrer et qu'il verrait le reflet de ses phares, il aurait amplement le temps de préparer son embuscade. L'arroyo serait le lieu idéal : le véhicule de Chee descendrait au ralenti la rive abrupte de l'arroyo ; l'homme aux cheveux blonds tirerait sur le policier à travers la portière du petit camion. Il tirerait à bout portant et aurait tout le temps d'ajuster autant de coups qu'il le faudrait si le premier ne remplissait pas sa tâche.

À l'endroit où il atteignit l'arroyo, il le trouva beaucoup moins profond et beaucoup plus large. Il se hâta de le remonter en progressant silencieusement sur le sable. Le vent et la neige avaient presque entièrement cessé, mais le vent reprit alors de la vigueur, projetant contre son visage des rafales glaciales. La bonne direction pour le chasseur. Emportant l'odeur et les bruits loin de la proie. Même dans ces conditions, lorsque l'arroyo se creusa et que la faible lumière lui apprit qu'il était à moins de cent mètres de l'endroit où le chemin plongeait pour le traverser, il en abandonna le lit dégagé et s'avança lentement à travers les broussailles.

Le véhicule se trouvait presque exactement à l'endroit où il le pensait. L'homme aux cheveux blonds l'avait simplement engagé dans l'arroyo et laissé suffisamment à l'écart de la piste pour qu'il ne soit pas visible. Chee avança prudemment en suivant le bord extrême du lit du cours d'eau à sec, progressant de buisson en buisson. Il tenait son pistolet dans la main droite, le chien entièrement relevé de telle sorte qu'en le touchant avec le pouce il serait prêt à tirer.

À l'est le ciel était maintenant complètement noir, mais à l'ouest filtrait toujours un crépuscule diffus à travers la couche de nuages. Le véhicule du tueur aux cheveux blonds était un pick-up truck GMC bleu foncé. De l'endroit où il se tenait ramassé sur lui-même, à mi-pente sur la rive de l'arroyo, Chee en distinguait l'avant droit et le côté, et voyait légèrement à l'intérieur de la cabine. Elle semblait vide. Elle était vide, à moins que le tueur blond ne fût étendu sur le siège avant ou allongé sur le sol. Ce qui paraissait peu probable. Une longue et mince baguette montait du pare-chocs arrière : l'antenne d'un poste émetteur-récepteur. C'était comme ça qu'il avait su qu'il pourrait trouver Chee à Bisti. Il avait intercepté les communications radio de la police navajo.

Avec cette pensée en vint une autre. Qu'avait-il dit quand il avait parlé avec Crownpoint ? Avait-il mentionné Mary Landon au cours de la conversation ? Avait-il même dit « nous » ? Avait-il dit quoi que ce soit qui ait indiqué à l'homme aux cheveux blonds que Mary était avec lui ? Il ferma les yeux pour se concentrer, essayer de se souvenir. Comme toujours, sa mémoire le servit. Il avait dit « nous ». « Nous allons à une quinzaine de kilomètres au nord-ouest de l'ancien comptoir d'échanges. Nous y serons juste après la tombée de la nuit. » C'étaient les mots qu'il avait employés. Par conséquent, l'homme aux cheveux blonds savait que Mary était avec lui.

Chee s'assit sur les talons, les yeux rivés sur le pick-up truck, et réfléchit. Il médita sur le fait que le tueur, apparemment tout au moins, n'attendait pas à l'endroit où, selon son propre bon sens, il aurait dû le faire. Dans ce cas, où était-il ? Il était resté à la butte et il essayait de les débusquer. Ou alors il était resté là-bas, tapi quelque part, guettant le moment où ils retourneraient à leur pick-up truck. Dans un cas comme dans l'autre il pouvait trouver Mary, ou bien ce serait elle, frigorifiée et perdue, qui pourrait tomber dans son piège.

Il posa son pistolet sur un rocher à côté de sa botte en faisant très attention, sortit son portefeuille et y prit le chèque que Vines lui avait donné. C'était parfait pour son message. Le chèque lui-même indiquerait au tueur blond que Vines avait été en contact avec la police. Il écrivit soigneusement, essayant d'être lisible en dépit de l'obscurité.

NOUS TUER NE SERVIRA À RIEN.
VINES NÉGOCIE AVEC LE FBI.
IL S'EN TIRE À BON COMPTE.

Il réenfonça sa main dans le gant chaud, reprit le pistolet et s'avança prudemment vers le pick-up truck. La portière du côté du conducteur était fermée à clef. Il tira sur l'essuie-glace et enroula le chèque autour en s'assurant qu'il ne se détacherait pas. Si le tueur aux cheveux blonds revenait à son véhicule, il ne pouvait pas ne pas le voir. Cela satisfaisait la conception navajo que Chee se faisait de l'ordre, de l'équilibre et de l'harmonie : cette façon d'utiliser le chèque, le propre poison du sorcier, pour retourner le mal contre celui qui en était à l'origine. C'était la voie que Femme-qui-Change avait enseignée. Chee repartit vers la butte en courant à petites foulées dans l'obscurité.

Une heure plus tard il ne restait plus la moindre lumière à l'ouest dans le ciel. La neige tombait à nouveau en flocons secs et poudreux comme auparavant, tantôt rabattus presque à la verticale, tantôt fouettés par des rafales de vent qui contournaient les parois de la butte en sifflant et gémissant, et elle venait mordre la peau. Chee avait reconnu le terrain précautionneusement, utilisant son pick-up truck comme point de départ et procédant par cercles prudents qui s'élargissaient de plus en plus et prenaient beaucoup de temps. Il entrait en action quand le vent soufflait et restait tapi sans bouger, l'oreille aux aguets, quand il s'apaisait. Il avait fait le tour de chacun des endroits abrités d'où quelqu'un qui aurait l'intention de s'embusquer pouvait surveiller le pick-up truck. Il n'avait rien trouvé. Maintenant, il était accroupi à côté d'un genévrier et il réfléchissait. Il voyait les contours du véhicule se détacher sur la pierre sombre de la falaise. Où pouvait bien se trouver l'homme aux cheveux blonds ? Que faisait-il ? Chee repassa dans son esprit tout ce qu'on lui avait dit sur cet individu et tout ce qu'il avait pu observer par lui-même. Il réfléchit à la façon dont il s'était comporté sur le malpais et à l'hôpital, et à ce que Martin lui avait dit sur les assassinats dont il était coupable. Toujours un soin méticuleux. Toujours une grande prudence. Jamais la moindre chose laissée au hasard. C'était ça l'explication. Dans la mesure du possible, aucun élément n'était laissé au hasard. Aucune possibilité n'était négligée. C'était pour cela que Jim Chee ne l'avait pas trouvé aux deux endroits où il aurait logiquement pu se cacher, parce qu'il avait considéré tous les aspects de la situation, il avait compris qu'il avait peut-être été vu, compris que le policier pouvait être assez intelligent pour s'attendre à ce qu'une embuscade ou un piège lui soient tendus. Dans l'obscurité, Chee fronça les sourcils. L'homme aux cheveux blonds n'était pas du genre à arpenter laborieusement les alentours de la butte dans le noir. Il était forcément dissimulé quelque part à attendre. À attendre quoi ?

À attendre que Mary et Chee montent dans leur véhicule et aillent se jeter dans une embuscade quelque part ? Pas s'il soupçonnait qu'il avait été vu. Car dans ce cas Chee se contenterait de se glisser jusqu'à son camion et de contacter Crownpoint par radio pour demander de l'aide. Dès l'instant où un tel appel serait lancé, le tueur serait irrémédiablement pris au piège. Donc il devait l'empêcher d'atteindre sa radio. Pourquoi ne le fait-il pas ? se demanda-t-il. Qu'est-ce qui m'empêcherait de me glisser sur le siège avant et de demander de l'aide ? Peut-être ignore-t-il que la police supprime le contact qui allume le plafonnier quand la portière s'ouvre ? Peut-être est-il quelque part, attendant cet éclair de lumière ? Mais non, se dit Chee. Le tueur aux cheveux blonds le savait sûrement. Peut-être attend-il à l'intérieur du pick-up truck ? Non. Chee l'avait fermé à clef. Même s'il forçait la serrure, il serait risqué de se cacher à l'intérieur.

Alors comment faisait-il pour se prémunir contre un appel radio ? Chee reprit à nouveau tout ce qu'il savait de cet homme, épisode par épisode, partant de l'hôpital pour remonter au tout début et au pick-up truck d'Emerson Charley, piégé sur le parking. Quand il en arriva là, il sut exactement ce que l'homme aux cheveux blonds avait fait et ce qu'il était en train d'attendre.

Il avait placé une bombe dans le véhicule de Chee. Maintenant, il était quelque part dans les ténèbres, à l'abri du vent et totalement introuvable, et il attendait patiemment que Jim Chee et Mary Landon soient réduits en miettes.

Il ne fallut que quelques minutes au policier pour escalader la paroi rocheuse juste derrière son véhicule. Du sommet aplati de cette table de pierre il en dominait directement la partie arrière qui se trouvait à neuf mètres en contrebas. Il faisait trop sombre pour en avoir la certitude, mais il n'aperçut rien qui ne s'y trouvât auparavant. Si le tueur aux cheveux blonds avait placé une bombe, il y avait peu de chances qu'il l'ait mise à l'endroit exact qu'il avait déjà utilisé dans sa tentative d'assassinat dirigée contre Emerson Charley. Cette fois-ci, vraisemblablement, il avait dû la placer sur le châssis, sous la partie avant. Si le FBI savait de quoi il parlait, les bombes explosaient lorsqu'elles enregistraient une secousse. Au premier passage sur une bosse, le problème serait réglé. Sous la cabine, le résultat serait assuré.

L'endroit où cette paroi avançait devant la falaise de la butte était constellé de fragments de roche qui s'étaient détachés. Chee en souleva un qui pesait une dizaine de kilos et le porta jusqu'à l'extrême bord. Il choisit soigneusement son emplacement, juste au-dessus du milieu de la partie arrière. D'un seul geste il projeta le fragment de roche dans le vide et se jeta d'un bond en arrière.

Le bruit que fit la pierre en percutant le métal fut englouti une fraction de seconde plus tard par un immense jaillissement de bruit et de lumière. Chee, déjà en déséquilibre, se retrouva projeté à quatre pattes, les oreilles bourdonnantes, les yeux ne distinguant que des cercles rouges et blancs imprimés sur sa rétine par l'éclair de lumière. Il s'allongea sur la surface de la roche, attendant d'avoir recouvré la vue et l'ouïe.

Il put bientôt percevoir un second bruit derrière le bourdonnement qui s'atténuait et apercevoir une lueur dansante malgré la cécité causée par la lumière vive de l'explosion. Le pick-up truck brûlait. Au début, les flammes alimentées par l'essence montèrent jusqu'à dépasser le niveau de l'avancée rocheuse, mais elles perdirent rapidement de leur force et Chee, allongé dans l'ombre, surplomba un paysage illuminé par le feu. Il se trouvait à l'endroit idéal. Quand le tueur allait venir s'assurer de la mort de ses victimes, il l'abattrait. Il resta allongé sur le ventre à attendre, le pistolet armé braqué devant lui.

Le vent se leva, attisa les flammes qui se mirent à rugir, puis s'apaisa. La neige tomba à nouveau à la verticale, toujours sèche et poudreuse. Tout autour de Chee, la roche que les dernières rafales avaient entièrement dégagée accueillit une nouvelle et très fine couche de flocons. L'essence et l'huile étant presque consumées, le feu se nourrissait du caoutchouc et de la garniture des sièges. Chee respirait l'âcre fumée noire dégagée par le caoutchouc et le plastique en flammes. Le paysage que le tueur allait traverser avait tourné au blanc. Il allait être facile de le distinguer à la lueur du feu. Mais il ne se manifesta pas. En dépit du bruit que faisait le feu, Chee entendit un starter, puis un moteur qui peinait en première. De l'autre côté de la crête où l'homme aux cheveux blonds avait garé son véhicule apparut un éventail lumineux qui illumina les flocons dans leur chute. Chee se releva d'un bond. La lumière s'inclina vers le haut en un double faisceau bien visible qui s'élançait vers le ciel enneigé. Le camion quittait le fond de l'arroyo. Mais les phares étaient tournés dans la direction opposée à la butte. L'homme aux cheveux blonds repartait.

31

Ils firent leur feu dans la crevasse qui séparait deux des grands pans de roche éboulés formant un cul-de-sac abrité et protégé du vent. Chee avait sélectionné l'endroit avec soin puis en avait effectué à pied le tour complet afin de s'assurer qu'aucune lumière, pas même un léger reflet, n'était visible. L'homme aux cheveux blonds était reparti vers la route de Bisti. Chee avait regardé les phares de son pick-up truck qui s'éloignaient dans cette direction, vers l'est. Il les avait suivis des yeux jusqu'à ce qu'ils ne réapparaissent plus à travers la neige qui tombait. Il ne reviendrait probablement pas. Il n'avait aucune raison de le faire. Mais cela demeurait possible.

Maintenant, enfin, ils étaient à l'abri du vent. Mary Landon était assise en face de lui, le dos appuyé à la paroi de pierre verticale, les jambes allongées droit devant elle dans le pantalon en coton. Au-dessus d'eux, les rafales de vent balayaient le sommet de la butte dans un ululement. Entre ces murs de roches éboulées, cela faisait seulement vaciller le feu. Mais Mary frissonnait et elle serra ses bras autour de son corps.

– Je crois que c'était une erreur de laisser ce message sur M. Vines, dit-elle.

– Pourquoi ?

– Parce que, répondit-elle. Parce qu'il va peut-être aller le tuer... et tu n'es absolument pas sûr que Vines ait tué qui que ce soit. Tu n'as aucune preuve.

– Si, j'en suis sûr.

– Tu n'as rien pour le prouver. Tu n'es pas qualifié pour juger.

Chee réfléchit à ce qu'elle venait de dire. Les flammes étaient rouges, se nourrissant des exsudats résineux de pin pignon mort. Leur lumière dansait sur le visage de Mary, projetant des ombres noires à l'endroit où ses cheveux tombaient sur son front.

– Si, dit Chee. Je suis qualifié. Si l'homme aux cheveux blonds tue Vines, c'est conforme à la justice. Mais il ne va pas le tuer. Il n'en aura pas le temps. Il ne peut pas y aller cette nuit à cause du temps qu'il fait. Si nous avons sept à huit centimètres de neige ici, alors que nous ne sommes pas haut, il y en aura soixante sur le mont Taylor. La route ne sera pas ouverte tant qu'ils n'auront pas fait passer un chasse-neige, ce qui ne sera pas avant demain matin. Les chasse-neige, ils vont les utiliser là où il y a le plus de circulation.

– N'empêche, tu n'as aucun droit de...

– Nous ne connaissons pas beaucoup la violence, nous autres Navajos. Celle que nous rencontrons est surtout liée à la sorcellerie. Femme-qui-Change nous a appris comment nous comporter à l'égard des Loups Navajo. Nous retournons le sort qu'ils ont jeté de façon qu'il s'exerce contre eux.

– Mais il faut d'abord être sûr de l'identité du sorcier, protesta Mary.

La neige recommença : des flocons plus gros maintenant. Le vent gémissait autour du sommet de la butte et les flocons tourbillonnaient et tournoyaient au-dessus d'eux, éclairés par la lueur rouge du feu.

Certains se stabilisaient dans le cul-de-sac. Ils se posaient sur le genou de Chee, sur les cheveux de Mary, sur les surfaces rocheuses. Certains atterrissaient dans les flammes où ils disparaissaient... le froid touché par la magie du chaud.

Ça allait être une longue nuit glaciale et il n'y avait rien à faire tant qu'il ne ferait pas un peu jour. Quand le jour poindrait, les compagnies des pipe-lines viendraient jeter un coup d'œil sur leurs systèmes de tuyauteries pour s'assurer que la chute brutale des températures n'avait pas entraîné de fissures dans les parties métalliques exposées aux intempéries, de jeu dans les joints, de blocage des vannes. Les petits avions qui volaient à vitesse réduite prendraient leur envol pour détecter les indices de fuites de gaz, quelle que soit la forme sous laquelle ils se présentaient. De grands jets de poussière, supposait Chee. Il se souvint qu'ils avaient dépassé le pipe-line d'alimentation principal de la Compagnie de gaz naturel d'El Paso entre Bisti et la butte. Quand viendrait l'aube ils y retourneraient à pied, ils feraient un feu qui donnerait beaucoup de fumée et attendraient d'être repérés. Pour le moment ils ne pouvaient rien faire sinon s'évertuer à ce que le temps passe plus vite, éviter de mourir de froid et réfléchir.

– Je suis né au Peuple à la Parole Lente, commença Chee. Je suis aussi membre du clan de l'Eau Amère parce que mon père en faisait partie. Et je suis lié au clan de la Boue parce que mon oncle, celui qui m'apprend à devenir chanteur, s'est marié dans ce clan. Tous ont la même tradition. Pour devenir un sorcier, pour passer de Navajo à Loup Navajo, il faut enfreindre au moins l'un des tabous les plus graves. Soit on commet l'inceste, soit on tue l'un de ses proches. Mais il y a une autre histoire, plus ancienne et qui se perd, pour expliquer comment Premier Homme est devenu un sorcier. Comme il était le premier, il n'avait pas de parents à détruire. Il a donc imaginé une manière empreinte de magie pour violer le plus fort de tous les tabous. Il s'est détruit lui-même et s'est recréé, et c'est comme ça qu'il a obtenu le pouvoir de faire le mal.

– Je n'avais jamais entendu cette histoire. Un moment j'ai cru que tu étais en train de détourner la conversation. Mais ce n'est pas ça, hein ?

– Non. Lebeck a décidé d'être un sorcier. Il s'est détruit lui-même. Puis il est revenu.

Mary le regardait, sourcils froncés.

– Lebeck ? Le géologue du puits de forage ?

– Le géologue, oui. Réfléchis à ce que nous savons. Nous savons que le puits était foré à travers l'uranium puisque la Red Deuce exploite aujourd'hui ce gisement à l'endroit où se dressait le puits. Lebeck était ce que l'on appelle le « gratte-registres » du puits : celui qui étudie les échantillons de roche à travers lesquels on fore et qui établit la carte des gisements. Très près de la surface, peut-être à une quinzaine de mètres de profondeur, le trépan traverse de la pechblende, une couche épaisse du minerai qui a la plus haute teneur en uranium. Lebeck sait soudain quelque chose qui représente des centaines de millions de dollars. Comment en tirer profit ? Il ne peut le faire que si la concession pétrolière vient à expiration sans être renouvelée. À ce moment-là il pourra faire enregistrer sa propre demande d'exploitation de minerai. Donc il falsifie son registre.

Penchée en avant, Mary l'écoutait avec une attention extrême.

– Hé, fit-elle. Tu l'as vu son registre. Il a fait ça ? Pourquoi tu ne me l'as pas dit ? À quoi tu l'as vu ?

Il fit la grimace.

– Je ne l'ai pas vu. J'ai vérifié le registre ainsi que

deux autres provenant d'autres puits forés dans le comté de Valencia, et ils se ressemblaient tous. Les compagnies pétrolières étaient toutes à la recherche d'un sable pétrolifère situé à faible profondeur, à six cents mètres environ. Je ne savais pas ce que j'essayais de trouver tout au fond du puits, à la fin quand ils ont décidé de perforer le cuvelage avec la nitroglycérine. Je ne savais pas ce que je cherchais et je ne voyais rien.

– Mais tu aurais dû voir quelque chose, dit-elle lentement. Tu aurais dû voir qu'ils avaient traversé le minerai d'uranium.

– Exactement ! Il paraît que le gisement de la Red Deuce est à une soixantaine de mètres de fond. Il aurait dû être indiqué sur le registre.

Il ressentit le besoin irrésistible de fumer. Il n'avait pas eu la possibilité d'allumer une cigarette depuis l'arrivée de l'homme aux cheveux blonds à la butte. Il sortit une Pall Mall, l'offrit à Mary. Elle fit non de la tête. Il l'alluma.

– Ces cochonneries te tueront, dit-elle.

– En réalité, je pense maintenant qu'il l'a falsifié deux fois. Une fois lorsqu'ils ont foré à travers le gisement et la seconde fois à la fin. Je crois qu'ils ont trouvé le sable pétrolifère qu'ils cherchaient mais que Lebeck a fait figurer qu'il s'agissait d'autre chose et les a fait continuer à forer plus bas. Ou alors il a peut-être indiqué dans le registre qu'ils traversaient une formation géologique qui devrait se trouver plus bas que le sable pétrolifère, ce qui signifiait que le sable n'existait pas à cet endroit précis. En tout état de cause il voulait qu'ils ferment le puits et laissent la concession devenir caduque, afin de pouvoir lui-même prendre une concession au même endroit. S'ils trouvaient du pétrole, elle serait renouvelée par la compagnie pétrolière et il n'aurait jamais l'uranium.

Ce qui fait que quand la compagnie a décidé de torpiller le puits, Lebeck devait savoir qu'il y avait une bonne chance que l'opération fasse jaillir le pétrole. Il ne pouvait pas courir ce risque.

Il emplit ses poumons de fumée qu'il laissa échapper entre ses lèvres en un mince filet. Elle dessina des volutes bleues dans l'air qui bougeait doucement, montant lentement tandis que les flocons, eux, descendaient. Bien plus haut, au sommet de la butte, le vent du nord, le vent mauvais, reprit son ululement. Chee rejeta le reste de la bouffée, détruisant en soufflant les arabesques de fumée précédentes.

– Lebeck, conclut-il, a alors décidé de tout faire sauter, individus y compris. Il a décidé de devenir sorcier.

Il regarda Mary qui compléta :

– De mourir, ou de faire semblant de mourir, et de revenir sous les traits de B.J. Vines.

– Oui, confirma Chee. Mais quand le camion de nitroglycérine est arrivé, il s'est passé quelque chose qui n'était pas prévu. L'équipe de Dillon Charley ne s'est pas présentée au travail.

– Comment Dillon Charley a-t-il fait pour le savoir ?

– Le Seigneur du Peyote le lui a révélé dans une vision. À moins que Lebeck ne l'ait averti... ce dont je doute. Peut-être a-t-il vu des choses qui l'ont rendu méfiant. Je pense que Charley était quelqu'un de très perspicace. Mme Vines m'a dit que son mari et lui étaient amis, qu'il y avait une sorte d'entente entre eux. Peut-être était-ce déjà vrai quand Vines était Lebeck. (Il haussa les épaules.) Qui sait ? Le Seigneur Peyote, la crainte de la nitroglycérine ou quoi ? Le résultat c'est qu'il ne s'est pas présenté au travail ce jour-là et qu'il a prévenu son équipe de ne pas s'y rendre. Je pense que Lebeck les voulait tous là-bas. Personne d'autre ne le connaissait dans la région. Personne d'autre ne pourrait le reconnaître sous les traits de Vines. Mais il n'a pas eu le choix. Le camion de nitroglycérine est arrivé. Il lui fallait agir tout de suite ou jamais.

– Comment s'y est-il pris ? interrogea Mary.

– J'en suis réduit à jouer aux devinettes. Il a de toute évidence déserté la plate-forme de forage. Je dirais qu'il s'en est simplement éloigné assez pour se mettre en sécurité, qu'il avait un fusil et qu'au moment voulu il a tiré une balle dans la bonbonne de nitroglycérine.

Elle frissonna à nouveau et s'entoura de ses bras :

– Et après il s'est tranquillement éloigné de manière à être compté au nombre des morts ? Il n'avait donc pas de famille ? Un père et une mère ? Des gens qui l'aimaient ?

– Je ne sais rien de lui.

– Et après, en revenant ici, il ne craignait pas que quelqu'un le reconnaisse ?

– Il n'y avait probablement personne qui le connaissait, ou qui l'avait même vu beaucoup. Juste l'équipe de forage. C'était un endroit isolé. C'est tout juste s'il y avait une route à l'époque et l'équipe devait vivre sur place où il n'y avait personne pour les regarder. Et il n'est pas revenu avant deux ans. Peut-être un peu plus. Assez longtemps pour que la concession d'exploitation arrive à expiration. Assez longtemps pour se faire pousser une bonne barbe. Qui sait... peut-être a-t-il fait autre chose pour changer son aspect physique. J'ai dit que nous ne savions rien de lui mais en fait nous savons quelques petites choses. Il faut s'engager pour entrer dans les parachutistes. Et une fois qu'il y a été, il a gagné deux médailles importantes par sa bravoure. Il n'avait donc sans doute pas peur de prendre des risques. Ni de tuer, d'ailleurs. Il devait avoir une certaine habitude de faire ça.

Il se tut, réfléchissant à ce qu'il venait de dire, puis poursuivit :

– Je suppose qu'il n'ignorait pas qu'il aurait encore à le faire.

– Le Peuple des Ténèbres, précisa Mary.

– Ouais. Il ne pouvait pas espérer que Dillon Charley allait l'oublier.

– Tu penses que Dillon Charley a vu Vines et l'a reconnu comme étant Lebeck ?

– Peut-être. Mais je parierais que Lebeck n'a pas attendu que cela se produise. Je parierais qu'il s'est mis à sa recherche. Peut-être a-t-il raconté à Charley que le Seigneur du Peyote lui avait apporté une vision à lui aussi. Ou peut-être s'est-il contenté de lui proposer du travail, de l'argent, etc. Il savait que Charley n'irait rien raconter au shérif... vu la façon dont Gordo les harcelait, lui et son Église. Et par ailleurs, Charley n'avait plus très longtemps à vivre.

– Lebeck savait que Dillon Charley avait le cancer ?

– Il savait qu'il allait l'avoir, corrigea Chee. Cette roche noire, ça doit être de la pechblende. Quand le trépan du puits de forage l'a traversée, Lebeck a reconnu la pechblende et c'est le type de gisement d'uranium le plus radioactif. Il ne l'a pas signalé dans le registre mais il a conservé un morceau de carotte pour l'analyser et s'en assurer. Ensuite il l'a gardé parce qu'il aimait conserver des souvenirs et que celui-là allait changer sa vie. Peut-être savait-il déjà qu'il allait lui être utile.

– Là, tu m'as larguée. Comment sais-tu que c'est

de la pechblende ? Je n'ai jamais entendu parler de ça. Comment tu fais pour en savoir autant là-dessus ?

– Par ici, tout le monde passe la moitié de son temps à prospecter. Tu apprends à connaître les minéraux et surtout tu apprends à connaître ceux qui ont une teneur en uranium. J'aurais dû y penser avant. Je pense que si nous faisons analyser ces fragments de roches et ces amulettes en forme de taupe par un minéralogiste, nous allons découvrir qu'ils sont radioactifs. Vines a donné la taupe à Charley en sachant qu'il la garderait dans sa bourse à médecine, suspendue à sa ceinture sous ses habits au niveau de l'aine, tout contre la peau.

– Dillon Charley, et Tsossie, sans oublier Begay, Sam et tous les autres, énuméra Mary en frissonnant à nouveau.

– Il n'a pas laissé grand-chose au hasard. Je pense que Dillon Charley a dû être le premier à mourir et Vines a pris le corps qu'il a enterré au cas où une autopsie révélerait quelque chose. Mais les Navajos ne s'intéressent guère au corps des défunts, les autorités ne s'intéressent guère aux Navajos morts et les gens se sont retrouvés éparpillés de telle sorte qu'après Dillon Charley ça ne valait sans doute plus la peine. Il semblait bien qu'il pouvait cesser de s'inquiéter. Tous les membres de cette équipe de forage qui l'avaient vu en tant que Lebeck étaient morts ou allaient bientôt l'être. Aucune inquiétude à avoir pendant des années.

– Jusqu'au jour où Emerson Charley se trouve atteint du cancer.

– Je crois que oui. Le vieux Dillon était un chef religieux assez important et parfois ces gens aiment bien essayer de transmettre leur fonction à leurs enfants. Il a dû donner sa bourse à médecine à

Emerson en espérant qu'il allait devenir le chef du peyote, et un jour, des années plus tard, Emerson décide de relancer le culte. Il commence à porter la taupe du vieux Dillon, et bien sûr la maladie s'attaque à lui...

Mary était penchée en avant :

– Et Vines s'inquiète. Nous sommes maintenant en 1980 et il ne veut pas qu'Emerson entre dans un centre de recherche moderne sur le cancer où il est sûr de subir une autopsie ; par conséquent il engage quelqu'un pour le tuer.

– Et dérober le corps.

– Et probablement récupérer la taupe. Mais l'homme aux cheveux blonds a raté la taupe.

– Et Tomas Charley s'est montré trop soupçonneux. Les Navajos qui habitent dans les environs du mont Taylor ne connaissent peut-être pas grand-chose dans le domaine de la pathologie de la radioactivité mais ils sont capables d'additionner des faits pour atteindre la conclusion que les gens qui étaient en contact avec Vines semblaient passer de vie à trépas. Ils savaient que c'était un sorcier. Quand le camion d'Emerson Charley a sauté sur une bombe, Tomas a eu des soupçons. Il a voulu prouver que Vines était un sorcier. Il s'est introduit chez lui, a volé le coffre, et tout ce que Mme Vines savait c'était que ce coffre avait une grande importance pour Vines, alors elle m'a demandé de le récupérer. Je pense qu'elle voulait connaître le secret de son mari.

La neige était plus drue maintenant, tombant presque à la verticale d'un ciel tout à coup sans vent.

– Est-ce qu'on ne peut pas faire des flammes plus hautes ? s'enquit Mary.

– Un tout petit peu, répondit-il en mettant deux gros morceaux de pin pignon dans le foyer.

– Tu ne peux rien prouver de tout ça, n'est-ce pas ?

Ce n'était pas une question.

– Ce ne sera pas nécessaire. Je l'ai dit à l'homme aux cheveux blonds. Demain, nous le dirons à Gordo Sena. Lui non plus n'aura pas besoin de preuve.

32

Chee fit transmettre son message au shérif par l'intermédiaire de la radio de bord d'un hélicoptère de la Compagnie de gaz naturel d'El Paso. L'appareil les avait trouvés à l'endroit où les tuyauteries de la compagnie enjambent Nagasi Wash. Ils avaient allumé un feu dans les broussailles qui se plaisent à cet endroit-là, et moins de dix minutes après que la fumée grasse eut commencé à s'élever en spirales dans le ciel, le petit appareil Bell était apparu au-dessus de la crête, accompagné de son bruit de moteur. Le pilote était un homme jeune avec une cicatrice sur le nez, une moustache à la gauloise et l'emblème des artilleurs de la première division de cavalerie cousu sur son blouson de pilote graisseux. Il avait déjà repéré leur pick-up truck saboté, en avait fait le tour, aiguillonné par la curiosité, et était prêt à croire ce que lui racontait le policier qui voulait alerter le bureau du shérif.

Chee n'en dit pas plus au responsable des transmissions de la police locale à Grants que Gordo Sena n'aurait besoin d'en savoir.

– Dites-lui que l'homme qui a assassiné Tomas Charley se dirige vers la maison de B.J. Vines.

Dites-lui que c'est Vines qui l'avait engagé et que le véritable nom de Vines est Carl Lebeck.

– Le-quoi ?

– Lebeck. Faites attention de bien noter son nom. Carl Lebeck.

À l'exception de la description du camion, et de l'homme aux cheveux blonds, Chee ne donna aucune précision supplémentaire. C'était superflu. Cela faisait trente ans que Gordo Sena vivait avec les détails de l'explosion du puits de pétrole gravés dans la tête en lettres de feu. Il saurait instantanément qui était Lebeck et était suffisamment intelligent pour reconstituer tout ce qui s'était passé. Le responsable des transmissions lui avait répondu que le shérif était parti à la mine Anaconda. La même route que celle qui parcourait les limites de la réserve Laguna en direction des pentes supérieures du mont Taylor et de la demeure de Vines. Vingt-cinq kilomètres environ, estima Chee, comparés à la centaine qu'ils devaient franchir avec l'hélicoptère. Mais les derniers deux ou trois kilomètres seraient infranchissables pour tout véhicule à roues. Sena devrait terminer à pied. Chee y serait le premier.

Cette idée le remplissait d'excitation. À un certain niveau il redoutait l'homme aux cheveux blonds. À un autre, il désirait ardemment le trouver. Sa côte cassée le faisait souffrir. Il en avait été ainsi toute la matinée. Mais c'était davantage que de la vengeance. Le tueur l'avait pris pour cible une fois. À deux reprises il l'avait traqué pour le tuer. Le souvenir lui en restait en travers de la gorge : celui des minutes interminables passées sur la conduite d'aération métallique au-dessus du plafond à l'hôpital, et celui de la panique insurmontable dans la cavité creusée par le vent. Maintenant c'était lui le chasseur. Il essaya d'analyser ses sentiments. Exultation ? Expectative ? Quelque chose qui se situait entre les deux, et quelque chose en plus. Il y avait un mélange de peur et de cette sensation indissociable de la chasse qui lui revenait de son enfance. L'odeur de la fumée, du café qui bout, les parfums de la forêt dont la rosée s'imprégnait avant l'aube. Son oncle qui accueillait le soleil avec le chant de l'aube, qui les bénissait tous avec le pollen sacré et qui psalmodiait le chant final pour appeler l'esprit des cerfs. À travers le Plexiglas rayé et taché d'huile, il voyait la Montagne Turquoise se précipiter au-devant d'eux avec ses pentes supérieures d'un blanc virginal qui étincelaient au soleil sur fond de ciel entièrement dégagé par la tempête de la nuit. Le bruit sourd que faisaient les pales de l'appareil couvrit les paroles quand il répéta le Chant de la Chasse. Peut-être Mary les entendit-elle, coincée qu'elle était entre le pilote et lui. Elle posa sur lui un regard empreint de curiosité.

Ils trouvèrent le pick-up truck de l'homme aux cheveux blonds sur une route tout en pente et en virages, à environ quatre kilomètres de la maison de Vines. Chee l'inspecta dans ses jumelles et les pistes lui racontèrent une histoire qu'il était facile de lire. Le véhicule avait dérapé et quitté l'étroite route forestière, ses roues motrices ne parvenant plus à le tirer dans une section pentue, les roues arrière patinant et glissant latéralement jusque dans le fossé. Le conducteur était descendu, avait parcouru à pied plusieurs centaines de mètres en montée puis était revenu au camion. Il l'avait fait à un moment où la neige tombait encore en abondance et ses traces formaient des dépressions à demi comblées. Plus tard, quand elle avait cessé de tomber, il avait à nouveau mis pied à terre et escaladé le versant dans une neige qui pouvait avoir soixante centimètres de profondeur. Ces nouvelles traces étaient faciles à suivre, mais il n'y avait aucune raison de le faire. Elles mèneraient à la maison de Vines.

La seule question consistait à savoir si elles l'avaient déjà atteinte. À quelle vitesse l'homme aux cheveux blonds pouvait-il grimper la pente en luttant dans une neige profonde ? Un kilomètre et demi à l'heure ? À la butte, la chute de neige s'était arrêtée à environ quatre heures du matin. Sur la montagne elle avait dû durer plus longtemps. Peut-être jusqu'à cinq ou six heures.

– Prenons au plus court pour aller chez Vines, dit-il. Quand nous y serons, approchez-vous du sol et essayez de rester caché derrière les arbres. Ils nous entendront mais je ne veux pas qu'ils sachent où vous allez me déposer.

– Te déposer ? s'insurgea Mary. Tu as perdu la raison. Nous allons attendre le shérif. Il ne peut pas s'échapper.

– Non, répondit Chee. Il y a quelque chose qu'il faut absolument que je fasse.

Dans un grand nuage de neige poudreuse l'hélicoptère s'immobilisa derrière un bouquet d'épicéas du Colorado qui dissimulaient le garage. Chee se laissa tomber dans une congère qui lui montait plus haut que les genoux et resta là un moment, complètement aveuglé pendant que l'hélicoptère reprenait de l'altitude et s'éloignait. Puis il se mit à courir en pataugeant dans la neige jusqu'au mur de pierre du garage. L'homme aux cheveux blonds, Vines aussi, et Mme Vines, tous ceux qui étaient dans la maison avaient assurément entendu l'hélicoptère, mais il était impossible qu'ils l'aient vu et ils ne pouvaient pas savoir qui il avait déposé. Néanmoins, il allait être prudent. Appuyé contre le mur, il se remémora la disposition de la maison. L'arrière s'enfonçait dans le flanc de la montagne, la façade s'ouvrant sur l'immense panorama qu'elle dominait. Mais la vue était limitée. Sur l'arrière, le mur était bas et dépourvu de fenêtres et en de nombreux endroits on pouvait passer du versant de la montagne directement sur le toit de tuiles. Chee fit le tour du garage à la course. Les tombes de Dillon Charley et de la première et fidèle Mme Vines portaient de hauts chapeaux de neige blanche. Derrière la maison, il s'arrêta pour écouter. Le silence était presque total : la quiétude d'une matinée paisible sur une montagne ensevelie sous sa nouvelle isolation blanche. Quelque part dans la forêt, une branche de sapin ploya et libéra son boisseau de neige avec un chuintement. Dans la maison, rien que le silence.

À moins de dix mètres de lui, il y avait une porte. Peut-être l'entrée de la pièce où on lavait le linge ou d'une autre dépendance. Il s'en approcha prudemment, restant tout près du mur et tenant son pistolet armé dans la main droite. Il essaya le bouton de la porte : elle n'était pas fermée à clef.

Au-dessus du toit il entendit le bruit de l'hélicoptère. Il approchait vite. Le bruit atteignit son apogée, s'éloigna puis revint. Chee comprit que Premier de Cavalerie effectuait une manœuvre de diversion pour lui faciliter la tâche. Sans doute une idée de Mary. Il tira la porte à lui et se glissa à l'intérieur.

La pièce semblait plongée dans le noir presque absolu. Il demeura immobile, le dos à la porte, laissant à ses yeux le temps de s'adapter à l'obscurité intérieure après la luminosité du soleil réfléchie sur la neige. Il était dans une sorte de cellier-buanderie. Au bout d'un petit couloir étroit il voyait l'intérieur de la cuisine. Ses oreilles ne lui apprenaient absolument rien. La maison était aussi silencieuse que la neige à l'extérieur. Mais quelque chose monta à ses narines. Une odeur âcre. Celle de la fumée bleue produite par la poudre d'une arme à feu. Il prit appui contre l'arête du sèche-linge, défit les lacets de ses chaussures mouillées et les retira. Il s'avança silencieusement dans le couloir, posant sans bruit sur le sol ses pieds dans leurs chaussettes. La cuisine était déserte. Il y faisait plus clair : elle était éclairée par une rangée de petites fenêtres hautes et de la lumière pénétrait aussi par le large seuil qui s'ouvrait sur ce qui ressemblait à une salle de jeux. Le dos tourné vers le mur, Chee traversa la pièce en essayant de voir dans la suivante sans être lui-même vu. Il frôla la porte de ce qui était probablement un garde-manger. Puis il se figea sur place.

Derrière lui il entendait un halètement rapide, aspiration courte, expiration courte. Quelqu'un se tenait derrière cette porte, à quelques centimètres de son dos.

Il s'écarta. S'immobilisa à côté de la porte. Oreille tendue. Son pistolet était armé. Le cran de sécurité enlevé. Il s'accroupit juste à gauche de la porte, face à elle, tendit le bras gauche devant son corps, referma les doigts sur le bouton. Réfléchit. Ce n'était pas là qu'il allait trouver l'homme aux cheveux blonds : pas caché dans un placard. Il entendit à nouveau le vacarme de l'hélicoptère sur le devant de la maison et ouvrit brusquement la porte.

La femme d'Acoma. Elle parut effrayée mais ne fit pas un bruit.

Chee mit un doigt sur ses lèvres, lui enjoignant de garder le silence.

– Où sont-ils tous ? interrogea-t-il en anglais.

La femme d'Acoma ne quittait pas le pistolet des yeux. Il était braqué sur son ventre. Chee l'abaissa.

– Un homme aux cheveux blonds est venu, dit le policier. Il est là ?

Elle semblait ne pas comprendre, donnait l'impression d'être prise de stupeur.

– Où sont-ils tous ? répéta-t-il.

Elle libéra un nouveau souffle précipité.

– *El brujo es muerto*, dit-elle.

Elle ne voulut rien dire d'autre, le répéta deux fois puis se détourna brusquement, s'éloigna silencieusement dans le couloir et disparut dans la buanderie. Chee entendit la porte qui donnait sur l'extérieur s'ouvrir. Se refermer.

« Le sorcier est mort. » Voulait-elle parler de l'homme aux cheveux blonds ? De Vines ? Pas de Mme Vines. Elle avait utilisé un nom masculin. Le sorcier mort était de sexe masculin.

Chee le trouva dans le bureau de Vines. Il était assis derrière la vaste table de travail, encore droit dans son fauteuil pivotant parce que celui-ci était légèrement incliné vers l'arrière et que l'impact de la balle avait repoussé sa tête contre le coussin de cuir. La lumière du soleil renvoyée par la neige s'engouffrait à travers les stores : elle éclairait son visage et rendait visible une marque au bas du front, juste au-dessus de l'arête du nez. La blessure n'avait pas saigné beaucoup mais un mince filet avait parcouru la joue pour se perdre dans la barbe blanche. Les yeux de B.J. Vines étaient encore ouverts mais le sorcier était mort à jamais.

Où était l'homme aux cheveux blonds ? Chee se tenait immobile dans la pièce à côté de la porte, le dos tourné vers le mur, l'oreille tendue. Il n'entendait rien. L'hélicoptère était parti. S'était-il posé ? Le visage de Vines saisi par la mort présentait une expression de surprise horrifiée. Il avait vu sa mort en face. Une tigresse regardait par-dessus son épaule, ses yeux de verre scintillants rivés sur Chee. Où était l'homme aux cheveux blonds ? Mais Chee ne parvenait qu'à se représenter la tête de B.J. Vines montée au milieu de celles de tous ces prédateurs avec ses yeux bleus scintillants. Le tueur blond était peut-être parti. Chee ne le voyait pas rester après avoir accompli ce qu'il avait projeté. Il contourna rapidement la table. Appliqua son doigt contre la gorge de Vines. La peau était encore douce et chaude. Il toucha la traînée de sang qui suivait le côté du nez. Elle n'était pas même poisseuse. Vines n'était mort que depuis quelques minutes. Pas plus de cinq ou dix. Le tueur était tout proche. Mais où était Rosemary Vines ? Peut-être pas chez elle.

Debout à côté de la table de travail, Chee avait le regard tourné vers la porte et les oreilles aux aguets. Qu'allait faire le tueur aux cheveux blonds ? Le bruit sourd des pales de l'hélicoptère s'éleva à nouveau sur l'avant de la maison. Il volait en surplace. Mary qui essayait de l'aider. Il se souvint du fusil de l'assassin. Reste à l'écart, Mary. Reste hors de portée. C'était une femme entre mille. Elle le rendait heureux. C'était une amie. Elle lui donnait envie de chanter. Elle méritait de n'avoir que la beauté tout autour d'elle. Mais pour l'instant, reste à l'écart. L'homme aux cheveux blonds devait être dans la maison. Tout près. Pour faire quoi ? Pour chercher les domestiques ? S'assurer qu'il ne laissait personne de vivant derrière lui qui pourrait signaler sa visite ? Les yeux du policier se posèrent sur le téléphone. La ligne était sûrement coupée. Il souleva le combiné, s'attendant à n'entendre que le silence. Mais il entendit le bourdonnement de la tonalité. Il fit le zéro. Entendit la sonnerie puis une voix de femme qui disait : « Vous avez les renseignements. Que puis-je faire pour vous ? »

– Excusez-moi, murmura-t-il avant de raccrocher.

Pourquoi le tueur avait-il laissé le téléphone en état de marche ? Il n'avait pas encore eu le temps de s'en occuper. C'est alors qu'il entendit le bruit. Quelqu'un qui toussait. Qui toussait à nouveau.

L'homme aux cheveux blonds était assis sur le sol du vestibule, l'épaule appuyée contre la porte massive. Il y avait du sang partout. Il éclaboussait le bois verni, imprégnait le pantalon du tueur, s'étalait en une mare qui continuait à s'agrandir sur le motif dessiné par les carreaux de céramique du sol. Un pistolet gisait dans le sang, noir, le long cylindre du silencieux au bout du canon. L'homme aux cheveux blonds toussa à nouveau. Il leva les yeux vers Chee, parvint à concentrer son regard sur lui. Il fit une tentative pour remuer les lèvres. Puis il dit :

– Il fait froid.

Chee voyait ce qui s'était passé. Le coup l'avait atteint au moment où il arrivait à la porte. L'un des fusils de chasse de Vines, probablement. Un gros calibre. La balle était entrée dans son dos et l'avait déchiré de part en part, éclaboussant la porte de son sang. Elle avait brisé l'homme aux cheveux blonds comme on brise un bout de bois.

– Il y a un endroit chaud ? demanda-t-il.

– Peut-être la cheminée.

Chee rangea son pistolet dans son étui, marcha dans le sang et s'accroupit à côté de lui. Il glissa un bras sous ses jambes et l'autre derrière ses épaules puis le souleva, avec des gestes mesurés parce que le sang était glissant sous ses chaussettes, avec des gestes mesurés parce que l'homme était mourant.

Dans la grande pièce, les bûches d'un feu s'étaient consumées jusqu'à n'être plus que des charbons de bois luisant dans la cheminée. Chee s'agenouilla devant l'âtre et posa l'homme aux cheveux blonds sur la peau d'ours blanc. Il avait l'échine brisée quelque part entre les omoplates. Sa tête roula vers le feu. Sa voix était très faible.

– L'agence de détectives, dit-il. Webster. À Encino. Il va trouver ma mère. Elle saura pour le cimetière. Elle viendra me chercher.

– D'accord, dit Chee. Ne vous en faites pas.

– Je croyais l'avoir tué, déclara Rosemary Vines.

Elle se tenait sur le seuil, la carabine à canon long à la main. Plus ou moins braquée dans la direction de Chee.

– Vous l'avez fait. Ça prend quelques minutes.

Le visage de Mme Vines était exsangue. Le rouge à lèvres qu'elle portait faisait un contraste grotesque avec sa peau d'un blanc crayeux.

– Est-ce que vous saviez qui était votre mari ? demanda-t-il.

Rosemary Vines regardait derrière lui, les yeux fixés sur l'homme aux cheveux blonds. Elle est en état de choc, pensa-t-il. Elle ne m'a même pas entendu.

– Je savais qu'il avait eu une autre vie quelque part, répondit-elle lentement. Je le soupçonnais déjà avant que nous ne soyons mariés. Il adorait parler de lui mais ne remontait pas avant une certaine époque. Plus tôt que cela, quand il était enfant, quand il était à l'université, toute la période antérieure à son arrivée ici et à la découverte de sa mine, toute cette période antérieure restait très vague. C'était bien qu'il dissimulait quelque chose. Et il a fini par reconnaître qu'il avait ses secrets. Mais il n'a jamais voulu me dire lesquels. Je lui ai dit que c'était forcément à caractère criminel sans quoi il n'en aurait pas honte. Mais il se bornait à rire.

Sur la fourrure de l'ours blanc mort, l'homme aux cheveux blonds était maintenant d'une immobilité absolue. Rosemary Vines gardait les yeux fixés sur son corps, le fusil toujours prêt à tirer.

– Je savais que c'était dans son coffre-fort. Dans

le petit coffre. C'était obligé. B.J. était comme ça. Tout ce qu'il faisait il fallait qu'il en garde la preuve. Les têtes. Les fourrures. Les photos. C'était un besoin pour lui. Comme s'il lui fallait avoir la preuve que ça avait eu lieu. Il lui était impossible de prendre vingt-cinq années de sa vie et de les éliminer d'un coup comme ça. Si j'avais pu récupérer le coffre avant qu'il ne revienne, j'aurais trouvé dedans des choses pour me dire qui B.J. était quand il était jeune. Et il y aurait eu quelque chose pour me dire ce que c'était dont il avait si honte.

Cette pensée fit naître sur son visage quelque chose qui ressemblait à une certaine animation... une expression de triomphe anticipé. Proche du sourire.

– Dont il avait si honte, ou dont il avait si peur, ajouta-t-elle sans perdre son sourire.

Jim Chee détourna les yeux du corps et de la fourrure tachée de rouge. Par l'immense surface de verre qui éclairait la pièce sur toute sa hauteur il n'apercevait que ciel et neige. Bleu et blanc immaculés. Pareille beauté aurait dû faire surgir en lui un sentiment d'exultation. Pourtant il ne ressentait rien. Juste une fatigue qui l'engourdissait et une sorte de nausée.

Mais il en connaissait la cause et le remède. Femme-qui-Change les leur avait enseignés quand elle avait donné forme aux premiers clans du Dinee avec sa propre peau. Les mœurs étrangères de gens qui lui sont étrangers blessent l'âme, détournent le Navajo de la beauté. Le retour à la beauté nécessite un rite guérisseur. Demain il irait voir Hosteen Nakai et lui demanderait d'organiser une Voie de l'Ennemi, de rassembler sa famille, ceux qui lui étaient proches par leur appartenance au Dinee à la Parole Lente et au Dinee de l'Eau Amère, ses frères et sœurs de sang, ses amis, ceux qui le soutenaient. Alors il faudrait encore huit jours aux chants, à la poésie et aux peintures de sables* pour recréer le passé et restaurer l'esprit de l'harmonie.

Il convaincrait Hosteen Nakai que Mary devait elle aussi être soumise à la bénédiction même si elle n'était pas née au sein du Dinee. Cette préparation prendrait des semaines : le choix du site, la diffusion de l'information, l'engagement du chanteur qui convenait, la préparation de la nourriture. Mais quand ce serait terminé, à nouveau il marcherait avec la beauté tout autour de lui.

Glossaire

Acoma : autre nom de la « Cité du Ciel », pueblo perché au sommet d'une mesa à une quinzaine de kilomètres au sud de l'Interstate 40 reliant Albuquerque à Grants.

Adobe : brique de boue et de paille séchée au soleil.

Ahnii : terme navajo désignant une vieille femme qui tient le rôle de juge/matriarche/fontaine de sagesse.

Arroyo : terme espagnol désignant le lit sec, en général au fond d'une gorge ou d'un canyon, d'une rivière dont l'eau se tarit en été.

Astotokaya (mot hopi) : cérémonie du lavage des cheveux ; elle se pratique avec de la mousse de yucca et a vocation purificatrice, comme par exemple les bains de vapeur.

Bain de vapeur (ou bain de sueur) : il a vocation purificatrice.

Bâtiment administratif : la réserve navajo est divisée en 78 *chapters*, ou divisions administratives ; on trouve donc 78 sièges administratifs locaux, ou *chapter houses*, placés sous l'autorité du Conseil Tribal (v. ce mot).

Bâton de prière (paho) : offrande faite aux esprits tutélaires. Le plus souvent, il s'agit d'une tige de saule rouge décorée de plumes que l'on plante dans le sol. Également appelé plume de prière.

Belacani (mot navajo) : homme blanc.

Bijoux : les Indiens du Sud-Ouest fabriquent des bijoux de renommée mondiale, travaillant essentiellement l'argent et la turquoise. Les ceintures *concho*, ou *concha*, se composent d'une forme unique répétée ou de deux formes alternées en argent, et les colliers *squashblossom* reproduisent un motif en fleur de courge.

Bourse des Quatre Montagnes, **bourse à médecine** ou **bourse à sorcellerie** (*jish*, en navajo) : indispensable pour assurer les rites guérisseurs, elle symbolise l'harmonie, la substance de la vie et la force de vie (v. dualisme), et est constituée d'un ensemble d'objets sacrés parmi lesquels des échantillons provenant du sol des Quatre Montagnes sacrées.

Chant : v. chanteur, rite guérisseur et voie.

Chanteur (*yataalii* ou *hatathali*, en navajo) : chez les Navajos, il est celui que l'on appelle pour tenir les rites guérisseurs, car il est le dépositaire de ces procédures extrêmement complexes destinées à libérer le malade de l'emprise d'un sorcier (par exemple), au moyen de prières et de chants associés à des peintures de sables (v. ce mot). Un chanteur ne peut donc connaître que plusieurs « chants » et certains rites disparaissent actuellement car ils appartiennent exclusivement à la tradition orale. Mais le chanteur n'est ni un médecine-man ni un shaman : la guérison est collective, profite d'abord au patient puis, par voie de fait, à l'univers tout entier qui retrouve l'harmonie *(hohzho)*. Encore convient-il de comprendre qu'il s'agit plus souvent d'un retour à la sérénité morale du patient au sein de son environnement que d'une véritable guérison au sens médical du terme.

Chindi : mot navajo désignant le fantôme. Les Navajos ne croient pas à un au-delà après la mort. Au mieux ils trouvent le néant. Au pire, la partie malsaine et malfaisante de l'individu revient hanter les vivants et leur apporter la maladie et la mort.

Clan : concept familial très élargi. Chez les Navajos, on en dénombre 65 (v. famille). Chez les Hopis, chaque clan a un nom (Clan de l'Ours, Clan du Plant-de-Maïs, Clan de l'Aigle...) et un esprit tutélaire qui lui est propre et qui est symbolisé par un fétiche de bois ou de pierre, le *tiponi*. Chacun des clans est constitué de sous-clans.

Concha : v. bijoux.

Conseil Tribal : créé vers 1930, il siège à Window Rock et administre la Grande Réserve et ses richesses naturelles. Ses membres, élus au suffrage universel à bulletin secret, représentent les 78 divisions administratives constituant la réserve.

Datura : fleur blanche à large corolle dont le nectar possède des propriétés hallucinogènes et nocives.

Dieu-qui-Parle : l'un des membres du Peuple Sacré. Associé à Dieu-qui-Appelle, il est celui qui, dans la mythologie navajo, offre le don de création à Femme-Qui-Change (v. ce nom).

Dinee ou **Dineh** : le Peuple (également le Clan) ; tel est le nom que se donnent les Navajos. Ils habitent la région qu'ils appellent Dinetah, la plus grande réserve des États-Unis, d'une superficie de 64 750 km^2.

Dinetah ou **Dineh Bike'yah** (mot à mot, « parmi le Peuple ») : les limites des Terres du Peuple marquées par les Quatre Montagnes sacrées, qui correspondent grossièrement aux quatre points cardinaux et sont associées aux quatre couleurs, coquillages et moments de la vie ; Sis no jin, ou Tsisnadzhini, à l'est (Blanca Peak, Nouveau-Mexique, couleur blanche, coquille blanche, l'enfance) ; Tso'dzil, ou Tsotsil, au sud (mont Taylor, Nouveau-Mexique, couleur bleue, turquoise, l'âge adulte) ; Dook o'ooshid, ou Dokoslid, à l'ouest (monts San Francisco, Arizona, couleur jaune, abalone, la mort), Debe'ntsa, ou Depentsa, au nord (La Plata Mountains, Colorado, couleur noire, obsidienne, le recommencement).

Dualisme : Dieu-qui-Parle et Dieu-qui-Appelle, Premier Homme et Première Femme, Garçon Abalone et Fille Abalone, la source de vie qui contient à la fois la « matière » nécessaire à la vie et le moyen lui permettant de passer l'épreuve du temps, la forme non physique dissimulée à l'intérieur de la forme physique des choses, tous ces éléments de la mythologie navajo relèvent d'un dualisme presque systématique pouvant être associé à un pôle positif et un pôle négatif, un caractère masculin et un caractère féminin ; ces contraires complémentaires sont ensuite regroupés pour donner des séquences de quatre dont le premier couple est à son tour considéré comme « positif », le second comme « négatif », l'association des « contraires » pouvant culminer dans la fusion finale et le recommencement symbolisés par le chiffre 9.

École communautaire : établissement à cycle d'études court orienté vers la vie active ; il a vocation locale, d'où son nom.

Famille : système matrilinéaire chez les Navajos ; les jeunes époux se mettent en quête d'un endroit où construire leur hogan (v. ce mot), tant pour s'isoler que pour avoir suffisamment d'espace afin de pratiquer l'élevage des moutons. Il faut ici distinguer la notion de clan de ce que Hillerman appelle *outfit* en américain et que nous avons traduit par famille élargie : une sorte de clan géographique élargi permettant aux Navajos isolés de se regrouper à trois ou quatre « familles » afin de coopérer pour certains travaux ou certains rites. Cet *outfit* peut regrouper 50 à 200 personnes. Cet terme peut également s'appliquer aux habitations et installations attenantes.

Chez les Hopis, les clans sont matrilinéaires exogames (seule l'ascendance maternelle entre en ligne de compte pour l'appartenance au groupe tribal et les époux ne peuvent être issus du même clan). Le véritable père ne sera donc pas chargé de l'instruction et de la discipline de l'enfant. Ce rôle échoit aux oncles de celui-ci, c'est-à-dire aux hommes de la famille de sa mère (frères, oncles, etc.). Tous les biens appartiennent à l'épouse et si elle se lasse de son mari il n'a plus qu'à reprendre le chemin de son propre clan.

Fantôme : v. chindi.

Farine de maïs : quantité de rites font appel à la farine du maïs qui est l'une des quatre plantes sacrées des Navajos (les autres étant la courge, le haricot et le tabac).

Femme-qui-Change : dans la mythologie navajo, elle est fille de Premier Homme et de Première Femme. Elle s'accouple avec Shivanni, le Soleil-Père, pour donner naissance aux Jumeaux Héroïques, Tueur-de-Monstres et Né-des-Eaux. Par la suite, Dieu-qui-Parle et Dieu-Qui-Appelle lui donnent le pouvoir de création. Elle est la seule représentante du Peuple Sacré à être entièrement bonne.

Fort Sumner : le célèbre Kit Carson mena une campagne sauvage contre les Navajos tout au long de l'année 1863 et au début de 1864, tuant sans merci et pratiquant la politique de la terre brûlée. 8 000 Navajos rescapés furent acheminés en plusieurs convois au cours d'une « Longue Marche » de près de 500 kilomètres, puis parqués à Bosque Redondo, à côté de Fort Sumner (Nouveau-Mexique), jusqu'en 1868 : les 7 000 survivants purent alors regagner leur territoire.

Grand-Père : terme qui, du fait du système clanique des Navajos, s'applique aux hommes âgés appartenant au clan de la mère.

Harmonie : v. hohzho.

Heure : selon Tony Hillerman, le concept navajo le plus déroutant car « pour eux, ce n'est pas un continuum, un flot régulier. Ils se le représentent sous la forme de blocs. De rencontres. Et par voie de conséquence des mots comme "en avance" ou "en retard" n'ont pour eux aucun sens. (...) Les Navajos ne sont jamais où ils sont censés être. Les autres Indiens appellent cela "l'heure navajo", ce qui signifie "Dieu sait quand !" ». (Interview accordée au traducteur, octobre 1987, publiée dans *Polar* n° 1, Rivages, 1990.)

Hogan : la maison du Navajo, sorte de structure de bois arrondi faite de rondins et de boue séchée. Un abri et un corral au minimum viennent la compléter. Le hogan d'été, utilisé pendant le pacage des moutons, est de facture plus grossière. Des règles précises commandent l'orientation de l'habitation traditionnelle : la porte fait face à l'est, qui symbolise la vie ; l'ouverture pratiquée dans un mur après un décès doit être dirigée vers le nord, qui représente le mal ; l'Ouest figure la mort.

Hohzho ou **hozro** : mot navajo qui signifie la beauté, l'harmonie de l'individu avec le monde qui l'entoure.

Homme-dont-la-Main-Tremble : Celui (ou Celle)-dont-la-Main-Tremble, Celui (ou Celle)-qui-Écoute, Celui (ou Celle)-qui-Lit-dans-le-Cristal (ou les Étoiles), autant de « voyants » que l'on consulte pour déterminer le rite guérisseur nécessaire afin de faire retrouver l'harmonie à un malade avant de faire appel à un chanteur qui exécutera le rite mais dont les services sont onéreux.

Hopi : dans la langue de ces Indiens Pueblo, *hopitu* signifie « le peuple paisible ». Leur réserve se trouve enclavée dans la réserve navajo du nord de l'Arizona : le recensement de 1989 indiquait que 9 617 personnes habitaient sur la réserve hopi mais ils ne seraient pas plus de 3 000 à vivre réellement dans les villages (v. ce mot) ancestraux des trois mesas (id.). Leur mythologie est proche de celle des autres Pueblos (les Zunis) et ils sont célèbres pour leur Danse du Serpent (septembre-octobre), leurs cérémonies religieuses (Soyal, ou retour des esprits, en décembre-janvier, Powamu, ou plantation des fèves, en janvier-février, Niman, ou retour des esprits, vers les monts San Francisco en juin-juillet, Wuwuchim, ou initiation des garçons, en novembre-décembre) et leurs statuettes kachina. Ce sont avant tout des cultivateurs et des chasseurs.

Hosteen : mot navajo qui exprime le respect dû à la personne (en général l'homme adulte) à laquelle on s'adresse.

Jish : mot navajo, v. bourse à médecine.

Jumeaux Héroïques : v. Femme-qui-Change et mort.

Kachina : essentiellement les esprits tutélaires ancestraux chez les Hopis, mais également les masques portés pour les personnifier et les statuettes qui les représentent. Ils protègent, nourrissent et guident les vivants auxquels ils apparaissent sous la forme de nuages de pluie.

Keres : Indiens du Nouveau-Mexique, dont la culture se situe à mi-chemin entre celle des Pueblos du Rio Grande d'une part, et celle des Hopis et Zunis d'autre part.

Kikmongwi : le chef du village hopi.

Kiva : chez les Pueblos, une chambre cérémonielle souterraine (on y accède par une échelle) où se tiennent de nombreux rites et danses ; il en existe plusieurs par village. Le terme désigne également une fraternité religieuse regroupant des membres appartenant à des clans différents, renforçant ainsi la cohésion de la tribu.

Laguna : pueblo situé en bordure de l'Interstate 40, à une vingtaine de kilomètres au nord d'Acoma.

Loups Navajo : les sorciers, hommes ou femmes, décidés à apporter le mal à leurs congénères et à les voler, commettent leurs méfaits la nuit en se dissimulant souvent sous des peaux d'animaux.

Masaw ou **Masau** : esprit tutélaire du Quatrième Monde des Hopis. Il est le dieu du Feu et de la Mort.

Médecine-man : v. shaman.

Mesa (mot espagnol) : montagne aplatie caractéristique des États du Sud-Ouest. Lorsqu'elles ressemblent plus à des collines qu'à des plateaux elles deviennent des buttes. Et les buttes au sommet arrondi sont des collines. Parmi les mesas les plus connues, citons Mesa Verde, dans le Colorado, haut lieu archéologique, et les Première, Deuxième et Troisième Mesas, sur lesquelles se perchent les villages hopi ancestraux.

Messager : il doit ramener, au terme d'un pèlerinage, les branches d'épicéa sacré sans lesquelles le Niman Kachina hopi serait une catastrophe. L'épicéa possède le pouvoir d'attirer l'humidité et les nuages mais pousse très loin, en des lieux généralement enneigés : Kisigi ou Kisiwu, la Source-dans-les-Ombres, se trouve 60 kilomètres au nord-ouest d'Oraibi.

Mort : les Navajos ont une crainte maladive de la mort au point de s'entourer de toutes sortes de précautions et d'éprouver une intense répugnance à toucher un cadavre qu'ils enterrent le plus rapidement possible dans un lieu secret. Pour eux, il n'y a pas de « paradis », au mieux le repos. Dans la mythologie navajo, les Jumeaux Héroïques, après avoir dérobé les armes au Soleil et massacré les monstres qui apportaient la mort au Peuple, épargnent une sorte de mort appelée Sa qui regroupe la Vieillesse, la Saleté, la Misère, la Faim et quelques autres.

Navajos : les prêtres espagnols les appelaient « Apaches del nabaxu » ; le terme actuel est la corruption espagnole du mot pueblo signifiant « grands champs cultivés ». Arrivés tardivement en Arizona ils se rendirent odieux par leur violence et leurs rapines avant d'acquérir, au contact des autres civilisations, nombre de techniques et de connaissances. Leur faculté d'adaptation s'est une nouvelle fois vérifiée lors de la Deuxième Guerre mondiale. Ils habitent la plus grande réserve des États-Unis, la terre de leurs ancêtres, et exploitent eux-mêmes les ressources naturelles d'un sous-sol riche par l'intermédiaire du Conseil Tribal (élu au suffrage universel, il siège à Window Rock), qui est une création récente (1930). Par le passé, en effet, ce peuple ne constituait pas une tribu à proprement parler, ce qui explique le non-respect de certains traités au XIXe siècle : la parole d'un chef de clan n'engageait pas les autres Navajos. Ils constituent la nation indienne la plus importante du pays (non loin de 200 000 membres).

Nourriture : les Hopis cultivent les melons, courges, pastèques, fèves, et avant tout différentes sortes de maïs qui servent de base à de nombreux plats : piki (v. ce mot), tosi (bouillie de maïs sucrée), tupevu (maïs cuit séché), somiviki (bouillie de maïs présentée dans une feuille d'épi de maïs), etc. Ils se nourrissent également du produit de la chasse, notamment de lapin cuit en ragoût.

Oiseaux : carouge à épaulettes rouges *(agelaius phoeniceus)*, colin de Gambel *(lophortis squamata)*, chouette, colombe *(zenaida macroura)*, faucon *(falco sparverius)*.

Oncle : v. famille.

Origines : avant d'atteindre la surface de la terre, les hommes durent émerger des mondes inférieurs (de quatre à douze suivant les mythologies) en suivant le tronc d'un arbre perçant les différentes couches successives. Les Navajos émergent du dernier monde souterrain, alors envahi par les eaux, en empruntant un roseau *(sipapu)*. Le monde actuel est la fusion des quatre mondes précédents (v. Femme-qui-Change, quatre et surtout dualisme). Chez les Hopis, on appelle *sipapuni* le lieu de l'émergence dans le Quatrième Monde.

Paho : v. bâton de prière.

Peintures de sables ou **peintures sèches** : elles font partie des rites guérisseurs et ont pour but de permettre au « malade » de retrouver une unité d'harmonie avec le monde. Le chanteur et ses aides y travaillent pendant des heures et utilisent pollen, pierres écrasées, charbon de bois, etc. pour représenter des sujets ayant trait au Peuple Sacré. L'œuvre est ensuite détruite avant la tombée de la nuit de crainte que les esprits mauvais ne reprennent le dessus et ne rendent la guérison impossible.

Peuple : le nom que se donnent les Navajos. Également synonyme de Clan.

Peuple Sacré (*yei* en navajo) : concept navajo. Ils sont capables du bien comme du mal et l'on peut arriver à les manipuler à l'aide de chants et de prières appropriés ; ce sont des animaux (Grand Serpent, Grande Mouche, Coyote...), le Peuple du Vent, le Peuple du Tonnerre, etc.

Peuple-qui-Appelle-les-Nuages : nom donné par les Navajos à leurs voisins pueblos, dont les rites ont pour but de faire apparaître leurs esprits tutélaires sous la forme de nuages de pluie.

Peyote : terme mexicain. Plante qui contient de la mescaline, laquelle possède la particularité de provoquer des hallucinations. Les Navajos l'utilisent pour avoir des visions.

Piki : sorte de pain aussi mince qu'une feuille de papier bible enroulée sur elle-même. Il peut être rose, bleu ou gris suivant le maïs utilisé. Dans les pueblos les fours se trouvent à l'extérieur des maisons et l'on y cuit les spécialités locales à base de maïs.

Plaza : terme espagnol. Ces places sont au nombre de deux dans le village hopi de Sityatki.

Points cardinaux : ils jouent un très grand rôle dans les rites religieux. Les Hopis en dénombrent six qu'ils associent à des « couleurs » : l'Ouest (jaune), le Sud (bleu), l'Est (rouge), le Nord (blanc), l'Au-Dessus, ou Zénith (épi de maïs avec grains noirs dressés), l'Au-Dessous, ou Nadir (épi de maïs sucré). Les enfants reçoivent leur nom en étant présentés au soleil levant.

Pour les Navajos, v. dinetah et hogan.

Porteurs-de-peau : v. Loups Navajo.

Powaga : mot hopi signifiant « cœur double » ; sorcier ou sorcière.

Prêtrise : v. religion.

Pueblo : village, en espagnol. Au contraire des bergers navajo, semi-nomades, les Indiens Pueblo (Hopis, Zunis, etc.), sont des agriculteurs sédentaires. On les trouve exclusivement dans le sud-ouest des États-Unis. Taos, au Nouveau-Mexique, est le plus visité des pueblos.

Quatre : ce chiffre joue un grand rôle chez les Navajos, qui dénombrent quatre plantes sacrées, quatre bijoux sacrés, etc. (v. également dualisme).

Religion : pour l'essentiel, les Indiens du Sud-Ouest croient à l'interdépendance des choses de la Nature ou à l'Harmonie, ou Beauté, Hohzho en navajo, qui doit régner dans leur réserve et par suite dans l'univers tout entier.

Mais les rites navajos sont, à l'exception de la Voie de la Bénédiction, destinés à guérir alors que chez les Pueblos, les cérémonies religieuses ont pour but d'appeler les bienfaits que les Kachina, ou esprits ancestraux, pourront leur apporter sous la forme de nuages de pluie.

Des Navajos convertis au christianisme on dit qu'ils suivent la route de Jésus. Certains se convertissent à la foi mormone. D'autres adhèrent par exemple aux croyances de la Native American Church, organisation religieuse regroupant plusieurs tribus ; elle adapte le christianisme à des croyances et à des rites locaux, autorisant en particulier l'utilisation sacramentelle du peyote : cette plante contient de la mescaline, laquelle provoque des hallucinations ou des visions.

Chez les Pueblos, il existe une pluralité de prêtrises et de fraternités qui se partagent l'administration du sacré en renforçant la cohésion de la tribu et ses principes moraux.

Réserve-aux-Mille-Parcelles ou **réserve en damier** : selon les propres termes de Tony Hillerman : « Au XIXe siècle, lorsque la politique nationale fut de construire des voies de chemins de fer d'un bout à l'autre du continent, le Congrès attribua aux compagnies ferroviaires des portions de terre qui s'étendaient sur presque 50 kilomètres (30 miles) de part et d'autre de la voie. Une parcelle sur deux, chacune de 2,5 km^2, était donnée à la compagnie alors que l'autre restait la propriété du gouvernement, c'est ce que nous appelons les terres appartenant au domaine public. Par la suite, une part de ce domaine public a été attribué aux Navajos comme faisant partie intégrante de leur réserve. D'où le damier que constituent terres navajos et terres privées. Aujourd'hui, une grande partie de ces terres privées ont été acquises par la tribu. »

Richesse : le désir de posséder est, chez les Navajos, le pire des maux, pouvant même s'apparenter à la sorcellerie. Citons Alex Etcitty, un Navajo ami de l'auteur : « On m'a appris que c'était une chose juste de posséder ce que l'on a. Mais si on commence à avoir trop, cela montre que l'on ne se préoccupe pas des siens comme on le devrait. Si l'on devient riche, c'est que l'on a pris des choses qui appartiennent à d'autres. Prononcer les mots "Navajo riche" revient à dire "eau sèche". » (*Arizona Highways*, août 1979.)

Rites guérisseurs : à chaque maladie correspond un rite guérisseur qui peut durer jusqu'à neuf jours. Parfois, pour un seul chant, plusieurs centaines de prières et d'incantations doivent être exécutées au mot près. Si le chanteur est à la hauteur, le patient retrouvera l'harmonie. Par exemple, la Voie de l'Ennemi permet de guérir celui qui est sous l'empire d'un sorcier, la Voie du Sommet de la Montagne celui qui s'est trop approché d'un ours...

Scarabée : il tient un rôle extrêmement important dans la mythologie de la fécondité. Dans la Voie de la Bénédiction, Femme-qui-Change qui, à ce moment-là, a obtenu le pouvoir de création, fait notamment appel à Scarabée-du-Maïs dans le processus de l'apparition du maïs sur la Terre.

Shaman : terme quelque peu impropre (de même que médecine-man) pour désigner le chanteur navajo.

Shivanni : le Soleil-Père (v. Femme-qui-Change).

Sorcier : homme ou femme décidé à faire le mal.

Squashblossom : les colliers de ce style reproduisent un motif en « fleur de courge ».

Tavasuh : Celui-qui-Écrase-la-Tête-des-Ennemis. Les Hopis surnomment ainsi les Navajos qui pratiquaient autrefois cette coutume au moyen d'un rocher ou d'une hache de pierre. Les Navajos, eux, appellent les Hopis « Mangeurs-de-maïs ».

Two Gray Hills : l'un des sept grands styles de tissage de couvertures navajo ; celui-ci mélange les couleurs propres à la terre et possède un pourtour noir. Les couvertures navajos comportent une erreur symbolisant la porte de sortie qui permet à l'esprit de l'artisan de s'échapper.

Végétation : acajou *(cedrela)*, épicéa *(pinus glabra)*, genévrier *(juniperus)*, olivier de Bohême *(elaeagnus angustifolia)*, pin *(pinus)*, pin pignon *(pinus pinea)*, pin ponderosa *(pinus ponderosa)*, tamaris, tremble commun, tremble d'Amérique ou tremble de Fremont *(populus tremuloides)* pour les arbres.

Pour herbes et buissons : arroche *(atriplex)*, bouteloue *(bouteloua)*, cactus, chamiso ou chamisa (terme indien dont la traduction est herbe-aux-lapins), chardon russe *(Russian thistle* en américain, *salsola kali tenuifolia)*, créosote (larrée en français, *larrea tridentata*), érigéron (une cinquantaine d'espèces dont l'herbe-aux-chevaux, *erigeron canadensis*), graminées en touffe (*bunch grass* en américain, terme collectif), herbe-aux-bisons (deux herbes courantes : *buffalo grass*, ou *grama grass* en américain, variétés de dactyle ou de bouteloue respectivement en français, *buchloë dactyloides* et *bouteloua* en latin), herbe-aux-lapins (*chrysothamnus graveloens*, *rabbit brush* en américain, probablement traduction littérale du terme local chamiso ou chamisa), herbe-aux-serpents (*snakeweed* en américain, terme collectif désignant des plantes associées aux reptiles par la forme, les vertus curatives, etc.), herbe des Bermudes (*cynodon dactylon*, graminée fourragère appelée dactyle en français), herbes-qui-roulent (*tumbleweeds* en américain, terme collectif qui désigne ces plantes que le vent arrache et fait rouler sur le sol), mesquite (prosope en français, *prosopis*), sauge *(salvia)*, stipa (*needle grass* en américain, terme collectif regroupant une centaine de variétés), yucca (v. ce mot). Pour certaines de ces plantes nous avons préféré le terme local au terme français.

Village hopi : au nombre de onze, ces pueblos abritent 3 000 âmes environ. Situés à peu près à 2 000 mètres au-dessus du niveau de la mer, ils étaient traditionnellement perchés au sommet des trois mesas alors que cultures, pâturages et certains points d'eau se trouvaient au pied des mesas. On trouve aujourd'hui des villages parallèles au pied de celles-ci, offrant l'eau courante et l'électricité. Ces villages d'autrefois portent des noms très imagés : Sityatki (La-Vallée-Étroite, ou Maison-Jaune), Shongopovi (Le-Village-de-la-Source-aux-Roseaux), Oraibi (Le-Haut-Endroit-sur-un-Rocher), etc. Oraibi le Vieux est le village le plus ancien du continent, habité sans discontinuité depuis l'an 1150.

Voie (de la Bénédiction, du Sommet de la Montagne, etc.) : rite guérisseur navajo. La Voie de la Bénédiction est seule à posséder un but préventif en enseignant comment le Peuple Sacré a créé le Peuple de la Surface de la Terre et comment il lui a communiqué les techniques nécessaires pour y vivre.

Voie Navajo : ce terme désigne l'ensemble de la culture et des coutumes traditionnelles des Navajos.

Wash : le lit, souvent asséché, d'un cours d'eau d'importance variable que des pluies torrentielles parfois tombées très loin en amont peuvent soudain transformer en un fleuve ou un torrent en furie.

Yataalii ou hatatali : mot navajo désignant le chanteur (v. ce mot).

Yei : mot navajo, v. Peuple Sacré.

Yucca : mot haïtien. Plante arborescente à tige ligneuse dont les Indiens du Sud-Ouest ont toujours tiré un maximum de ressources tant au niveau alimentaire que vestimentaire et pratique (cordes, paniers, etc.).

Zuni : peu nombreux, vivant en accord avec leurs coutumes ancestrales, ils ont su préserver leur identité au fil des siècles. Ce sont avant tout des agriculteurs travaillant une terre aride. Ils sont 5 500 à vivre sur la réserve du pueblo le plus important du Nouveau-Mexique.

Rivages / noir

Petits romans noirs irlandais (n° 505)

Joan Aiken — *Mort un dimanche de pluie* (n° 11)

André Allemand — *Au cœur de l'île rouge* (n° 329)
Un crime en Algérie (n° 384)

R. E. Alter — *Attractions : Meurtres* (n° 72)

Claude Amoz — *L'Ancien Crime* (n° 321)
Bois-Brûlé (n° 423)
Étoiles cannibales (n° 487)

J.-B. Baronian — *Le Tueur fou* (n° 202)

Cesare Battisti — *Dernières cartouches* (n° 354)
Terres brûlées (n° 477)

William Bayer — *Labyrinthe de miroirs* (n° 281)

Marc Behm — *La Reine de la nuit* (n° 135)
Trouille (n° 163)
À côté de la plaque (n° 188)
Et ne cherche pas à savoir (n° 235)
Crabe (n° 275)
Tout un roman ! (n° 327)

Marc Behm/Paco Ignacio Taibo II
Hurler à la lune (n° 457)

T. Benacquista — *Les Morsures de l'aube* (n° 143)
La Machine à broyer les petites filles (n° 169)

Bruce Benderson — *Toxico* (n° 306)

A.-H. Benotman — *Les Forcenés* (n° 362)

Stéphanie Benson — *Un meurtre de corbeaux* (n° 326)
Le Dossier Lazare (n° 390)

Pieke Biermann — *Potsdamer Platz* (n° 131)
Violetta (n° 160)
Battements de cœur (n° 248)

James C. Blake — *L'Homme aux pistolets* (n° 432)

Michael Blodgett — *Captain Blood* (n° 185)

Michel Boujut — *Souffler n'est pas jouer* (n° 349)

Daniel Brajkovic	*Chiens féroces* (n° 307)
Wolfgang Brenner	*Welcome Ossi !* (n° 308)
Paul Buck	*Les Tueurs de la lune de miel* (n° 175)
Yves Buin	*Kapitza* (n° 320) *Borggi* (n° 373)
Edward Bunker	*Aucune bête aussi féroce* (n° 127) *La Bête contre les murs* (n° 174) *La Bête au ventre* (n° 225) *Les Hommes de proie* (n° 344)
James Lee Burke	*Prisonniers du ciel* (n° 132) *Black Cherry Blues* (n° 159) *Une saison pour la peur* (n° 238) *Le Bagnard* (n° 272) *Une tache sur l'éternité* (n° 293) *Dans la brume électrique avec les morts confédérés* (n° 314) *La Pluie de néon* (n° 339) *Dixie City* (n° 371) *Le Brasier de l'ange* (n° 420) *La Rose du Cimarron* (n° 461) *Cadillac juke-box* (n° 462) *Vers une aube radieuse* (n° 491)
W. R. Burnett	*Romelle* (n° 36) *King Cole* (n° 56) *Fin de parcours* (n° 60)
J.-J. Busino	*Un café, une cigarette* (n° 172) *Dieu a tort* (n° 236) *Le Bal des capons* (n° 278) *La Dette du diable* (n° 311) *Le Théorème de l'autre* (n° 358)
Daniel Chavarría	*Adios muchachos* (n° 123) *Un thé en Amazonie* (n° 302) *L'Œil de Cybèle* (n° 378)
D.Chavarría/J.Vasco	*Boomerang* (n° 322)
George Chesbro	*Une affaire de sorciers* (n° 95) *L'Ombre d'un homme brisé* (n° 147) *Bone* (n° 164) *La Cité où les pierres murmurent* (n° 184)

Les Cantiques de l'Archange (n° 251)
Les Bêtes du Walhalla (n° 252)
L'Odeur froide de la pierre sacrée (n° 291)
Le Second Cavalier de l'Apocalypse (n° 336)
Le Langage des cannibales (n° 368)
Veil (n° 369)
Crying Freeman (n° 403)
Le Chapiteau de la peur aux dents longues (n° 411)
Chant funèbre en rouge majeur (n° 439)
Pêche macabre en mer de sang (n° 480)

Andrew Coburn — *Toutes peines confondues* (n° 129)
Sans retour (n° 448)

Piero Colaprico — *Kriminalbar* (n° 416)

Michael Collins — *L'Égorgeur* (n° 148)
Rosa la Rouge (n° 267)

Christopher Cook — *Voleurs* (n° 501)

Robin Cook — *Cauchemar dans la rue* (n° 64)
J'étais Dora Suarez (n° 116)
Vices privés, vertus publiques (n° 166)
La Rue obscène (n° 200)
Quand se lève le brouillard rouge (n° 231)
Le Mort à vif (n° 241)
Bombe surprise (n° 260)
Mémoire vive (n° 374)

Peter Corris — *La Plage vide* (n° 46)
Des morts dans l'âme (n° 57)
Chair blanche (n° 65)
Le Garçon merveilleux (n° 80)
Héroïne Annie (n° 102)
Escorte pour une mort douce (n° 111)
Le Fils perdu (n° 128)
Le Camp des vainqueurs (n° 176)
Le Grand Plongeon (n° 394)

Hélène Couturier — *Fils de femme* (n° 233)
Sarah (n° 341)

David Cray — *Avocat criminel* (n° 504)

Jay Cronley — *Le Casse du siècle* (n° 468)

James Crumley	*Putes* (n° 92)
Mildred Davis	*Dark Place* (n° 10)
A. De Angelis	*Les Trois Orchidées* (n° 481)
J.-P. Demure	*Milac* (n° 240)
	Fin de chasse (n° 289)
	Les Jours défaits (n° 351)
	Noir rivage (n° 429)
J.-C. Derey	*Black Cendrillon* (n° 323)
	Toubab or not toubab (n° 379)
	L'Alpha et l'oméga (n° 469)
Pascal Dessaint	*La vie n'est pas une punition* (n° 224)
	Bouche d'ombre (n° 255)
	À trop courber l'échine (n° 280)
	Du bruit sous le silence (n° 312)
	Une pieuvre dans la tête (n° 363)
	On y va tout droit (n° 382)
	Les paupières de Lou (n° 493)
Michael Dibdin	*L'Ultime Défi de Sherlock Holmes* (n° 502)
T.Disch/J.Sladek	*Black Alice* (n° 154)
Tim Dorsey	*Florida Roadkill* (n° 476)
Wessel Ebersohn	*La Nuit divisée* (n° 153)
	Coin perdu pour mourir (n° 193)
	Le Cercle fermé (n° 249)
Stanley Ellin	*La Corrida des pendus* (n° 14)
James Ellroy	*Lune sanglante* (n° 27)
	À cause de la nuit (n° 31)
	La Colline aux suicidés (n° 40)
	Brown's Requiem (n° 54)
	Clandestin (n° 97)
	Le Dahlia noir (n° 100)
	Un tueur sur la route (n° 109)
	Le Grand Nulle Part (n° 112)
	L.A. Confidential (n° 120)
	White Jazz (n° 141)
	Dick Contino's Blues (n° 212)
	American Tabloid (n° 282)
	Ma part d'ombre (n° 319)

	Crimes en série (n° 388)
	American Death Trip (n° 489)
Howard Fast	*Sylvia* (n° 85)
	L'Ange déchu (n° 106)
Kinky Friedman	*Meurtre à Greenwich Village* (n° 62)
	Quand le chat n'est pas là (n° 108)
	Meurtres au Lone Star Café (n° 151)
	Le Vieux Coup de la sauterelle (n° 197)
	Elvis, Jésus et Coca-Cola (n° 264)
	Dieu bénisse John Wayne (n° 348)
	N le Maudit (n° 385)
	Le Chant d'amour de J. Edgar Hoover (n° 507)
Samuel Fuller	*L'Inexorable Enquête* (n° 190)
	La Grande Mêlée (n° 230)
Barry Gifford	*Port Tropique* (n° 68)
	Sailor et Lula (n° 107)
	Perdita Durango (n° 140)
	Jour de chance pour Sailor (n° 210)
	Rude journée pour l'Homme Léopard (n° 253)
	La Légende de Marble Lesson (n° 387)
A. Gimenez Bartlett	*Rites de mort* (n° 352)
	Le Jour des chiens (n° 421)
	Les Messagers de la nuit (n° 458)
David Goodis	*La Blonde au coin de la rue* (n° 9)
	Beauté bleue (n° 37)
	Rue Barbare (n° 66)
	Retour à la vie (n° 67)
	Obsession (n° 75)
James Grady	*Le Fleuve des ténèbres* (n° 180)
	Tonnerre (n° 254)
	Steeltown (n° 353)
	Comme une flamme blanche (n° 445)
R. H. Greenan	*Sombres Crapules* (n° 138)
	La Vie secrète d'Algernon Pendleton (n° 156)
	C'est arrivé à Boston ? (n° 205)
	La Nuit du jugement dernier (n° 237)
	Un cœur en or massif (n° 262)
Salah Guemriche	*L'Homme de la première phrase* (n° 357)

Wolf Haas — *Vienne la mort* (n° 417)

Joseph Hansen — *Par qui la mort arrive* (n° 4)
Le petit chien riait (n° 44)
Un pied dans la tombe (n° 49)
Obédience (n° 70)
Le Noyé d'Arena Blanca (n° 76)
Pente douce (n° 79)
Le Garçon enterré ce matin (n° 104)
Un pays de vieux (n° 155)
Le Livre de Bohannon (n° 214)
En haut des marches (n° 342)

John Harvey — *Cœurs solitaires* (n° 144)
Les Étrangers dans la maison (n° 201)
Scalpel (n° 228)
Off Minor (n° 261)
Les Années perdues (n° 299)
Lumière froide (n° 337)
Preuve vivante (n° 360)
Proie facile (n° 409)
Eau dormante (n° 479)

Vicki Hendricks — *Miami Purity* (n° 304)

George V. Higgins — *Les Copains d'Eddie Coyle* (n° 114)
Le Contrat Mandeville (n° 191)
Le Rat en flammes (n° 243)
Paris risqués (n° 287)

Tony Hillerman — *Là où dansent les morts* (n° 6)
Le Vent sombre (n° 16)
La Voie du fantôme (n° 35)
Femme-qui-écoute (n° 61)
Porteurs-de-peau (n° 96)
La Voie de l'Ennemi (n° 98)
Le Voleur de temps (n° 110)
La Mouche sur le mur (n° 113)
Dieu-qui-parle (n° 122)
Coyote attend (n° 134)
Le Grand Vol de la banque de Taos (n° 145)
Les Clowns sacrés (n° 244)
Moon (n° 292)
Un homme est tombé (n° 350)

	Le Premier Aigle (n° 404) *Blaireau se cache* (n° 442) *Le Peuple des ténèbres* (n° 506)
Chester Himes	*Qu'on lui jette la première pierre* (n° 88)
Dolores Hitchens	*La Victime expiatoire* (n° 89)
Craig Holden	*Les Quatre Coins de la nuit* (n° 447)
Geoffrey Homes	*Pendez-moi haut et court* (n° 93) *La Rue de la femme qui pleure* (n° 94)
D. B. Hughes	*Et tournent les chevaux de bois* (n° 189) *Chute libre* (n° 211)
William Irish	*Manhattan Love Song* (n° 15) *Valse dans les ténèbres* (n° 50)
Eugene Izzi	*Chicago en flammes* (n° 441) *Le Criminaliste* (n° 456)
Bill James	*Retour après la nuit* (n° 310) *Lolita Man* (n° 355) *Raid sur la ville* (n° 440) *Le Cortège du souvenir* (n° 472)
Stuart Kaminsky	*Il est minuit, Charlie Chaplin* (n° 451)
Thomas Kelly	*Le Ventre de New York* (n° 396)
W.Kotzwinkle	*Midnight Examiner* (n° 118) *Le Jeu des Trente* (n° 301) *Book of Love* (n° 332)
Jake Lamar	*Le Caméléon noir* (n° 460)
Terrill Lankford	*Shooters* (n° 372)
Michael Larsen	*Incertitude* (n° 397) *Le Serpent de Sydney* (n° 455)
Jonathan Latimer	*Gardénia rouge* (n° 3) *Noir comme un souvenir* (n° 20)
Michel Lebrun	*Autoroute* (n° 165) *Le Géant* (n° 245)
Cornelius Lehane	*Prends garde au buveur solitaire* (n° 431)
Dennis Lehane	*Un dernier verre avant la guerre* (n° 380) *Ténèbres, prenez-moi la main* (n° 424) *Sacré* (n° 466)

Ernest Lehman	*Le Grand Chantage* (n° 484)
C. Lehmann	*Un monde sans crime* (n° 316) *La Folie Kennaway* (n° 406) *Une question de confiance* (n° 446) *La Tribu* (n° 463)
Elmore Leonard	*Zig Zag Movie* (n° 220) *Maximum Bob* (n° 234) *Punch Créole* (n° 294) *Pronto* (n° 367) *Les Chasseurs de primes* (n° 391) *Beyrouth Miami* (n° 412) *Loin des yeux* (n° 436) *Le Zoulou de l'Ouest* (n° 437) *Viva Cuba Libre !* (n° 474) *La Loi à Randado* (n° 475) *L'Évasion de Five Shadows* (n° 486) *Hombre* (n° 494)
Bob Leuci	*Captain Butterfly* (n° 149) *Odessa Beach* (n° 290) *L'Indic* (n° 485)
Ted Lewis	*Get Carter* (n° 119) *Sévices* (n° 152) *Jack Carter et la loi* (n° 232) *Plender* (n° 258) *Billy Rags* (n° 426)
Richard Lortz	*Les Enfants de Dracula* (n° 146) *Deuil après deuil* (n° 182) *L'Amour mort ou vif* (n° 206)
J. D. Macdonald	*Réponse mortelle* (n° 21) *Un temps pour mourir* (n° 29) *Un cadavre dans ses rêves* (n° 45) *Le Combat pour l'île* (n° 51) *L'Héritage de la haine* (n° 74)
J.-P. Manchette	*La Princesse du sang* (n° 324) *Chroniques* (n° 488)
D. Manotti	*À nos chevaux !* (n° 330) *Kop* (n° 383) *Nos fantastiques années fric* (n° 483)

Thierry Marignac	*Fuyards* (n° 482)
John P. Marquand	*Merci Mr Moto* (n° 7) *Bien joué, Mr Moto* (n° 8) *Mr Moto est désolé* (n° 18) *Rira bien, Mr Moto* (n° 87)
R. Matheson	*Échos* (n° 217)
Ed McBain	*Leçons de conduite* (n° 413)
Helen McCloy	*La Somnambule* (n° 105)
W.McIlvanney	*Les Papiers de Tony Veitch* (n° 23) *Laidlaw* (n° 24) *Big Man* (n° 90) *Étranges Loyautés* (n° 139)
Marc Menonville	*Jeux de paumes* (n° 222) *Walkyrie vendredi* (n° 250) *Dies irae en rouge* (n° 279)
Bill Moody	*Sur les traces de Chet Baker* (n° 497)
Ronald Munson	*Courrier de fan* (n° 226)
Tobie Nathan	*Saraka bô* (n° 186) *Dieu-Dope* (n° 271)
Jim Nisbet	*Les damnés ne meurent jamais* (n° 84) *Injection mortelle* (n° 103) *Le Démon dans ma tête* (n° 137) *Le Chien d'Ulysse* (n° 161) *Sous le signe du rasoir* (n° 273) *Prélude à un cri* (n° 399)
K. Nishimura	*Petits crimes japonais* (n° 218)
Jack O'Connell	*B.P. 9* (n° 209) *Porno Palace* (n° 376) *Et le verbe s'est fait chair* (n° 454)
Liam O'Flaherty	*L'Assassin* (n° 247)
Renato Olivieri	*L'Affaire Kodra* (n° 402) *Fichu 15 août* (n° 443)
J.-H. Oppel	*Brocéliande-sur-Marne* (n° 183) *Ambernave* (n° 204) *Six-Pack* (n° 246) *Ténèbre* (n° 285)

	Cartago (n° 346)
	Chaton : trilogie (n° 418)
Abigail Padgett	*L'Enfant du silence* (n° 207)
	Le Visage de paille (n° 265)
	Oiseau de lune (n° 334)
	Poupées brisées (n° 435)
Hugues Pagan	*Les Eaux mortes* (n° 17)
	La Mort dans une voiture solitaire (n° 133)
	L'Étage des morts (n° 179)
	Boulevard des allongés (n° 216)
	Last Affair (n° 270)
	L'Eau du bocal (n° 295)
	Vaines Recherches (n° 338)
	Dernière Station avant l'autoroute (n° 356)
	Tarif de groupe (n° 401)
	Je suis un soir d'été (n° 453)
Pierre Pelot	*Natural Killer* (n° 343)
	Le Méchant qui danse (n° 370)
	Si loin de Caïn (n° 430)
	Les Chiens qui traversent la nuit (n° 459)
Anne Perry	*Un plat qui se mange froid* (n° 425)
A. G. Pinketts	*Le Sens de la formule* (n° 288)
	Le Vice de l'agneau (n° 408)
Gianni Pirozzi	*Hôtel Europa* (n° 498)
Bill Pronzini	*Hidden Valley* (n° 48)
B. Pronzini/B. N. Malzberg	
	La nuit hurle (n° 78)
Michel Quint	*Billard à l'étage* (n° 162)
	La Belle Ombre (n° 215)
	Le Bélier noir (n° 263)
	L'Éternité sans faute (n° 359)
	À l'encre rouge (n° 427)
Hugh C. Rae	*Skinner* (n° 407)
Diana Ramsay	*Approche des ténèbres* (n° 25)
	Est-ce un meurtre ? (n° 38)
John Ridley	*Ici commence l'enfer* (n° 405)
Louis Sanders	*Février* (n° 315)

	Comme des hommes (n° 366)
	Passe-temps pour les âmes ignobles (n° 449)
G. Scerbanenco	*Le sable ne se souvient pas* (n° 464)
Budd Schulberg	*Sur les quais* (n° 335)
Philippe Setbon	*Fou-de-coudre* (n° 187)
	Desolata (n° 219)
Roger L. Simon	*Le Clown blanc* (n° 71)
	Génération Armageddon (n° 199)
	La Côte perdue (n° 305)
Pierre Siniac	*Les mal lunés* (n° 208)
	Sous l'aile noire des rapaces (n° 223)
	Démago story (n° 242)
	Le Tourbillon (n° 256)
	Femmes blafardes (n° 274)
	L'Orchestre d'acier (n° 303)
	Luj Inferman' et La Cloducque (n° 325)
	De l'horrifique chez les tarés (n° 364)
	Bon cauchemar les petits... (n° 389)
	Ferdinaud Céline (n° 419)
	Carton blême (n° 467)
Neville Smith	*Gumshoe* (n° 377)
Les Standiford	*Pandémonium* (n° 136)
	Johnny Deal (n° 259)
	Johnny Deal dans la tourmente (n° 328)
	Une rose pour Johnny Deal (n° 345)
Richard Stark	*La Demoiselle* (n° 41)
	La Dame (n° 170)
	Comeback (n° 415)
	Backflash (n° 473)
Richard Stratton	*L'Idole des camés* (n° 257)
Vidar Svensson	*Retour à L.A.* (n° 181)
Paco I. Taibo II	*Ombre de l'ombre* (n° 124)
	La Vie même (n° 142)
	Cosa fácil (n° 173)
	Quelques nuages (n° 198)
	À quatre mains (n° 227)
	Pas de fin heureuse (n° 268)

	Même ville sous la pluie (n° 297)
	La Bicyclette de Léonard (n° 298)
	Jours de combat (n° 361)
	Rêves de frontière (n° 438)
	Le Trésor fantôme (n° 465)
	Nous revenons comme des ombres (n° 500)
Ross Thomas	*Les Faisans des îles* (n° 125)
	La Quatrième Durango (n° 171)
	Crépuscule chez Mac (n° 276)
	Traîtrise ! (n° 317)
	Voodoo, Ltd (n° 318)
Brian Thompson	*L'Échelle des anges* (n° 395)
Jim Thompson	*Liberté sous condition* (n° 1)
	Un nid de crotales (n° 12)
	Sang mêlé (n° 22)
	Nuit de fureur (n° 32)
	À deux pas du ciel (n° 39)
	Rage noire (n° 47)
	La mort viendra, petite (n° 52)
	Les Alcooliques (n° 55)
	Les Arnaqueurs (n° 58)
	Vaurien (n° 63)
	Une combine en or (n° 77)
	Le Texas par la queue (n° 83)
	Écrits perdus (1929-1967) (n° 158)
	Le Criminel (n° 167)
	Après nous le grabuge (Écrits perdus, (1968-1977) (n° 177)
	Hallali (n° 195)
	L'Homme de fer (n° 196)
	Ici et maintenant (n° 229)
	Avant l'orage (n° 300)
Masako Togawa	*Le Baiser de feu* (n° 91)
Nick Tosches	*Dino* (n° 478)
Suso De Toro	*Land Rover* (n° 386)
Armitage Trail	*Scarface* (n° 126)
Marc Villard	*Démons ordinaires* (n° 130)
	La Vie d'artiste (n° 150)

Dans les rayons de la mort (n° 178)
Rouge est ma couleur (n° 239)
Cœur sombre (n° 283)
Du béton dans la tête (n° 284)
Made in Taïwan (n° 333)
Personne n'en sortira vivant (n° 470)
La Guitare de Bo Diddley (n° 471)

J.-M. Villemot *Ce monstre aux yeux verts* (n° 499)

John Wessel *Le Point limite* (n° 428)

Donald Westlake *Drôles de frères* (n° 19)
Levine (n° 26)
Un jumeau singulier (n° 168)
Ordo (n° 221)
Aztèques dansants (n° 266)
Kahawa (n° 277)
Faites-moi confiance (n° 309)
Trop humains (n° 340)
Histoire d'os (n° 347)
Le Couperet (n° 375)
Smoke (n° 400)
361 (n° 414)
Moi, mentir ? (n° 422)
Le Contrat (n° 490)
Au pire qu'est-ce qu'on risque ? (n° 495)

J. Van De Wetering *Comme un rat mort* (n° 5)
Sale Temps (n° 30)
L'Autre Fils de Dieu (n° 33)
Le Babouin blond (n° 34)
Inspecteur Saito (n° 42)
Le Massacre du Maine (n° 43)
Un vautour dans la ville (n° 53)
Mort d'un colporteur (n° 59)
Le Chat du sergent (n° 69)
Cash-cash millions (n° 81)
Le Chasseur de papillons (n° 101)
Retour au Maine (n° 286)
Le Papou d'Amsterdam (n° 313)
Maria de Curaçao (n° 331)
L'Ange au regard vide (n° 410)
Mangrove Mama (n° 452)
Le Perroquet perfide (n° 496)

Harry Whittington	*Des feux qui détruisent* (n° 13)
	Le diable a des ailes (n° 28)
Charles Willeford	*Une fille facile* (n° 86)
	Hérésie (n° 99)
	Miami Blues (n° 115)
	Une seconde chance pour les morts (n° 123)
	Dérapages (n° 192)
	Ainsi va la mort (n° 213)
	Les Grands Prêtres de Californie (n° 365)
	La Messe noire du frère Springer (n° 392)
	L'Île flottante infestée de requins (n° 393)
	Combats de coqs (n° 492)
Charles Williams	*La Fille des collines* (n° 2)
	Go Home, Stranger (n° 73)
	Et la mer profonde et bleue (n° 82)
John Williams	*Gueule de bois* (n° 444)
Timothy Williams	*Le Montreur d'ombres* (n° 157)
	Persona non grata (n° 203)
Colin Wilson	*Le Tueur* (n° 398)
	L'Assassin aux deux visages (n° 450)
Daniel Woodrell	*Sous la lumière cruelle* (n° 117)
	Battement d'aile (n° 121)
	Les Ombres du passé (n° 194)
	Faites-nous la bise (n° 296)
	La Fille aux cheveux rouge tomate (n° 381)
	La Mort du petit cœur (n° 433)
	Chevauchée avec le diable (n° 434)

Rivages / Mystère

C. Armstrong	*Le Jour des Parques* (n° 13) *L'Inconnu aux yeux noirs* (n° 15) *Une dose de poison* (n° 21) *Merci pour le chocolat* (n° 40)
Francis Beeding	*La Maison du Dr Edwardes* (n° 9) *La mort qui rôde* (n° 12) *Un dîner d'anniversaire* (n° 18)
A. Blackwood	*John Silence* (n° 8)
F. du Boisgobey	*Le Coup d'œil de M. Piédouche* (n° 32)
Jypé Carraud	*Tim-Tim Bois-Sec* (n° 22) *Le Squelette cuit* (n° 25) *Les Poulets du* Cristobal (n° 31)
Collectif	*La Griffe du chat* (n° 28)
Max Allan Collins	*Les Meurtres du* Titanic (n° 43)
Joseph Commings	*Les Meurtres de l'épouvantail* et autres histoires (n° 46) *Le Vampire au masque de fer* et autres histoires (n° 47)
F. W. Crofts	*Le Tonneau* (n° 24)
Amanda Cross	*En dernière analyse* (n° 23) *Insidieusement vôtre* (n° 26) *Justice poétique* (n° 27) *Une mort si douce* (n° 30) *Sur les pas de Smiley* (n° 35) *Le Complexe d'Antigone* (n° 39)
A. De Angelis	*L'Hôtel des trois roses* (n° 50)
Mildred Davis	*Crime et chuchotements* (n° 14) *Passé décomposé* (n° 16) *Un homme est mort* (n° 20) *Mort de quelqu'un* (n° 37)
Peter Dickinson	*Retour chez les vivants* (n° 44) *La Mort et son frère* (n° 49)
John Dickson Carr	*En dépit du tonnerre* (n° 5)
Jacques Futrelle	*Treize enquêtes de la machine à penser* (n° 29)
Parnell Hall	*Mystère* (n° 48)

Edward D. Hoch	*Les Chambres closes du Dr Hawthorne* (n° 34)
W. Kotzwinkle	*Fata Morgana* (n° 2)
Alexis Lecaye	*Einstein et Sherlock Holmes* (n° 19)
John P. Marquand	*À votre tour, Mister Moto* (n° 4)
Kai Meyer	*La Conjuration des visionnaires* (n° 33)
Thomas Owen	*L'Initiation à la peur* (n° 36)
D. Salisbury Davis	*Au bout des rues obscures* (n° 41)
Pierre Siniac	*Le Mystère de la sombre zone* (n° 42)
Anthony Shaffer	*Absolution* (n° 10)
J. Storer-Clouston	*La Mémorable et Tragique Aventure de Mr Irwin Molyneux* (n° 11)
Rex Stout	*Le Secret de la bande élastique* (n° 1)
	La Cassette rouge (n° 3)
	Meurtre au vestiaire (n° 6)
Hake Talbot	*Au seuil de l'abîme* (n° 38)
Josephine Tey	*Le plus beau des anges* (n° 7)
J.-M. Villemot	*Abel Brigand* (n° 45)

Imprimé en France
Achevé d'imprimer en février 2004
sur les presses de l'Imprimerie Maury-Eurolivres
45300 Manchecourt
pour le compte
des Éditions Payot & Rivages
106, bd Saint-Germain - 75006 Paris

Dépôt légal : mars 2004
N° d'imprimeur : 22523